La jeune fille
et le philosophe

Frédéric Lenormand

La jeune fille
et le philosophe

ÉDITIONS FRANCE LOISIRS

Note

L'auteur a cherché à créer une alchimie entre la trame du récit, issue des lettres de Voltaire, et les dialogues et péripéties, qui viennent de sa propre imagination.

Édition du Club France Loisirs,
avec l'autorisation de la Librairie Arthème Fayard.

Éditions France Loisirs,
123, boulevard de Grenelle, Paris
www.franceloisirs.com

© Librairie Arthème Fayard.

ISBN 2-7441-4505-X.

« *Donner une description exacte de ce qui n'est jamais arrivé est non seulement la véritable occupation de l'historien, mais l'inaliénable privilège de tout écrivain.* »

Oscar WILDE

Mlle Corneille ? On ne peut être mieux née.

VOLTAIRE

7

I

Il faudrait être spectateur du monde et non habitant.

FONTENELLE

Mlle Corneille vivait à une époque pas si lointaine où le rêve suprême des jeunes filles était de faire un jour un beau mariage. Hélas la fortune et les talents de son père laissaient peu d'espoir de voir s'accomplir cet idéal.

Marie Corneille avait quinze ans lorsque, en décembre 1756, ses parents montèrent à Paris faire fortune dans la moulure de bois après avoir végété à Évreux dans le panier en osier. Son père ramena un soir à la maison un nommé Dreux du Radier, licencié en droit et néanmoins auteur, qui étonna par son étrange conduite : il baisa la main de Madame avec déférence, et celle de Mademoiselle, une mignonne petite brune, avec vénération, comme s'il se fût agi d'une princesse incognito.

Le visage *du pater familias* s'éclaira de contentement ; ils avaient bien fait de déménager : à peine étaient-ils dans la capitale qu'on le traitait comme s'il

9

était quelqu'un, on lui promettait même une fortune. Il se trouvait à l'auberge, celle située en face de la Comédie (comme il l'expliqua à son épouse, il était entré voir à tout hasard si l'on n'avait pas besoin de moulures de bois), dans la conversation il avait dit son nom et soudain un silence général s'était fait tandis qu'on le dévisageait avec curiosité.

– Croirait-on pas qu'un Grand d'Espagne était entré ! se remémora-t-il avec satisfaction.

M. du Radier lui avait demandé s'il était parent de Pierre Corneille ; le mouleur de bois avait répondu qu'il ne connaissait personne en ville, étant arrivé depuis peu. Tout le monde avait éclaté de rire, sans qu'il comprît pourquoi. On lui avait expliqué que son nom avait appartenu à un « tragique », sorte de célébrité locale dont le souvenir avait perduré. À l'âge de quarante et deux ans, Jean-François Corneille avait enfin saisi l'origine des plaisanteries dont on avait accablé son enfance : il possédait une parenté avec un écrivain du siècle précédent.

– Mais il est mort, cet homme, conclut Mme Corneille.

Leur invité eut un sourire.

– Certes, depuis fort longtemps.

– Et c'est ce mort qui va faire notre fortune ?

Dreux du Radier expliqua qu'ils partageaient ce cousinage avec un riche vieillard occupé à mourir sans héritier. Feu le grand auteur avait un neveu encore vivant, lui, du moins pas complètement mort, un savant fort connu lui aussi, du nom de Fontenelle, qui s'obstinait à demeurer sur notre terre depuis près d'un siècle.

Ce Fontenelle possédait le mérite incontesté d'avoir rendu la science populaire en France.

– Ah bon, dit Jean-François sans comprendre du tout de quoi il était question. Saura-t-il faire la même chose avec ma fille ?

En réalité, le pauvre Fontenelle connaissait la solitude du patriarche. L'allongement de sa vie avait passé les limites de la décence. En un temps où la plupart des gens mouraient avant soixante-cinq ans, on était à soixante-dix un bon vieillard, puis un phénomène, puis une incongruité, et à cent ans un vénérable monstre. Sa carrière de savant faisait courir des rumeurs de pacte avec de sulfureuses puissances occultes. Pour une partie des gens, il avait trouvé dans ses laboratoires le secret de la vie éternelle. Ils ignoraient que le vieil homme eût volontiers troqué ce qui lui restait de vie éternelle contre une fin paisible.

Les plus rationnels le croyaient depuis trente ans au bord du tombeau. Aussi se gardaient-ils d'inviter ce marathonien de la survie, de peur qu'il n'expirât chez eux. De rares élèves s'astreignaient au contraire à le visiter et tâchaient de recueillir ses confidences, ses souvenirs, de quoi publier un mémoire biographique d'un bon rapport et prendre après son décès des allures de disciple chéri, ce qui du reste se pratique à toute époque. Tout cela ne composait pas autour du pauvre mathusalem un tableau idyllique de l'humanité.

Jean-François, quasi illettré, vit une revanche inespérée sur les injustices du sort dans la perspective d'hériter d'un prince de la littérature, académicien de surcroît, très fortuné, car il fallait bien qu'il fût riche, ayant eu tant d'années pour entasser de l'argent.

– Certes, la bonne nouvelle, c'est qu'il est presque centenaire, dit son épouse. La mauvaise, c'est qu'à cet âge-là on ne meurt plus.

Mais Jean-François n'écoutait pas : il songeait au beau cadeau qu'il ferait au cher parent pour son centième anniversaire.

Dès le lendemain, il choisit dans sa réserve ses deux plus beaux paniers et se rendit chez la bonne fée son cousin. On l'introduisit dans une pièce assez petite, cernée de livres. Un vieillard était assis au coin du feu, emmitouflé dans une épaisse robe de chambre, et paraissait plongé dans de profondes réflexions. L'endroit respirait l'érudition et le confort, tenait de la bibliothèque et de l'ermitage, exhalait un mystère que Jean-François ne pouvait que soupçonner et qui peut-être se nommait la culture et la grâce. Intimidé, il resta un long moment sans pouvoir dire un mot, à contempler ces gravures qui seraient bientôt à lui, ces livres dont il ne viendrait jamais déranger l'alignement, cette agréable somnolence ambiante, et ce fauteuil qu'il eût bien essayé tout de suite.

– C'est trop, dit-il sous le coup de l'émotion.

– Plaît-il ? demanda Fontenelle avec le sursaut d'un homme qui se réveille.

Étouffé par la gratitude, Jean-François lui tendit ses cadeaux. Si bien qu'on le prit pour la seule personne possible. Sans se poser de question, le savant donna une pièce à ce brave livreur de paniers un peu lent, et le fit reconduire.

Jean-François n'était pas revenu de son ébahissement qu'il se trouvait déjà sur la chaussée, ravi de ce qu'il avait entrevu, sans s'être encore aperçu qu'il venait de conclure sa meilleure vente de la semaine.

– Alors, papa ? lui demanda sa fille, qui avait épié les fenêtres avec anxiété pendant un long moment. Que t'a-t-il dit ?

Les yeux encore pleins de rêve, son père lui tendit une main où reposait le disque argenté d'une pièce de cent sous.

Jean-François résolut avec sagesse de modifier sa tactique. Évidemment, la gaucherie d'un pauvre homme mal vêtu, venu mendier chez vous, n'incitait pas à voir en lui le descendant d'un grand auteur, votre parent. Il emprunta, s'acheta des vêtements neufs qu'il choisit avec le meilleur goût dont il fût capable, et se trouva joliment endimanché.

– Je me demande si les paniers ne jurent pas un peu avec ma nouvelle position..., dit-il à sa femme qui mettait le dernier coup d'aiguille à l'œuvre d'art.

Puis il s'en fut guetter le cousin devant chez lui, ce qui réclamait un effort de patience, car le vieil homme ne sortait guère que lorsque sa gouvernante l'y contraignait.

Enfin Fontenelle parut au bras d'une forte femme âgée d'une soixantaine d'années, une jeunesse dont l'air peu avenant fit un instant reculer le solliciteur. Il les suivit autour du pâté de maisons, puis, voyant que

13

l'on revenait vers la porte cochère, il prit sa décision. Ayant inspiré à fond et préparé son sourire le plus franc, il se planta devant le vieillard et dit en ouvrant largement les bras :

– Cousin !

Fontenelle était un peu sourd. La gouvernante se pencha pour lui crier dans l'oreille : « Cousin ! »

– Bernard de Fontenelle, répondit le vieil érudit en hochant du menton. Je suis enchanté.

Puis il rentra chez lui. La porte se referma au nez d'un Corneille tétanisé.

La servante finit par s'étonner de voir cet homme se présenter chaque jour avec de nouveaux paniers, d'autant qu'on n'en avait guère l'usage, si bien qu'elle refusa de lui en acheter davantage. Jean-François bredouilla qu'il s'agissait d'un malentendu : l'osier était un cadeau pour le maître. On le jugea bizarre, et quand il déclara sans rire être un parent d'Évreux descendant d'une tragédie, on regretta que les petites maisons[1] ne fussent pas mieux gardées. Dès lors, on fit entrer les livraisons et on laissa le coursier dehors. Pour le calmer, on lui conseilla de revenir un autre jour, il revint, et comme il apportait un nouvel exemple de ses productions à chaque visite manquée, on ne sut bientôt plus où les ranger.

Jean-François se dit qu'il n'avait pas visé assez haut ; le petit peuple, ce peuple auquel il n'appartenait

1. Asiles de fous.

plus, était obtus, il fallait s'adresser directement à l'entourage du bon vieillard.

Il avait remarqué que la gouvernante venait chaque matin prendre son service. Il lui trouva soudain l'air moins revêche, presque affable, assez pour échafauder le projet d'en faire son ambassadrice. Une femme, c'était sensible et même plutôt intelligent, on allait l'écouter, le comprendre.

Mme de Forgeville le comprit si bien que son intelligence lui dicta de chasser l'intrus sans en écouter davantage. Puis elle disparut dans cette ennuyeuse demeure où elle s'épuisait chaque jour à faire la lecture pour une vieille taupe dont la surdité rendait l'exercice fastidieux. Une fois de plus, Jean-François se heurta à la porte.

– Laissez-moi voir mon cousin ! cria-t-il en tambourinant contre le battant.

Avant réfléchi, il ajouta :

– Il préférerait peut-être une moulure de bois ?

Il y avait en outre dans la maison le secrétaire du maître, personnage très affairé, car Fontenelle, malgré les recommandations de ses proches, s'occupait, pour meubler son temps libre, de révolutionner la métaphysique, le génie humain et les sciences en général.

Le secrétaire écouta la supplique d'un air aussi las qu'incrédule. Quand Jean-François, ému par ses propres mots, eut terminé un plaidoyer dans lequel il avait mis toutes les ressources de son éloquence, Fontaine lui expliqua que son employeur, tout entier tourné vers l'avenir, se souciait peu qu'on vînt lui rappeler le passé, sa famille et son âge.

Le visiteur insista suffisamment pour que le secrétaire comprît qu'il ne s'agissait pas seulement d'amour familial.

– Avez-vous examiné votre lien de parenté ? demanda Fontaine qui figurait, lui, sur le testament du cher grand homme à hauteur de trois cents livres. Non, vous n'êtes pas doué pour le calcul, sans doute.

Davantage versé dans les chiffres, il se livra à une estimation qui rejeta le quémandeur au septième degré de cousinage, dernier rang avant le néant. Il subsistait de leur parenté quelque chose de comparable à celle du Grand Mogol avec Louis XIV, ou de la limace avec la libellule.

Ces soustractions donnaient le tournis à Jean-François.

– Moi, je fais des paniers en osier..., bredouilla-t-il.

– Oui, certes. Ainsi donc, monsieur de Fontenelle ne saurait être tenu pour votre parent. Les mathématiques sont contre vous.

L'ex-héritier venait de trouver dans l'arithmétique une ennemie inattendue. L'avalanche de chiffres le fit reculer jusqu'à la porte cochère, qui se referma devant lui.

La semaine suivante, Fontenelle contracta un refroidissement.

– Est-ce grave ? demandèrent les Corneille.

– Non, non, rassurez-vous, il a toute sa conscience :

il a demandé lui-même à recevoir les derniers sacrements.

Jean-François décida de passer à l'offensive. Il y traîna sa fille, mit tant d'acharnement à apitoyer la servante que celle-ci finit par plaindre sincèrement la demoiselle d'avoir un père dément. Elle subit durant une demi-heure le bavardage de ce grand bonhomme ventru dont le long nez ne parvenait pas à dissimuler les airs chafouins. Il avait quelque chose de faux, ne la regardait jamais en face, parlait tout seul, se lamentait sur sa propre personne et n'inspirait aucune confiance. Elle devina qu'il était plus bête que méchant, mais se demanda si, à un tel degré, la bêtise ne faisait pas davantage de mal que la méchanceté.

À force de trémolos, il lui fit accepter l'idée que la chère enfant ne pouvait laisser mourir son vieux parent sans l'avoir embrassé au moins une fois. La brave femme les conduisit à l'étage en leur recommandant de ne pas fatiguer le maître.

– Un détail important : êtes-vous pour la gravitation universelle de Newton ou pour la théorie des tourbillons de Descartes ?

– Euh... qu'est-ce que c'est ?

– Il va vous adorer.

Le maître avait consacré sa vie à défendre les tourbillons cartésiens, qui avaient illuminé sa jeunesse, contre l'idée de gravitation universelle, théorie d'un modernisme outré. Le temps avait peu à peu changé son beau système planétaire en belle utopie poétique, il avait enterré un à un ses partisans et mourait seul convaincu de ses opinions. Il lui restait à espérer qu'à l'instant de sa mort l'un de ces tourbillons le mettrait en position d'aller vérifier s'il y avait des habitants sur la Lune, son autre grand postulat.

Jean-François prévint sa progéniture de ne pas s'effrayer à la vue du cher cousin : il était très vieux, donc assez fripé.

Mlle Corneille pénétra dans une chambre sans clarté où reposait une créature en effet très plissée, très pâle et très enveloppée, emmaillotée dans plusieurs couches de tissus divers, rien en fait dont elle pût être effrayée. La charmante momie les regardait de ses grands yeux délavés derrière lesquels se cachaient les vestiges d'un siècle.

– Ah ! il nous a vus ! dit Jean-François.

Fontenelle, certes, avait vu entrer dans un brouillard deux formes fantomatiques dont il ne savait si c'étaient des anges ou des spectres.

– C'est moi, cousin ! reprit l'intrus sur un ton qui hésitait entre la jovialité et le service funèbre.

Fontenelle eut à travers sa torpeur un cillement de paupières que l'on interpréta comme un éclair de lucidité. Jean-François en profita pour lui présenter sa descendante.

– Embrasse ton cousin, Marie, dit-il en la poussant vers le lit.

Les yeux clos, Fontenelle goûta l'obstination de ces êtres brumeux à lui tenir des discours auxquels il ne comprenait rien. Il ne profita d'aucun des infinis détails employés par Jean-François pour exposer la filiation qui les liait à l'oncle tragique, « cet auteur brillant dont tout le monde admirait le talent ».

Le savant ne devait pas admirer tant que cela le talent de son oncle, car cette nouvelle ne le fit pas ciller. Mlle Corneille remit en place les rares cheveux blancs éparpillés sur ce crâne livide. Elle eut l'impression qu'il lui souriait. Elle se dit qu'il aurait été merveilleux de l'avoir pour grand-père, de passer de longues heures à l'écouter parler s'ils avaient eu la chance de se rencontrer plus tôt. Le centenaire souriait à cette sorte d'archange qui lui caressait le front avant de l'emporter au ciel. Un lien fragile commençait à se tisser entre la jeune fille et le vieil homme.

Le secrétaire et la gouvernante surgirent en poussant des cris horrifiés, à qui montrerait le plus bruyamment son indignation devant l'outrage fait au mourant. Jean-François se défendit, réaffirma le lien de parenté qui lui servait de carte de visite. Mme de Forgeville, oubliant sa tristesse, lui rit au nez. Fontaine, plus fin, se pencha sur le corps et demanda très fort :

– Connaissez-vous ces personnes ?

Le vieillard fit signe que non. L'arrêt était sans appel. Jean-François eut beau crier qu'il était le petit-fils de Pierre Corneille, les émouvantes retrouvailles s'achevèrent en menaces de prison, de procès et de coups de pied au derrière.

– Lui amener des filles, à son âge ! tempêta la Forgeville en les poussant dehors. Vous voulez donc le tuer !

Elle ferma si fort la porte que toute la maison en vibra.

Le futur héritier prit le parti de passer ses journées

en poste devant la demeure, jusqu'à ce que Dreux du Radier eût réuni de quoi faire éclater aux yeux du monde les preuves qui faisaient de son cousin son cousin et de lui un gros bourgeois.

Une voiture déposa trois dames et plusieurs malles. C'étaient les nièces du vieux savant, une veuve et deux vieilles demoiselles. Elles passèrent le porche en jetant des regards en coin à cet inconnu qui les observait.

Comme Fontaine leur demandait avec délicatesse si elles comptaient conserver la maison, elles se plaignirent de ce que le quartier s'était dégradé depuis leur dernière visite : il y avait à présent des miséreux qui campaient sous les fenêtres. On se garda de leur en rien dire.

Jean-François eut la surprise de voir désormais la servante lui apporter un bol de soupe et un croûton de pain, miracle qui se renouvela chaque jour grâce à l'entremise des nièces. Il en déduisit que la forteresse commençait à céder.

Le samedi 1er janvier 1757, sans se sentir plus mal que d'habitude, Fontenelle réclama de nouveau les sacrements. Le samedi 8, il eut au matin un long évanouissement. Jean-François crut trépasser. Le cousin en revint. Jean-François reprit souffle.

Le Très-Haut savourait la mort de Fontenelle de même qu'il avait savouré sa vie : comme une sucrerie dont on cherche à prolonger indéfiniment le plaisir.

Le médecin que l'on avait appelé se pencha sur le vieil homme, lui prit le pouls, écouta sa respiration avec la curiosité d'un visiteur de musée.

– Qu'est-ce qu'il a ? demanda l'une des nièces.

– Il est mourant.

Ces dames plongèrent dans leurs mouchoirs, bien que la nouvelle fût tout sauf inattendue, et depuis fort longtemps.

– De quoi meurt-il ?

Le praticien fit un geste d'ignorance.

– Que sais-je ? Dieu a oublié de remonter le mécanisme ! C'est la première fois que je vois une personne mourir de rien. Cet homme est une énigme pour l'art : on ne savait pourquoi il restait en vie, on ne sait pourquoi il s'en va. Je vous remercie de me l'avoir montré, il aurait été dommage qu'aucun médecin ne vît jamais M. de Fontenelle.

Les nièces comprirent pourquoi leur oncle s'était toujours gardé de cette engeance.

Bernard de Fontenelle, qui toute sa vie avait tendu vers l'immobilité de l'âme, le refus des passions et la maîtrise des sentiments, était sur le point d'être satisfait. Dans ses moments de lucidité, il regardait par la fenêtre la rue où régnait un froid terrible et où, un étage plus bas, un petit bonhomme gesticulait en vain dans l'espoir de le rencontrer.

– Pauvre garçon, dit l'une des nièces en voyant Jean-François taper du pied pour se réchauffer. Il va geler sur place.

Il se produisit alors un petit miracle, un miracle minuscule, une toute petite chose : Fontenelle l'entendit. La première bonne parole prononcée chez lui depuis des années se fraya un chemin vers son oreille, comme pour contrebalancer toutes celles qu'il n'avait pas voulu entendre.

D'une voix éraillée, il demanda ce que voulait ce malheureux. Fontaine, qui croyait assez à l'enfer pour ne pas mentir aux moribonds, lui expliqua qu'un misérable artisan se flattait d'être son parent par les Corneille. Tout le monde, enfin tous ceux qui n'étaient pas en train de mourir rirent de bon cœur à cette absurdité venue fort à propos détendre l'atmosphère.

Les rires passés, la pièce retrouva son silence respectueux et étouffant. Enfin le savant souleva péniblement un doigt. Fontaine se pencha. S'étant penché, il entendit les mots qui provoquèrent la plus forte contrariété de son existence.

– C'est bien possible..., articula faiblement le vieillard.

Il pria que l'on dît au petit-cousin, si cela pouvait le réchauffer, qu'il le reconnaissait pour son lointain allié.

Bien que la preuve fût faite que le mourant avait perdu le sens commun, la consigne fut répercutée jusque dans le caniveau. Jean-François, qui tenait le bon bout, s'offrit à aller chercher le notaire pour un codicille en sa faveur : cela ne prendrait qu'un instant. La proposition remonta les étages, la servante la répéta au maître devant un Fontaine glacé, une Forgeville bouillante, et des nièces à qui l'on venait de révéler dans l'intervalle que le vieux n'avait plus sa tête.

Détaché des questions d'argent, Fontenelle répondit à son cousin, entre deux conversations avec l'invisible, qu'il était sans doute trop tard pour les biens de ce monde ; qu'il était cependant persuadé de lui léguer autre chose, de moins matériel mais de tout aussi profitable. Fontaine griffonna ces quelques phrases sur la première feuille venue, un papier d'emballage, et le transmit au dernier des Corneille.

Jean-François se demanda tout d'abord si l'on se moquait de lui. Puis, comme il n'était pas sûr de comprendre, il courut montrer le message à Dreux du Radier dont il avait pu apprécier la clairvoyance tout au long de cette affaire.

Hélas, le lendemain, qui était un dimanche, le temps reprit enfin ses droits, la nature s'imposa à monsieur de Fontenelle comme à chacun de nous et tout rentra dans l'ordre.

Jean-François sentit que quelque chose avait changé. Les volets ne s'étaient pas ouverts et Fontaine s'était fait livrer un baril de champagne.

Ces dames apparurent sous le porche en tâchant de ne pas voir le fou à qui l'on avait décidé de cacher la vérité, non par crainte de le peiner, mais pour avoir la paix. Dreux arriva à ce moment avec ses études généalogiques. Jean-François ne l'écouta pas, il observait les héritières. Sans un regard autour d'elles, l'une après l'autre elles s'engouffrèrent dans leur voiture.

– Tiens, les souris quittent le navire ! remarqua Dreux.

Jean-François comprit ce qui avait changé. Il bondit à la portière. Elles avaient les yeux rouges.

– Ce n'est pas possible ! Ce n'est pas possible ! rugit-il.

– Mon pauvre ami ! dit l'une d'elles.

– Sa dernière pensée a été pour vous, dit l'autre.

Mme de Montigny posa sa main gantée sur celle de Jean-François, qui s'accrochait au carrosse, et la serra avec tristesse, l'air de dire : « Courage, il faut continuer à vivre. »

– Merci, merci beaucoup, dit Mlle de Martainville, soyez sûr que nous apprécions votre compassion.

Puis la voiture s'en fut.

Quand il eut repris ses esprits, Jean-François carillonna, monta quatre à quatre l'escalier pour découvrir le corps du savant entre deux candélabres. Il fut effaré.

– Pourtant, tout le monde ici pensait qu'il ne mourrait plus !

– Oui, soupira la servante, mais, heureusement, vous êtes arrivé.

Jean-François escomptait que la publicité faite autour de la disparition servirait ses intérêts. Hélas, ce décès que tout le monde avait tant attendu n'occupa qu'un entrefilet dans le carnet mondain. La mort faisait rentrer Fontenelle dans le rang. Il s'était éteint un mois avant de fêter ses cent ans, dans l'indifférence. Mais Jean-François était assez motivé pour aller déchiffrer les petites lignes dans les gazettes.

Tandis que Marie Corneille pleurait pour le vieux monsieur, tandis que sa mère pleurait comme pleurent toutes les femmes qui ont épousé un imbécile, Jean-François trouva pour lui-même des raisons de verser des larmes.

Il était écrit dans le journal que le défunt laissait tout

son bien à Mme de Montigny, Mlles de Marsilly et de Martainville, *ses plus proches parentes*, ainsi qu'à Mme de Forgeville, sa fidèle gouvernante. Outre ce qui allait à son secrétaire, il léguait des rentes viagères à Simon, son valet, à Lyonnais, son laquais, à Matthieu et André, ses porteurs, et à lui-même cent messes basses de requiem pour le repos de son âme en l'église des Capucins de la rue Saint-Honoré.

Mais rien à son petit-cousin Corneille.

Ce dernier se prépara à attendre longtemps son legs « moins matériel mais tout aussi profitable ». Le vieux parent n'était pas devenu centenaire, c'était grand dommage, surtout pour Jean-François qui avait la fâcheuse impression d'avoir raté la comète.

Il eut de cette mort un vrai chagrin.

II

Je demande aux dames, pour comprendre la philosophie, la même application qu'il faut donner à La Princesse de Clèves.

FONTENELLE

Les nièces de Fontenelle reçurent par courrier, non sans surprise, une sommation à comparaître pour captation d'héritage : à défaut d'avoir été reconnu par son cousin, Jean-François était allé se faire reconnaître par les tribunaux.

Dreux du Radier, si fier d'avoir déterré un descendant de Pierre Corneille, avait trop promis à son nouvel ami pour accepter qu'il n'en retirât rien : les lacunes du testament étaient un outrage à sa culture. Il conseilla au spolié de s'opposer à l'exécution des prétendues dernières volontés.

– J'ai fait du droit, je vous défendrai ! Vous êtes sauvé !

Au matin du procès, les Corneille pénétrèrent dans la salle d'audience plus intimidés que des dindons un jour de foire, pour aller se serrer au bout d'un banc. Son père attendant beaucoup de la justice, Marie espéra qu'on allait enfin les arracher à la misère et au déses-poir. Elle était à l'âge où les jeunes filles pauvres s'aperçoivent qu'elles n'ont pas d'avenir.

Ils furent bientôt rejoints par trois dames, chacune au tiers dans cette affaire, flanquées de la gouvernante en habit des grands soirs, radieuse, qui jetait autour d'elle des sourires vainqueurs et sur la petite famille d'invisibles tirs de frégate. Les nièces, dans leur âge mûr, exhalaient la douceur d'une bourgeoisie n'ayant jamais eu à se battre ; de très braves femmes au demeu-rant, qui de leur vie n'avaient jamais commis le mal, du moins en connaissance de cause, ni d'ailleurs vrai-ment le bien.

La cour s'installa, le président chaussa ses lorgnons pour consulter ses documents, puis jaugea l'assistance avec cette expression que donne une conscience aiguë de la vacuité des passions humaines. Ayant poussé deux ou trois soupirs sur le mode « à quoi bon s'inter-roger sur le sens de la vie ? », il fit signe à l'un des assesseurs qui déclara :

– Affaire Corneille contre héritières Fontenelle. Les appelants seront défendus par Maître Dreux.

– Du Radier, s'il vous plaît, corrigea ce dernier en étrennant un jeu de manches qui avait dû constituer la plus belle partie de son apprentissage du droit. Homme de lettres, historien, poète, traducteur, journaliste.

– Est-ce en qualité de poète ou de traducteur que vous comptez défendre votre client, maître Dreux ?

– Du Radier. En qualité d'avocat, monsieur le pré-sident. Je suis aussi licencié en droit coutumier des eaux et forêts, en droit du commerce des cuirs et peaux tannées, en droit régional du Languedoc, et j'ai presque obtenu ma capacité en droit administratif des douanes, taxes et importations de l'Est.

Les défendeurs lui opposaient Fontaine, qui possédait lui aussi d'intéressants souvenirs de son passage en faculté.

Celui-ci commença par indiquer que les nièces ignoraient que Fontenelle eût reconnu pour son cousin l'usurpateur couchant sous leur porche.

– Cousin prétendu, précisa-t-il.

– C'est faux ! s'écria le moulin à vent vêtu de noir. Mon client, le descendant d'un auteur illustre, a été reconnu par son parent la veille de la mort d'icelui ! Plusieurs domestiques l'ont confirmé !

Le président s'étonna :

– Il semble que chacun dans cette maison était au courant, sauf Mesdames !

Les mines évasives qu'adoptèrent le secrétaire et la gouvernante laissèrent peu de doute sur ce point.

– J'ai des preuves ! cria Dreux du Radier en brandissant le papier d'emballage où était évoqué un « legs moins matériel mais tout aussi profitable ».

La cour examina la preuve, qui portait encore le tampon du boucher.

– « À la Bonne Daube » ? Est-ce le sceau de monsieur de Fontenelle. Notre éminent académicien avait une étrange façon de parapher ses documents.

– Un legs moins matériel ! lança Fontaine. Il est clair que mon maître vous a légué sa considération distinguée !

– Et à vous tout le reste ? riposta le défenseur des orphelins.

Le juge était perplexe.

– Nous doutons qu'une mention laconique rédigée sur un emballage puisse ouvrir droit au partage d'une succession.

Les nièces se mirent à chuchoter passionnément autour de la gouvernante : elles s'étonnaient d'avoir été tenues dans l'ignorance de l'identité du mendiant qui campait en bas.

– C'était pour ne pas vous faire de peine, expliqua la Forgeville avec un sourire de bienfaitrice.

Dès lors l'accusation eut beau jeu de démontrer que le pauvre vieux grand homme, aveugle, sourd, affaibli, moribond, avait été chambré par son entourage pour l'empêcher de faire la fortune du cousin bien-aimé.

– Vous vous êtes vus très brièvement, je crois ? demanda le magistrat.

Jean-François ouvrit la bouche.

– Mais avec beaucoup d'émotion, monsieur le président ! s'empressa de répondre l'avocat. Notre cousin a même versé une larme en nous voyant !

Fontaine eut un ricanement de connaisseur.

– À son âge, mon employeur avait la larme facile, si vous voyez ce que je veux dire. Il lui est arrivé de pleurer en regardant un insecte se noyer dans son potage. Il n'a pas traité cet homme plus mal qu'une mouche.

– Il n'était pas gâteux au point de prendre des vessies pour des lanternes ! plaida son contradicteur.

– Oh si ! fit le secrétaire.

– Vous maîtrisez ce sujet, sans doute !

Fontaine se tassa sur son siège en lui jetant un regard mauvais. La partie adverse jugea le moment propice à un morceau de bonne éloquence :

– Qu'a vu monsieur de Fontenelle avant de mourir ? Qui s'affairait autour de lui dans ses derniers instants ? Une famille aimante ? Non ! Ces femmes (et le ton qu'il employa donnait à ce mot son acception la plus basse), ces harpies occupées à vider les tiroirs pour se disputer le butin ! Qu'a-t-il emporté au ciel ? Le doux visage d'une jeune cousine tendrement affectionnée ? Non ! Les traits grimaçants de gourgandines acharnées à lui faire lâcher ses économies, tandis que la fraîcheur et l'innocence se lamentaient dans le froid, dans la boue, en priant pour le salut d'un aïeul maltraité ! Ce n'est pas ici que ces femmes devraient être jugées, monsieur le président, ce n'est pas en captation d'héritage... c'est aux assises ! Pour torture ! Pour meurtre ! Et profiter au bagne des bontés de leur oncle !

Il y eut dans la salle plusieurs « oh ! » horrifiés tandis que les regards convergeaient vers le banc où les trois Lucrèce Borgia tentaient de se rendre invisibles. D'autant que le public se faisait de plus en plus fourni. Les saillies de Dreux retentissaient jusque dans les corridors. On accourait comme au spectacle.

Il avait déniché l'original des sorcières de *Macbeth*.

– Quoi qu'il en soit, il est évident qu'elles ont cherché à abréger la vie de ce malheureux !

– Abréger la vie d'un homme presque centenaire ? dit Fontaine. Qui n'aimerait qu'on abrégeât sa vie jusqu'à un tel âge ?

– Regardez-les, ces femmes, reprit Dreux, couvertes d'or et de diamants, assoiffées de richesses !

Il aurait dû corriger son texte ou lever le nez de ses notes, car les trois dames ne portaient guère qu'une petite croix en cuivre – à l'inverse il est vrai de la Forgeville. Les nièces se regardèrent avec étonnement, puis regardèrent la gouvernante et comprirent à qui s'adressait ce discours. Sans doute la fidèle employée avait-elle souhaité en imposer par sa mise : elle était ornée des pieds à la tête de bijoux rutilants. Les plaideuses sortirent tout à coup de leur abattement.

– Tiens ! Ce n'était pas à la mère de tonton Bernard, cela ? demanda la plus proche en posant le doigt sur une chaîne de vingt-quatre carats.

Mme de Forgeville fit semblant de n'avoir pas entendu et consulta l'heure avec nervosité.

– Ah, mais je connais cette montre, dit une autre.

La gouvernante voulut priser pour se donner contenance.

– Dites-moi, c'est joli, cette tabatière avec B. de F. en lettres d'or, remarqua la troisième qui saisit l'objet et l'empocha sans que sa détentrice fît autre chose que pousser de petits « ouh ! » d'innocence outragée.

Après avoir crucifié les héritières, l'avocat passa au portrait des saints Corneille. Bien sûr, il dut composer avec l'air abruti de Jean-François, que ses mimiques n'aidaient en rien à faire passer pour un martyr. Mais Mme Corneille, gênée d'être là, portait l'expression d'un vrai malaise, et Marie baissait les yeux avec beaucoup de grâce. Dreux concentra ses efforts de ce côté, et surtout sur la jeune fille, « cette pauvre enfant condamnée à tresser des paniers en osier alors que tout Paris se pressait aux tragédies de son grand-oncle ». Il fondait de grands espoirs sur l'idée bien assise que la misère est deux fois plus pesante lorsqu'elle est injuste.

L'argument porta moins sur le président que sur les nièces, fort ébranlées déjà par les premières semonces. Paradoxalement, Dreux parvint à leur faire prendre en pitié leurs pauvres accusateurs tombés dans l'ornière, et il est presque sûr que si elles se fussent trouvées à la place du juge, le procès eût été gagné dès cet instant.

– Du secrétaire je ne dirai rien de plus, sa figure parle assez contre lui, ajouta l'archange Michel.

À vrai dire, la figure de Fontaine montrait surtout de l'irritation. Le pourfendeur des sept péchés capitaux préféra s'attaquer au cas Forgeville.

– J'en viens à cette créature qui usait de ses charmes pour circonvenir un honnête célibataire... un homme de bien qui peut-être aujourd'hui brûle en enfer par sa faute !

On se signa dans la salle. Évidemment, la vue de Mme de Forgeville, soixante-sept ans, dont les formes débordaient de tous côtés, nuisait un peu à la crédibilité du propos. Dreux en rajouta dans la conviction pour suggérer les attentions lubriques, les bacchanales perpétrées par la pétulante aventurière.

– Car enfin, que peut faire une femme, belle encore, des heures durant, dans une chambre, seule avec un homme ?

– Je lui faisais la lecture !

La réponse faillit désarçonner le bretteur. Il se reprit aussitôt.

– Qu'y a-t-il de plus dangereux que la lecture ? lança-t-il en faisant virevolter du tissu noir dans tous les sens. La lecture ! Oui ! Mais de quels livres ? La Bible ? *L'Imitation de Jésus-Christ ?* les Pères de l'Église ? Non ! Des livres que nos plus saintes institutions ont mis à l'Index ! Et même... et même... des passages de l'Encyclopédie !

Un frisson de scandale parcourut le public.

– Elle l'a miné à petit feu, la Forgeville ! dit-il en la fusillant du doigt.

La gouvernante, rouge comme une sorcière au bûcher, faisait des soubresauts sur son banc. Les regards qu'elle lançait à l'avocat suggérèrent à ce dernier de s'éclipser par la porte de derrière, une fois le procès gagné. Sentant son public conquis, il repartit à l'assaut :

– Que dira-t-on d'une intrigante qui se fait engager pour tenir la maison d'un homme dont elle pourrait être la fille ?

Fontaine fit observer qu'à l'âge atteint par Fontenelle n'importe qui aurait pu être son fils, y compris des vieillards de quatre-vingts ans.

– Justice, monsieur le président, implora Dreux avec des accents de tragédien, justice ! Justice pour les malheureux que l'on a floués ! Justice !

Il était tellement imprégné de son rôle que de vraies larmes coulaient sur ses joues blêmes. On crut qu'il allait s'évanouir. Il y eut des bravos.

Fontaine, qui passait en deuxième partie de programme, commença par féliciter son collègue. Il le nomma « Maître Preux du Clapier » et s'excusa de son lapsus quand il fut sûr que tout le monde avait entendu. La contrepèterie fit bien rire la cour qui avait craint que la seconde manche fût moins distrayante que la première.

Fontaine, qui avait l'habitude de flatter les vieillards, saisit les magistrats mieux que ne l'avait fait son compétiteur avec sa fougue un peu vulgaire. Il présenta trois nièces qui, aimantes ou non, avaient le mérite d'occuper cet emploi depuis longtemps, et les opposa à un nouveau venu surgi d'on ne savait où, à la veille du décès, et d'ailleurs indigne d'être le cousin d'un Le Bovier de Fontenelle issu de la noblesse de robe. Ce dernier point ouvrait de brillantes perspectives.

– Que se passera-t-il, monsieur le président, si l'on permet aux gens de peu de réclamer l'héritage des personnes de qualité ? Les tresseurs d'osier viendront dépouiller les fils d'académiciens ! de barons ! de maréchaux ! de présidents des tribunaux !

Fontaine venait de mentionner l'élite de l'humanité. Il avait touché juste. Un mouvement d'horreur parcourut le parquet à cette évocation. Chacun des juges avait hérité sa charge ; ni eux ni leurs enfants n'étaient tout à fait à l'abri d'un bâtard issu d'une liaison honteuse.

Dreux du Radier ne cessait de se tourner vers ses clients pour répéter « Tout va bien ». Au troisième « Tout va bien », Jean-François eut la prémonition que leur affaire tournait au vinaigre. Il espéra récupérer au moins son investissement : un costume et des souliers neufs, sans compter les paniers qui, finalement, avaient été bien utiles aux trois dames pour emballer les bibelots de tonton Bernard. Il pria son défenseur de faire verser tout cela au titre des dommages.

Les délibérations furent aussi brèves que l'arrêté.

— Maître, dit le président, si l'on devait donner droit à tous les parents éloignés accourus aux enterrements, aucune succession ne serait plus en sûreté. En outre, rien ne montre la volonté expresse de monsieur de Fontenelle de léguer quoi que ce soit à ce cousin inopiné. Votre client sera bien heureux si ces dames ne l'attaquent pas en retour pour diffamation après les injures endurées ici.

Se penchant par-dessus son pupitre, il ajouta :

— En revanche, si vos pièces sont écrites comme votre plaidoirie, gardez-moi deux places.

Il prononça en conclusion que les appelants étaient déboutés et condamnés aux dépens. Le marteau s'abattit : « Affaire suivante. »

— Nous avons gagné ? demanda Jean-François.

Dans le couloir, Dreux du Radier leur expliqua ce qu'étaient les appelants, le verbe « débouter » et l'expression « condamnés aux dépens », bien qu'il ne fût pas sûr d'être compris. Il réussit *in fine* un superbe mouvement de robe pour déclarer :

— Mais je vous abandonne mes honoraires !

— Moi aussi, je sais faire des effets de manche ! s'écria Jean-François en lui envoyant sa main dans la figure, preuve qu'il suffisait de lui expliquer les choses clairement.

On entendit ce matin-là dans les galeries du palais un grand remue-ménage ; des personnes maîtrisaient un furieux, d'autres évacuaient un avocat chancelant sous des cris tels que : « Lâchez-moi ! Je sens que je vais faire une tragédie ! »

Marie fut prise d'une immense tristesse en songeant que leurs efforts n'aboutissaient qu'à les renvoyer à une misère encore plus grande, et que, peut-être, ces efforts avaient été motivés par de mauvais sentiments.

À l'autre bout du corridor, les nièces étaient occupées à récupérer leur bien sur le corps de la gouvernante. Quand elles eurent réglé leurs comptes, elles se dirigèrent vers le trio des sinistrés.

— Croyez que nous sommes désolées de ce qui est arrivé, dit Mlle de Martainville.

— Cela ne fait rien, répondit Jean-François. Nous étions pauvres, nous serons misérables, j'irai casser des cailloux pour la Couronne, Marie sera fille publique et ma femme mourra à l'hôpital. Des choses comme celles-là adviennent tous les jours.

Jean-François poussa un soupir pitoyable. Les nièces éprouvèrent pour eux de la compassion. Mlle Corneille était adorable, la vulgarité de son père rehaussait son charme, elle baissait décidément fort bien ses yeux rougis, et, quand elle les relevait, on contemplait cette expression des Corneille que les portraits de Pierre avaient immortalisée.

Les héritières échangèrent un regard entendu : elles prendraient à leur compte les frais de justice et verseraient une petite somme compensatoire.

Pour la première fois, l'on vit sous ces colonnes trois requérants déboutés remercier avec effusion leurs adversaires.

III

La nation n'est sortie de la barbarie que parce qu'il s'est trouvé trois ou quatre personnes à qui la nature avait donné du génie et du goût qu'elle refusait à tout le reste : Racine, Pascal, Boileau, Corneille.

VOLTAIRE

Jean-François, dans ses habits du dimanche, et sa fille, un petit chapeau à fleurs de sa mère posé sur ses cheveux noirs, arrivèrent devant une maison du faubourg Saint-Antoine à laquelle sa façade rehaussée de têtes à l'antique donnait un air de château des neuf Muses.

Au palais, juste après avoir embrassé celles qui les avaient ruinés, ils avaient été abordés par un autre vieil érudit qui leur avait proposé de les recevoir pour éclaircir leur cas. Jean-François aurait suivi le diable pour récupérer trois sous ; il avait volontiers accepté de prolonger son tour de France des vieux littérateurs.

Une petite dame à cheveux blancs les introduisit dans une demeure richement meublée où Titon du Tillet les reçut avec l'affabilité du collectionneur devant deux raretés. Le vieil homme leur fit admirer son « Parnasse de bronze » : il avait dépensé beaucoup d'argent pour faire réaliser une miniature de montagne où les auteurs du siècle précédent étaient portés par des génies, voire suspendus à des branches de laurier ou de palmier.

– Regardez ici !

Ils aperçurent un petit bonhomme en péplum.

– C'est votre ancêtre ! proclama fièrement le Jupiter des écrivains.

Vêtu d'une toge et coiffé de son célèbre calot, l'auteur du *Cid* y tenait le rôle d'une Muse. C'était Melpomène changée en vieil académicien.

– Certes, certes, dit Jean-François d'un air pénétré.

Chaque pièce était décorée de portraits et de bustes représentant poètes et philosophes. C'était un temple dédié non à l'écriture, mais à ses saints.

– Y a-t-il rien de plus important que les belles-lettres ? demanda leur hôte.

– Certes, certes, dit Jean-François qui pensait avoir trouvé une fois pour toutes la réponse universelle.

M. du Tillet avait l'habitude de se ruiner pour la littérature. Ils comprirent peu à peu que le brave homme faisait partie de cette race étrange que sont les adorateurs d'écrivains ; il leur vouait une passion, son amour des lettres s'était déformé de la manière la plus étonnante, et, contre toute vraisemblance, soixante-dix ans sur cette terre n'avaient pas réussi à l'en dégoûter. Avec lui, les auteurs avaient tous au moins un ami en ce monde. Il les recevait, s'inquiétait d'eux, distribuait des encouragements aux débutants et des secours aux malchanceux. On l'appréciait énormément.

– J'aime les écrivains, confessa-t-il d'une manière telle qu'on aurait pu remplacer « écrivains » par « gâteaux à la crème ». Je les aime tous !

Il sourit aux anges, passant mentalement en revue la collection de ceux qu'il fréquentait. Son visage s'assombrit.

– Sauf Voltaire. Il a dit de moi des choses horribles. Au reste, de qui n'en a-t-il pas dit ?

– Certes, certes, répondit l'écho.

Ils se demandèrent si on n'allait pas les prier de prendre place dans les vitrines comme reliques vivantes de Pierre Corneille. Jean-François regretta Évreux, ses paniers en osier, l'époque bénie où il ne se connaissait aucune parenté avec une engeance de fous.

– Ah, mes chers auteurs ! *Senectutem alunt*[1]. Vous savez le latin, bien sûr.

Jean-François ouvrit la bouche, lâcha un « *certum* » peu assuré, et la referma.

– *Natura deorum sunt*[2], poursuivit le lettré en pleine transe. J'envie tous ceux *quos scribendi cacoetes tenet*[3].

Ses visiteurs approuvaient du menton. Jean-François, qui n'était pas venu pour apprendre les

1. « Ils sont l'aliment de la vieillesse » (Cicéron).
2. « Ils sont de la nature des dieux » *(idem)*.
3. « Que tient la maladie incurable d'écrire » (Juvénal).

langues étrangères, se demandait si ce baragouin n'allait pas bientôt s'interrompre.

Enfin sorti de sa torpeur, Titon abandonna le latin pour s'informer de ce que savait la demoiselle, ce qui prit peu de temps. Il prétendit vouloir lui faire un cadeau et lui montra sur les rayonnages les vingt-neuf tomes du *Dictionnaire historique et critique* de Bayle, deux mille articles accompagnés de dix mille commentaires. Marie eut le tournis : « Je serai morte avant d'avoir lu tout ça », pensa-t-elle. Titon lui tendit un volume écrit serré.

– On a prévu un abrégé.

– Un abrégé ?

– Une anthologie. Un mal nécessaire, si vous préférez.

Le vieux monsieur la fit asseoir sur ses genoux et, bien qu'elle eût quinze ans, tira de sa poche des sucreries. L'ayant ainsi traitée comme une enfant, il se lança dans une leçon de philosophie pour étudiants de faculté, certifiée très profitable aux jeunes filles : il lui parla de la place des dames dans la société, évoqua le débat très en vogue sur la femme, égale ou non de l'homme, création de la nature ou de son éducation, les fit profiter de tous les raisonnements outranciers et iconoclastes qui agitaient à ce moment les salons parisiens. Jean-François subodora un malentendu : il n'était pas venu pour voir dévoyer sa fille.

À l'issue du pensum, Titon remit à son élève, au milieu des bonbons, l'abrégé du dictionnaire de Bayle où chercher du secours quelle que fût la situation. Mlle Corneille n'osa pas l'ouvrir, elle se contenta d'observer l'épaisse couverture de cuir poli : c'était son premier livre. Son père jugea que ce contact avec le beau monde commençait bien mal.

Comme le vieux monsieur l'encourageait à consulter l'ouvrage, elle choisit un chapitre au titre prometteur, « Le deuxième sexe », mais n'y découvrit qu'un éloge de l'éléphant, qui reste fidèle toute sa vie à sa femelle ; encore ne la rencontre-t-il que pendant cinq jours tous les trois ans, pour s'aller ensuite laver abondamment dans la rivière. Elle n'eut pas l'impression d'avoir beaucoup avancé son éducation sentimentale.

Ainsi donc ils parlèrent ensemble, mais ne se comprirent pas. Au bout d'une heure de cette conversation, les opinions étaient faites de part et d'autre, non sans lucidité : M. du Tillet était un gentil dément, Jean-François un demeuré.

Titon chercha qui ennuyer avec cette affaire, et décida de les adresser à Fréron, épouvantable chroniqueur littéraire, pourfendeur d'écrivains.

– Je connais quelqu'un qui aime beaucoup la belle écriture, dit-il sur un ton malicieux. Avec le nom que vous portez, vous êtes faits pour lui plaire.

Brillant élève des Jésuites, Élie-Catherine Fréron avait failli devenir abbé, ce qui lui avait laissé une humeur batailleuse et de beaux principes fort éloignés des idées de tolérance à la mode. Il animait une jolie revue, *L'Année littéraire*, en dépit des clameurs du parti philosophique et des tracasseries de la censure. Hostile à tout ce qui se rattachait aux doctrines encyclopédiques, il montrait plus de caractère que d'esprit, et jouait un rôle supérieur à son talent.

Ainsi que l'avait prévu le vieil adorateur des lettres, il se déclara très honoré de faire leur connaissance.

– Car, n'est-ce pas, leur lança le petit moustachu dégarni assis au milieu de ses papiers, seule la vraie littérature vaut quelque chose !

– Qu'est-ce donc que la vraie littérature ? demanda Mlle Corneille.

– Celle dont les auteurs sont morts.

On n'aurait su être plus clair. Les écrits des défunts avaient seuls droit au nom d'œuvres d'art, avoir trépassé était la condition primordiale du génie ; un bon auteur, pour faire carrière, aurait donc dû commencer par mourir. La plupart avaient le mauvais goût de rester en vie, et même de s'obstiner à vouloir se faire entendre, inconcevable vulgarité !

– Il y a une arrogance insensée des écrivains, de nos jours : parce qu'ils écrivent, ils voudraient être lus ! Eh bien, je lis, je suis là pour ça, que veulent-ils de plus ?

– Être aimés..., suggéra Marie Corneille.

Fréron haussa les épaules. Il se mit à défendre sa cause devant Jean-François qui attendait avec résignation le moment où l'on parlerait de ses problèmes financiers.

– On dit beaucoup de mal des critiques... mais nous faisons énormément pour la grandeur des lettres ! Pour qu'un arbre pousse droit, que convient-il de faire ?

– D'étaler du fumier, proposa son visiteur.

– Mais non ! Il convient d'élaguer le branchage de temps en temps.

Les branches qu'élaguait M. Fréron se nommaient principalement Diderot, d'Alembert et Voltaire. L'élagueur des belles-lettres poursuivit son monologue :

– Je dirige une grande revue littéraire où l'on ne trouve ni laideur, ni vulgarité, ni mensonge, ni faute de goût, ni manquement à la pudeur, ni...

Il semblait qu'il pût poursuivre à l'infini sa liste, véritable tourbillon de la négation, si bien qu'il eût été plus rapide de préciser ce qu'on y trouvait exactement : d'évidence, pas grand-chose. Fréron se donnait l'ivresse de l'élagage ; il regardait tomber les « branches » avec un délicieux vertige.

– Du brillant ! Ils pensent qu'il suffit d'avoir du brillant pour réussir !

– Que faut-il de plus ?

– Venir me voir.

Fréron consulta sa montre.

– Je vais vous présenter à des personnes du premier rang.

Jean-François imagina un généreux protecteur, quelque chose comme un duc, un ministre ou même une favorite.

Fréron les mena à la Comédie-Française et les présenta aux comédiens.

– Voici Corneille ! dit-il en désignant le père et sa fille d'un geste magistral.

Tandis que les sociétaires s'inclinaient, l'un d'eux, Le Kain, un homme robuste, assez laid, qui devait posséder un talent immense pour être arrivé là, répondit :

– Et moi je vous présente Mlles Pulchérie, Bérénice, Camille, Chimène, et MM. Horace, Rodrigue, Polyeucte et Cinna. Ce soir, nous allons jouer pour vous : Corneille nous fait vivre, nous ferons vivre Corneille.

– Je ne pourrai jamais vous remercier, dit Jean-François, ému.

– C'est inutile, monsieur, dit Mlle Clairon-Pulchérie : votre aïeul s'en est chargé.

Jamais on ne l'avait tant appelé « Monsieur ». Il se sentait devenir quelqu'un.

On changea les affiches de la soirée. Les comédiens avaient inscrit *Rodogune* au programme, en hommage au grand homme, puis *Les Bourgeoises de qualité*, une comédie récente qui n'était un hommage pour personne, mais dont les nombreux rôles permettraient à chacun de participer.

C'était dans les coulisses une joyeuse effervescence : que pouvait-il arriver de mieux à un acteur que de jouer pour Corneille, à défaut de jouer pour Molière ?

Bien sûr, il fallut assister à la représentation ; Jean-François se dit que l'on n'avait rien pour rien, et puis au foyer on vendait des sirops.

Il ne comprit goutte à *Rodogune*, sinon qu'il s'agissait d'une jeune effrontée réclamant de son fiancé qu'il trucidât sa propre mère.

– C'est cornélien, dit Fréron d'un air entendu.

– Certes, certes, répondit Jean-François.

Il soupçonna qu'il y avait là une allusion ; il espéra que les plaisanteries sur son nom n'allaient pas recommencer.

Marie était dans un état second. Elle dévorait du regard ces acteurs qui n'étaient là que pour elle. Elle qui n'était pas grand-chose se sentait devenue soudain très importante sans avoir rien fait pour cela ; elle attirait la même compassion qu'une princesse en exil. L'admiration que l'on continuait de porter à son ancêtre la nimbait. Plus encore, il lui sembla que les personnages de la pièce s'adressaient à elle, comme si la voix de son grand-oncle avait traversé un siècle pour lui parvenir. Que lui disait-il ? Ce qu'il faisait dire à Rodogune : d'attendre et d'espérer. Jamais elle n'avait vu plus bel endroit que ce théâtre, jamais on ne s'était montré si bon avec elle. Marie se demanda si la magie des dorures et des velours serait assez forte pour l'arracher à un avenir sordide. Elle ignorait qu'au théâtre comme ailleurs les apparences ne sont qu'illusion.

À l'issue de la représentation, les comédiens non encore démaquillés apportèrent la recette, qui s'élevait à cinq mille livres. Jean-François en gagnait vingt-quatre au mois, c'était dix-sept ans de son petit salaire.

Déjà il voyait venir vers lui la bourse, de main en main, quand Fréron l'intercepta pour demander comment il comptait l'employer. Le tresseur d'osier répondit qu'il verrait cela plus tard, et tendit le bras vers l'inaccessible trésor.

– Non, non... vous avez une fille, il faut prévoir son avenir.

Pour revoir son pécule, Jean-François consentit

d'avance à tout ce qu'on voudrait, et remercia son bienfaiteur d'avoir la bonté de s'intéresser à sa demoiselle.

Fréron s'y intéressait infiniment, et nourrissait d'ailleurs des projets pour son avenir immédiat. Il s'arrangea pour se trouver seul avec elle dans les coulisses et lui caressa la main.

– Vous ne savez pas quel effet a votre nom sur les auteurs..., bava-t-il.

D'évidence, il se proposait de le lui expliquer. Il la tripotait.

– Je vous en prie, ne soyez pas vulgaire, c'est contraire aux bonnes mœurs, dit la jeune fille qui se souvenait avoir lu un chapitre sur la question dans le livre de monsieur du Tillet.

– Je vais vous apprendre la différence entre la galanterie et la vulgarité, dit Fréron. Quand je fais ceci (il redressa avec délicatesse le ruban qui tenait ses cheveux) je suis galant. Quand je fais cela, je suis vulgaire.

Il lui pinça l'arrière-train.

– Ah, monsieur, cessez !

– Taisez-vous, je veux vous épouser.

– C'est impossible, je suis sans dot.

– Vous avez la meilleure des dots, vous avez votre ancêtre ; quel auteur peut-il rêver mieux ? Épouser Mlle Corneille ! Vous n'avez même pas besoin d'être jolie !

– Merci bien !

– Ce nom... vous le portez comme le plus ensorcelant des parfums... après Racine, peut-être.

Elle le repoussa, bondit dans la première loge et tira le verrou.

Comme il grattait à la porte, Marie feuilleta en hâte son vade-mecum, dont il était opportun de tester l'utilité.

– « Une honnête femme, lut-elle de sa manière hésitante et hachée, doit s'estimer digne de louange pour avoir résisté à de mauvaises sollicitations... »

– Mademoiselle Corneille...

– « Toute famille qui peut citer une telle ou une telle qui ont résisté aux offres d'un grand financier ou d'un prince croit se couronner de gloire... »

– Qu'est-ce que c'est que ce mauvais traité ?

– Le dictionnaire de Bayle. « Plus les tentations ont été fortes, plus s'est-on assurée par de bonnes preuves que l'on aime l'honneur et la vertu, et que l'on est digne d'être estimée et louée. »

Elle lui servit *in extenso* et sans interruption le chapitre sur la spécificité des vertus féminines, modestie, respect, pudeur, de quoi endormir un dromadaire, jusqu'à lui faire lever le siège, ce qui fut doublement déplaisant à l'adversaire des Encyclopédistes.

– J'espère n'avoir pas été trop dure, dit-elle à Le Kain lorsqu'il la délivra.

– Beaucoup moins que ne le sera sa femme si elle apprend cette affaire, répondit le comédien.

Marie loua dès ce moment l'efficacité des traités philosophiques.

IV

*On me mande qu'à l'abbaye de Saint-Antoine il
y a une petite-fille du grand Corneille, qui a les
sentiments des héros de son grand-père, et qui
n'a pas la fortune que les libraires ont faite en
imprimant ses œuvres.*

VOLTAIRE

Fréron constata l'incapacité de Jean-François à gérer
son pactole : non seulement il avait des projets stupides
pour l'argent du Théâtre-Français, mais il pensait réi-
térer l'opération au plus tôt comme si cela avait été
une rente.

– Je vais régler vos affaires courantes, annonça le
critique.

Il parut qu'il comptait au nombre des affaires courantes le sort de Mlle Corneille, qui fut liquidé entre
deux factures comme les autres formalités. Lorsqu'il
remit ses comptes, Fréron leur apprit qu'il avait payé
le boucher, fait patienter la couturière et inscrit Marie
chez les bonnes sœurs. Les Corneille eurent le plaisir
d'être informés que leur fille était attendue à l'abbaye
de Saint-Antoine « où elle aurait, pour se former, les

48

conseils d'une prieure vertueuse, aimable et polie (et complètement barbue, s'était-il laissé dire), à l'exemple de plusieurs demoiselles de condition comme elle ».

Comment contredire un homme qui les traitait de « personnes de condition » ? Le destin de Marie était scellé.

– Et s'il vous donne du marquis, demanda-t-elle, faudra-t-il que je prenne le voile ?

Elle chercha un secours dans le livre de philosophie, mais n'y trouva guère de remède, selon la grande règle qui veut que la philosophie soit l'amour de la sagesse, que la sagesse consiste à s'accommoder de son sort, et que les petites filles n'aient d'autre sort que celui d'obéir à leurs parents.

Elle allait avoir seize ans et sa vie s'achevait entre quatre murs gris.

Au jour dit, ses parents la menèrent à la porte du couvent, tirèrent le cordon et l'embrassèrent furtivement avant de s'enfuir, si bien que Marie eut l'horrible impression d'être un bébé abandonné sur un parvis.

Dès qu'elle eut fait trois pas à l'intérieur, elle se trouva environnée de jeunes filles et de religieuses qui la contemplaient avec curiosité. Sur un signe de la mère abbesse, les élèves se mirent à déclamer :

Qu'heureux est le mortel que la vérité même
Conduit de sa main propre au chemin qui lui plaît !
Qu'heureux est qui la voit dans sa beauté suprême,
Sans voile et sans emblème,
Et telle enfin qu'elle est !

49

On lui avait préparé une petite sauterie. La prieure, une grande femme sèche, pas tant barbue à la vérité, se dit honorée de recevoir la petite-fille du traducteur de *L'Imitation de Jésus-Christ*, fleuron de la littérature spirituelle. Mlle Corneille avait ignoré jusqu'à ce jour cet aspect du talent protéiforme de son ancêtre. Elle comprit que l'on venait de lui servir en manière de bienvenue un savoureux aperçu dudit chef-d'œuvre.

– Vous entrez dans le royaume de la foi, lui apprit-on.

Elle subodora que ce n'était pas le séjour de la joie. L'une des moniales la conduisit à sa chambre, autant dire sa cellule. Les couloirs et le cloître bruissaient du murmure de ces demoiselles d'une petite noblesse à laquelle elle seule n'appartenait pas. C'était l'empire des chuchotements.

Il y avait un ouvroir où les pensionnaires se perfectionnaient dans des travaux féminins qui leur tenaient lieu d'éducation, sous la houlette bienveillante de la sœur converse, Marie-Madeleine du Renoncement.

– Il faut bien que vous sachiez faire quelque chose, si vous devez demeurer parmi nous, expliqua la prieure.

La formule donna à Mlle Corneille de l'inquiétude : jusqu'à quand ce verbe « demeurer » devait-il s'entendre ? Elle soupçonna qu'on avait l'arrière-pensée de la faire « demeurer » entre ces murs tout le long de sa vie, estampillée « fille d'un grand dévot » sous une coiffe qui enserrerait et cacherait sa tête rasée. Les infléchissements de sa destinée prenaient un tour de plus en plus suspect.

50

Les héritières de bonne famille étaient toutes en train de broder sagement de jolies arabesques sur de la toile de coton blanc.

– Qu'est-ce que tu brodes ? demanda Marie à sa voisine.

– Un coussin avec le blason de mon père sur le devant, celui de ma mère derrière. C'est difficile, surtout à cause de la couronne comtale.

– Ah oui.

On lui donna des aiguilles et du fil. Comme elle n'avait guère de couronne dans ses armoiries, elle opta pour un motif religieux dont le modèle était tracé sur du papier.

– Vous avez choisi un sacré-cœur, fort bien, dit sœur Marie-Madeleine quelque temps après, mais vous n'êtes pas obligée de le broder avec votre sang, mon enfant.

Elle pleurait, tant elle avait mal aux doigts. Ses camarades se pressèrent autour d'elle pour observer et commenter cette catastrophe qu'était sa broderie.

– Bon, dit la sœur converse après avoir dispersé l'essaim, mieux vaut se faire à l'évidence : vous êtes nulle. Que savez-vous faire ?

– ... niers en osier.

– Pardon ?

– Je sais tresser des paniers en osier.

Toutes les aiguilles restèrent en suspens.

– Comme c'est original ! dit une demoiselle.

On lui donna de l'osier, elle fit des paniers.

Une heure plus tard, la prieure trouva tout le monde en train de tresser. Elle pria ses pensionnaires de

51

retourner à leurs broderies, voyant mal comment expliquer aux parents que la formation de leur progéniture à la vie bourgeoise comprenait à présent un chapitre « vannerie ».

Marie se rendit compte avec inquiétude que certaines de ses compagnes, surtout parmi les moins fortunées, envisageaient de prononcer leurs vœux. Il lui était difficile, pour sa part, d'admettre que tous ces beaux développements sur le rôle social de la femme dont on l'avait gavée s'achèveraient à plat ventre devant un crucifix. Tout ce bonheur inespéré n'avait abouti qu'à la faire emprisonner au milieu des bonnes sœurs.

Pour se distraire de ses déboires, elle se remit à jouer avec ses poupées, le soir, dans sa cellule. Elle imaginait qu'un beau prince éclairé venait la libérer d'une sorcière obscurantiste pour l'emmener dans son royaume philosophique.

– Lâchez donc ces chiffons ! dit la prieure. Voici une effigie de la Sainte Mère de Dieu.

On lui conseilla de prier devant la statuette, et aussi devant saint Épimaque, patron des petites filles dissipées.

On n'obtint pas l'effet souhaité. Elle fut surprise à jouer à la poupée avec la Vierge et saint Épimaque. Il s'agissait, semblait-il, d'un simulacre de papa-maman, ce qui, en soi, est bien innocent. Évidemment, le fait qu'Épimaque et la Vierge n'étaient pas mariés conférait au jeu un parfum d'adultère : on aurait dit que Marie trompait saint Joseph en cachette. Pour l'empêcher de chercher une explication à la naissance de Jésus, on remplaça Épimaque par sainte Runehilde, vierge rigide à la réputation immaculée, patronne des abattoirs. Ce fut pis, elles regrettèrent leur idée : à tout prendre, l'adultère avec Épimaque s'inscrivait davantage dans la norme ; car Runehilde tenait à l'évidence auprès de Marie le genre de place qu'on n'avouerait pas même à confesse.

La prieure jugea cette Corneille possédée du démon et proposa d'entamer sur-le-champ l'exorcisme. La sœur converse suggéra que l'attitude prêtée à la sainte n'était peut-être pas si éloignée de la réalité. La prieure compulsa son répertoire des saints, ouvrage sur lequel on pouvait se reposer. Ayant trouvé, elle se demanda si la réputation dudit ouvrage n'était pas surestimée. On y décrivait le caractère de Runehilde, fondatrice d'une congrégation assez particulière de sœurs combattantes, dite « de la Sainte-Massue », qui, au XIᵉ siècle, avait merveilleusement contribué à répandre la foi dans les contrées germaniques, juste avant que le pape ne s'avisât de renfermer *manu militari* les nonnes de tous ordres dans leurs couvents. Le côté amazone du personnage prêtait à confusion. On ne pouvait oublier non plus certaines affaires délicates qui contraignaient nombre de sœurs à de souveraines pénitences. Marie échappa à l'exorcisme, mais ne fut pas considérée pour autant par la supérieure comme un cadeau du Ciel.

Mlle Corneille, qui n'avait pas épuisé le registre des bêtises, ouvrit pour ses camarades ce mystérieux

Dictionnaire qu'elle transportait partout. Elle choisit l'article sur Héloïse et Abélard, qui les concernait un peu. Ses compagnes ne comprirent pas tout, mais, de ce qu'elles comprirent, il ressortait qu'Héloïse, religieuse, avait reçu plusieurs fois en cachette son amant, qui avait fini castré. L'ablation accomplie, la jeune femme jurait qu'elle aurait donné sa vie pour sauver cet « inestimable bijou » et poussait les plaintes les plus outrées qui se pussent entendre contre la Providence divine. Marie avait eu le temps de leur en lire de larges extraits lorsque le recueil lui fut confisqué avec fracas. Elle fut convoquée ce même jour chez la prieure qui lui expliqua sur un ton glacé :

– J'ai reçu une mise en garde de Monseigneur, qui me reproche d'avoir laissé pénétrer un livre du diable dans cette enceinte. À mon avis, le diable n'a pas envoyé que son livre. Quoi qu'il en soit, nous voulons bien recueillir ici de petites miséreuses, mais pas des suppôts de l'athéisme et de la sédition !

La mère supérieure nota avec consternation que la jeune inculpée n'avait même pas la décence de pleurer.

– Vous devriez prendre exemple sur votre aïeul, qui a traduit *L'Imitation*.

– Ce n'est pas une raison pour que je l'imite ! répondit la rebelle.

Puisque son ancêtre l'auteur de théâtre avait traduit l'un des ouvrages de foi les plus lus dans le royaume, preuve était faite que les brebis les plus égarées peuvent retrouver le chemin du Seigneur. Ramener Mlle Corneille sur cette voie semblait néanmoins présenter des difficultés inattendues. Elle avait fréquenté

Lucifer de trop près pour qu'on pût effacer aussi vite l'odeur de soufre et de philosophie qui régnait autour d'elle.

On lui demanda d'apprendre chaque soir un verset de *L'Imitation*, le livre le plus ennuyeux jamais écrit de main d'homme. Elle entendait dans sa tête la voix de la prieure à chaque sentence et voyait son visage se dessiner dans le contour des lignes.

Il lui restait heureusement quelques péchés à expérimenter. Par exemple, le mensonge. Elle raconta à ses compagnes qu'elle descendait de Louis XIV en personne par la main gauche. Et aussi que ce fameux Corneille, son ancêtre, avait rédigé les meilleures comédies de Molière, un secret de famille séculaire. Le secret séculaire fit le tour de la communauté, sa propagatrice fut de nouveau convoquée chez la prieure qui passait désormais plus de temps sur ce problème qu'à faire broder des sacrés-cœurs.

– Vous êtes une petite menteuse ! s'écria la pauvre femme.

On s'aperçut par la suite que Mlle Corneille entretenait une correspondance avec des Titon et des Le Kain, philosophes et comédiens, ce qui horrifia tout bonnement les nonnes. On voulut le lui interdire, mais lesdits philosophes menacèrent d'un scandale public plus outrageant que le scandale privé qu'elles subissaient. Il est vrai que les lettres de Marie parvenaient jusque dans les salons où ses récriminations de jeune fille enfermée contre son gré donnaient à un nommé Diderot des idées de roman.

Marie resta un an au couvent, persuadée que c'était

pour toute la vie. Elle ne croyait pas assez en Dieu pour que la foi lui fût d'un grand réconfort ; les contraintes de la vie conventuelle ne l'en rapprochaient pas, mais l'en éloignaient au contraire. La sœur converse s'était laissé dire que Thérèse d'Avila avait elle aussi montré un fort caractère dans son noviciat. La prieure répondit que Mlle Corneille devrait au moins devenir Jeanne d'Arc pour racheter les efforts qu'on lui consacrait.

Paradoxe de l'existence, ce ne furent pas le mensonge, la paresse ou la luxure qui la tirèrent de là : ce fut l'avidité.

Au bout de cette année, la supérieure reçut Marie avec une mine certes pincée, mais moins lasse ; on sentait qu'elle entrevoyait enfin une issue à leur situation. Elle commença par dresser un bref bilan des mois écoulés :

— Vous connaissez les vertus qu'il nous importe d'inculquer à nos chères enfants. Nous vous avons notée sur cinq points. Humilité : zéro. Patience : 1,5. Obéissance : il faudrait inventer les points négatifs. Piété : je préfère ne pas répondre. Pour l'accessit travaux d'aiguille, nous avons des paniers en osier pour dix ans. Camaraderie : 5 sur 5, mais cela ne vous évitera pas l'enfer, au contraire. Votre influence sur vos compagnes est déplorable. Nous avions dix vocations dans cet établissement l'an dernier, il n'en reste plus que trois, et encore, des laiderons dont les familles se sont livrées à de regrettables spéculations.

Elle se pencha sur la jeune fille et prononça d'une voix grave :

– Vous êtes la hantise d'une congrégation, le cauchemar d'un pensionnat... Vous êtes une punition divine !

La mère abbesse inspira profondément pour chasser les envies de bûcher qui lui traversaient l'esprit.

– Voilà pourquoi je vous ai supportée, reprit-elle plus doucement. Je pense avoir progressé de quelques rangs dans la hiérarchie céleste : grâce à vous, je serai un peu mieux placée pour admirer la gloire de Notre-Seigneur après le Jugement dernier. Je n'ai pas besoin de vous dire où je vous vois passer cette même éternité...

Elle conclut qu'en attendant ce jour elle était navrée de devoir se séparer d'elle pour des raisons financières, ses parents n'étant plus en mesure de payer son entretien. Jean-François, toujours aussi brillant économe, avait dilapidé tout l'avoir constitué par la soirée au Théâtre-Français.

– Vous aviez dit que vous seriez heureuse de me garder pour rien, remarqua Mlle Corneille.

– Vous garder ? dit sèchement la religieuse. Nous nous apprêtions à vous jeter dehors ! Je suis fâchée de me voir ôter ce plaisir. Votre père vous attend au presbytère. Je regrette.

– Ne regrettez rien, répondit Marie. Qui pourrait être triste de quitter votre prison pour jeunes filles riches ? Je crois moi aussi que mon séjour chez vous me sera compté à bénéfice lors de mon entrée au paradis.

La prieure, qui était *a priori* d'un avis contraire, lui appliqua la gifle la plus apaisante de sa longue carrière.

– Pauvre enfant ! se lamenta la converse en regardant s'éloigner leur pensionnaire. Quel destin l'attend ? Nous prierons pour elle.

– Nous allons tâcher de l'oublier au plus vite, oui ! répondit l'abbesse en refermant le portail d'un geste vigoureux.

Restait à espérer qu'aucune descendante de Racine ne se présenterait l'année suivante, aussi bon dévot le grand homme eût-il été.

V

Le protecteur des belles-lettres ne pouvait accepter qu'une demoiselle Corneille retournât chez ses parents tresser de l'osier. Titon du Tillet prit Marie chez lui, où il la remit entre les mains de ses nièces, Mlles Félix et de Vilgenou, puisque apparemment tous ces vieux littérateurs faisaient profession d'avoir des nièces et de ne se marier jamais.

Mlle de Vilgenou était aussi grande et sèche que Mlle Félix était petite et ronde, l'une et l'autre avaient les cheveux couleur d'œuf battu, elles étaient d'humeur vive et joyeuse comme il est naturel chez des personnes élevées par un vieil excentrique, et néanmoins faisaient tourner la maison comme un cerbère dont les deux têtes se fussent chamaillées tout au long du jour. Elles poussèrent des cris en découvrant la peau mate et les cheveux noirs de leur protégée : elles commencèrent par la savonner, incapables d'admettre qu'elle pût avoir une complexion aussi sombre. C'étaient deux anges laiteux, sinon diaphanes, tourbillonnant autour d'un petit démon en instance de réforme.

– D'où venez-vous pour être aussi sale ? demanda la ronde Félix.

Elle venait du couvent.

– Du couvent ! Ma pauvre enfant, je vous plains.

– Comment ! protesta la sèche Vilgenou. C'est très bien, le couvent, je m'y suis beaucoup plu.

Mlle Corneille lui trouvait d'ailleurs quelque chose de la mère supérieure.

– Très peu pour moi ! dit Félix.

– On y apprend à faire de très jolies broderies, remarqua Vilgenou.

Elles entretinrent un bon moment une polémique sur les bienfaits de la vie conventuelle, l'éponge dans une main, le savon dans l'autre, de chaque côté de Marie qui se fût volontiers lavée toute seule. Ayant dû faire sa toilette entre le marteau Félix et l'enclume Vilgenou, elle devina que l'accord de ces dames, s'il se produisait un jour, pourrait être compté au nombre des signes annonciateurs de la fin du monde.

– En tout cas, on ne devait pas vous frotter souvent, dans ce couvent, soupira Vilgenou.

– Mais si, dit Félix, souviens-toi, une fois par mois, derrière un drap, comme c'était commode !

– C'est sans doute ce drap qui te manque aujourd'hui ! lança Vilgenou.

C'était reparti... Marie plongea la tête dans le baquet.

Titon du Tillet avait prévu de continuer son éducation philosophique à base d'Encyclopédie.

– Vous verrez, c'est merveilleux, dit Félix : on apprend tout sur tout et on ne comprend plus rien à rien.

– Le vrai philosophe, expliqua leur oncle, est celui qui reconnaît son ignorance.

– Sur ce point, ma chère, dit Vilgenou à la jeune fille, vous êtes déjà très philosophe.

Titon saisit un volume avec des gestes respectueux : c'était l'un des rares exemplaires encore en circulation. De bonnes âmes avaient imputé l'attentat de Damiens aux philosophes, accusés de saper la morale et l'ordre social. Ces personnes avaient représenté au roi que de tels livres pourraient bien lui valoir un nouvel incident à la Damiens, et comme Sa Majesté ne goûtait guère d'avoir les côtes écorchées par des canifs, l'Encyclopédie avait été brûlée en place publique. Un petit couteau avait pesé davantage que toute la pensée du siècle.

Titon expliqua que les Lumières concernaient aussi les dames.

– Elles ne doivent plus, de nos jours, être cantonnées dans les tâches ménagères.

– Ah ?

– Une femme d'aujourd'hui doit savoir penser sans le montrer, avoir un esprit délié, mais de façon que les connaissances acquises aient l'air de lui être venues toutes seules. Vous comprenez ?

– Oui, répondit Mlle Corneille en se disant que la tâche n'allait pas être simple.

Il lui parla des philosophes, et notamment de Diderot à qui les malheurs de la jeune fille avaient inspiré un roman impubliable qui circulait dans les salons sans titre et sans nom d'auteur. Le vieil érudit lui montra un article dans lequel ce même Diderot décrivait une race de lézards bleus fort intrigante. Au huitième lézard, il reprocha à son élève sa distraction. Elle répondit qu'elle n'avait pas été éduquée pour étudier la philosophie, mais pour tresser des paniers en osier.

Chez Titon défilait le Paris des lettres, ce qui permit à Mlle Corneille de constater que les écrivains ne naissent pas tous à soixante ans.

Les demoiselles lui avaient expliqué qu'une femme ayant bénéficié d'une éducation philosophique devait avoir la tête assez forte pour savoir se conduire en présence d'un homme, fût-il célibataire, séduisant et absolument dépourvu d'aucune des qualités qui font un prétendant. Aussi interpréta-t-elle comme une sorte d'examen, un jour de septembre 1760, de recevoir seule un jeune débutant en poésie lyrique, bien que Mlle Félix lui eût glissé à l'oreille, sans qu'elle comprît pourquoi, qu'elle ne risquait rien.

Le poète qui entra était vêtu d'un pourpoint chamarré, délicatement cintré, portait une jolie perruque et un chapeau à plumes.

– Pindare, dit-il en lui baisant la main.

– Pardon ?

– Comment ? Vous ne connaissez pas mon ode sur la cause physique des tremblements de terre ? Ponce Denis Écouchard Le Brun, le poète ! Ça ne fait rien : Pindare pour les intimes.

Elle le trouva charmant quoique déroutant. Il sentait la violette, cela la changeait des artisans vanniers ou des bonnes sœurs. De plus, Pindare Le Brun était capable de grands enthousiasmes.

– Oh ! vous êtes la femme idéale ! s'écria-t-il. Il faudrait être un rustre pour ne pas vous demander sur-le-champ en mariage !

Elle le prit pour un aimable fou.

– Ce serait merveilleux d'être votre mari, n'importe qui devrait vouloir vous épouser ! Devenez ma femme, soyez ma muse, il faut vous sortir de cette médiocrité où vous croupissez !

Marie ne sut que répondre. Il ne lui laissa pas le temps de chercher.

– Non, je vais faire mieux que vous épouser : je vais écrire un poème sur vous ! Sur votre vie ! Vous êtes une héroïne moderne !

Il était en pleine transe créatrice.

– Je vois déjà l'exergue :

À vous, belle Corneille, un trop modeste essai
Où tout semblera faux parce que tout est vrai.

– Bravo, bravo ! applaudit Titon du Tillet qui venait d'entrer.

Il se hâta de passer à Pindare Le Brun de quoi écrire afin qu'il pût fixer les sublimes pensées qui se bousculaient dans son esprit fertile.

– Je tiens le sujet : la tendre héritière de la littérature tombée dans l'ornière ! Vous, élevée dans un bouge, une masure sordide, au milieu des cochons...

Mlle Corneille fut horrifiée.

– Mieux : abandonnée dans une auberge aux mains

de tenanciers sinistres qui vous font trimer dès cinq ans. Je vous vois traînant un seau presque plus grand que vous pour aller puiser de l'eau dans la nuit noire... C'est exaltant !

Marie, dont la mère avait toujours fait en sorte de l'élever aussi dignement que possible, ne trouvait pas cela exaltant du tout.

– Je n'ai plus cinq ans, protesta-t-elle dans le vide.

– Je sens que votre œuvre va être sublime, dit Titon, ravi.

– Et soudain surgit une forme..., dit Pindare qui avait à présent des visions.

– C'est un fantôme ! lança Titon comme s'il se fût trouvé devant une cartomancienne.

– Oui ! C'est votre illustre ancêtre ! Revenu d'entre les ombres pour sauver la tendre orpheline maltraitée !

– Je ne suis pas orpheline.

Titon lui fit un signe :

– Taisez-vous, vous gâtez l'ambiance.

– Je vois le titre : *L'Ombre du grand Corneille*.

– C'est merveilleux ! Écrivez-le tout de suite !

D'une plume enfiévrée, Pindare Le Brun jeta plusieurs strophes sur le papier devant un Titon excité d'assister une fois encore au miracle de la création, et devant une Mlle Corneille ébahie. Titon murmura à l'oreille de la muse que le poète avait partagé la classe du petit-fils de Jean Racine, c'était une référence.

– Si on ne me fait pas entrer à l'Académie après ça ! dit Pindare, son ode finie.

Titon, qui ne doutait pas qu'un fauteuil attendît le

jeune homme, décida de le faire immédiatement représenter en réduction pour son Parnasse de bronze :

– Vous figurerez un faune ! promit-il.

Comme il manquait à ce poème une fin marquante, Pindare le jeune eut l'idée d'ajouter une strophe où « l'ombre de Corneille » demandait à Voltaire, son successeur dans les succès théâtraux, de sauver sa descendante :

Sans doute il eût brillé de l'éclat dont j'ai lui.
S'il eût été Corneille, et si j'étais Voltaire,
Généreux adversaire,
Ce qu'il fera pour toi, je l'eusse fait pour lui.

Sa modestie avait autorisé le poète à s'imaginer dans la peau de Corneille.

– Ah ! C'est beau ! dit-il. Je suis fort !

– Que vient faire Voltaire là-dedans ? demanda Titon qui n'était guère client du grand polémiste.

– C'est une trouvaille : j'avais besoin d'une rime en aire. Cela sonne bien, non ? *Voltaire, adversaire...* Je suis très content.

C'était visible. En dépit de la rime, Titon était encore assez ému pour lui donner de quoi faire copier le poème et le répandre un peu partout.

Mlles Félix et de Vilgenou expliquèrent à leur protégée que les poètes avaient l'habitude d'être pris d'inspiration dans cette maison ; Pindare en était personnellement à sa quatrième ode : l'avant-dernière portant sur le gigot pascal, ses préoccupations étaient donc plutôt en progrès.

VI

Voudriez-vous avoir la charité de vous informer s'il est vrai qu'il y ait une Mlle Corneille, nièce de Chimène et d'Émilie, petite-fille du grand Corneille, âgée, dit-on, de seize ans, qui manque de tout et n'en dit mot ? Pourriez-vous obtenir des informations sur ce fait qui doit intéresser tous les imitateurs de son grand-père, bons ou mauvais ?

VOLTAIRE

Le Brun arriva un matin avec une étonnante nouvelle :

– Mademoiselle, vous avez fait pleurer un grand philosophe !

Suivit un discours sur son talent enfin reconnu : d'un beau sujet, il avait fait une belle œuvre.

– Merci d'être malheureuse et d'avoir croisé mon chemin, dit-il en lui baisant les mains.

La seule vraie bonne idée du poème lui était venue après la rédaction. Il avait pensé à transformer en heureuse fortune son hasard de rime : il avait envoyé une copie à Voltaire. C'était l'occasion de se faire connaître d'un auteur illustre (et vivant, lui) dont on pouvait espérer soutien et recommandations.

Titon fut fâché d'apprendre qu'un complot avait poussé Mlle Corneille à se signaler à son ennemi.

– Mais que vous a-t-il dit de si vexant, au fait ? demanda Pindare.

Le vieil homme minauda tel le petit garçon qu'il était toujours.

– Il a dit... que j'étais gâteux ! Parce que j'avais osé lui préférer Rousseau !

Le Brun eut l'impression qu'on attaquait son triomphe. Tout à sa vanité, il suggéra que Voltaire n'avait fait que prendre un peu d'avance : assertion injuste, car Titon était exempt des infortunes de l'âge et n'omettait d'ôter ses pantoufles avant de sortir qu'une fois sur deux. Blessé, le vieil homme le pria de déguerpir, et sa muse d'aller se faire élever à Ferney.

Marie se voyait chassée de chez son protecteur comme elle l'avait été du couvent. Le monde s'écroulait. Elle se prépara non sans appréhension à retrouver son père, avec le soupçon que ce dernier n'hésiterait pas à la vendre en place publique à la moindre occasion. Elle emballa ses affaires en songeant qu'il eût mieux valu se jeter aux pieds du vieil homme et le supplier. Mais elle n'avait pas le cœur de s'humilier pour demeurer chez une personne capable de la renvoyer sur un coup de tête.

Quand elle se présenta devant Titon avec son sac, le vieil érudit se mit à geindre comme un enfant capricieux à qui on aurait cassé deux jouets :

– Aimez toujours les belles-lettres, je vous en

conjure, c'est un plaisir de tous les temps, le reste est fumée : *vanitas vanitatum et omnes vanitas*.

Il les raccompagna jusqu'à sa porte en faisant mine de vouloir les retenir, et fit au poète des déclarations d'amour qui s'adressaient à la littérature.

– Il m'aime bien, cet homme, dit Pindare une fois dehors. Je reviendrai le voir quelquefois.

Mlle Corneille supposa que ce serait dans les fins de mois difficiles.

Le poète reconduisit sa muse chez elle où ses parents se montrèrent fort contrariés de la revoir, les moulures de bois ne rapportant pas davantage qu'auparavant.

– Ah oui, un détail, dit Pindare au moment de prendre congé.

Le détail, c'était que Voltaire offrait de recevoir « la petite Corneille » (au ton qu'il employait, on pouvait se demander s'il ne se trompait pas quelque peu sur l'âge de la demoiselle), il offrait de la nourrir, de la vêtir, de l'éduquer – bref, d'en débarrasser ses père et mère.

L'écrivain avait d'abord été surpris de recevoir une lettre signée Pindare, auteur qu'il croyait mort depuis près de vingt siècles. Il avait parcouru l'ode, où un spectre se permettait de lui donner des injonctions, et il avait pleuré parce que les malheurs de Mlle Corneille en faisaient la sœur de toutes ses héroïnes. Ayant relu trois fois la dernière strophe, il avait répondu avec enthousiasme au dénommé Pindare qu'il recueillerait volontiers « la pauvre enfant », à qui Mme Denis assurerait l'éducation la plus honnête et dont elle aurait soin comme de sa fille.

Mme Denis s'était montrée moins lyrique.

– Enfin ! avait-elle soupiré. Ça fera toujours une bonne de plus !

Lui-même lui servirait de père. Il la voyait déjà, quand elle aurait grandi, jouant les pièces de son grand-père.

– Grand-père ? s'étonna Jean-François qui avait toujours cru descendre d'un fainéant issu d'un propre à rien.

Mlle Corneille allait donc se placer sous l'aile d'une autre nièce d'écrivain, ce qui ne la changerait guère. Elle se demanda si Diderot, d'Alembert et Rousseau en avaient eux aussi, puisque rien ne laissait supposer que cette ronde collatérale dût s'arrêter un jour. Comme elle n'avait guère envie de partir elle ne savait où, chez elle ne savait qui, on lui fit observer que Titon, son dernier protecteur, n'était pas éternel, et que « descendante de Corneille » n'offrait pas un avenir très sûr.

Quelques jours plus tard s'arrêta devant chez eux un carrosse d'où une belle dame descendit. « Je viens voir l'héritière de Corneille », annonça-t-elle à Jean-François, ce qui fait une impression bizarre quand on s'appelle Corneille et que l'on est vivant. Elle prit un air peu ragoûté pour pénétrer dans l'antre de la littérature.

– C'est donc ici l'écrin où vit cette perle...

Rebutée par l'écrin, elle appréhendait de voir la perle. Heureusement, Mlle Corneille était charmante, comme sont charmantes à dix-huit ans toutes les jeunes filles qui ont un peu de santé et de joie de vivre. Son apparition parut soulager Mme d'Argental : la candidate venait de marquer un point. La comtesse la fit tourner, ouvrir la bouche et saluer, en lui marquant l'intérêt d'un paysan pour une bête de trait. Déconcertés, les Corneille sentirent que leur progéniture entrait dans un univers supérieur. On ne pouvait cependant deviner, devant cet examen, si elle partait pour une adoption ou pour une place de fille de ferme.

Mme d'Argental assit les multiples couches de ses jupons sur un fauteuil paillé.

— Vous a-t-on dit *qui* est monsieur de Voltaire ?

— Nous avons toute confiance en lui ! répondirent les parents, croyant qu'on était venu les rassurer sur les intentions du tuteur.

— Je suis sûre qu'il n'y a rien de déshonnête dans cette invitation, ajouta Marie, et que monsieur de Voltaire...

Mme d'Argental leva sa main gantée pour interrompre le compliment.

— Je crains qu'il y ait un malentendu. Je ne viens pas vous donner des garanties sur monsieur de Voltaire : je viens prendre des renseignements.

— Sur nous ?

— Vous comprenez, notre cher Voltaire est un homme en vue... Il ne peut s'exposer au ridicule de s'être fourvoyé dans une mauvaise affaire...

— Ma fille n'est pas une mauvaise affaire ! s'insurgea Jean-François.

– Et, surtout, elle n'est pas à vendre ! renchérit son épouse.

– Aussi ne s'agit-il pas de cela. Un certain monsieur Pindare Le Brun, poète, nous a envoyé trente-trois strophes sur Mlle Corneille. C'est assez long comme poème, mais trop court comme introduction.

Ils comprirent que le vieil écrivain, son premier élan passé, s'était ravisé.

– Vous descendez donc de Corneille le tragique. En ligne directe ?

– Oui. Enfin... presque.

La comtesse haussa le sourcil.

– Comment, presque ? On descend ou on ne descend pas, il me semble.

Du côté des Corneille, la sagesse n'inclinait pas à la précision.

– Eh bien... notre filiation a connu des chemins de traverse. Elle s'est comme qui dirait effectuée en zigzag.

La comtesse poussa un soupir.

– En zigzag... Bon, passons. Enfin, vous vous appelez Corneille, c'est le principal.

– Pour ça, nous nous appelons Corneille, oui, madame, on m'a assez plaisanté dessus quand j'étais petit ; c'est justice que ça me rapporte un dédommagement, comme qui dirait.

– J'imagine que cela suffira à mon commanditaire. Il n'achète pas un arbre généalogique.

– Généalogique ! Généalogique ! On ne nous a jamais parlé de ça ! protesta Mme Corneille.

Son mari laissa entendre qu'il attendait de leur

sauveur un geste généreux. D'évidence leur nom était à présent coté et cette cote montait.

– C'est une Corneille, tout de même ! Il n'y en a qu'une !

Mme d'Argental s'impatientait.

– Ah, écoutez, mon ami : moi je descends de Paillard le Hardi, qui fut des premiers à embrocher du Maure en Terre sainte et mourut de la petite vérole à Jérusalem ; je n'en fais pas tout un plat, alors taisez-vous un peu. Je ne fais pas profession de ramasser les héritières en détresse à travers Paris, je rends service, c'est tout, gardez vos distances.

La comtesse, que son éducation ne prédisposait pas à disputer le bout de gras avec un mouleur de bois, n'avait jamais vu qu'on se disputât une jeune fille pauvre, fût-elle issue de Platon ou des Rois mages.

– Vous m'avez prise pour saint Nicolas, peut-être ? Ouvrez les yeux : ai-je des paquets plein les bras, une mitre sur la tête ? Figurez-vous qu'en me levant ce matin je ne me suis pas dit : « Tiens, Jeanne-Grâce, aujourd'hui nous allons marchander une fillette dans un taudis ! » Quand j'ai l'intention de m'amuser, je vais au bal ou à la comédie. Ah, si ce n'était pour Voltaire, j'aurais bien à faire de m'embarrasser de toutes les petites Boileau ou Pascal qui traînent !

– Pardonnez-moi ! Ma fille a quelque chose de plus ! Elle est enveloppée de mystère ! Un halo plane autour d'elle ! C'est monsieur Pindare qui l'a dit.

– Mais moi aussi, j'ai du mystère en moi ! Moi aussi, j'ai des secrets ! Ça ne veut pas dire qu'on s'intéresse à vous, ça ! Vous croyez qu'elle est drôle, la vie de comtesse, de château en carrosse, vous croyez qu'ils sont faciles à enfiler, ces souliers ? Et ce corset, c'est par plaisir que je le porte ? Certains soirs, je serais bien contente d'habiter une vilaine masure pleine de paniers ! Enfin, ça dépend des jours, ajouta-t-elle après un regard circulaire.

– Écoutez, reprit Jean-François, si vous n'en voulez pas, nous irons voir ailleurs... je suis sûr que M. Diderot serait intéressé.

– Pourquoi pas ? répondit froidement la comtesse. Voulez-vous son adresse ?

– Il y a aussi M. Fréron, qui nous aime beaucoup...

Mme d'Argental sursauta.

– Ah non ! Pas Fréron ! Elle partira demain. Si c'est Fréron qui l'a, Voltaire m'étrangle !

À défaut de manières, Jean-François avait du nez. La conjoncture était favorable, les enchères montèrent.

– Il nous faudrait encore quelque argent pour son trousseau, la fille n'a rien à se mettre...

– M. de Voltaire se chargera de tout. Voilà pour vous.

– C'est pour acheter du bois pour l'hiver ?

– Non, c'est pour vous enivrer. Si je voulais que cette somme soit utile, je la remettrais à votre femme.

C'est ce qu'elle fit avec une autre bourse.

– Ceci, c'est pour le bois.

– Nous allons lui préparer des affaires, dit la mère.

Mme d'Argental jaugea leurs vêtements.

– Surtout pas. Elle trouvera tout ce qu'il lui faut sur place.

Mme Corneille lui serra les deux mains.

– Merci, je vous mettrai dans mes prières.

Mme d'Argental eut un sourire énigmatique.

– Oh, ne prenez pas cette peine, dit-elle.

Après le départ de la comtesse, Mme Corneille se demanda s'ils n'envoyaient pas leur fille chez des mécréants. Après tout, quelles assurances avaient-ils que ce Voltaire était un bon chrétien ?

Marie, pour sa part, avait bien l'impression d'avoir été cédée au plus offrant. Sa mère tâcha de la persuader que c'était pour son bien. Mais il aurait fallu toute la rhétorique de Pierre Corneille pour la convaincre que son père était en train de compter son or avec amour.

Le patriarche de Ferney leur envoya l'argent du voyage de Marie jusqu'à Lyon où l'accueillerait son banquier. De là, une voiture la conduirait à destination. Jean-François aurait voulu que sa fille partît dans l'instant, juste le temps de l'emballer et d'y coller une étiquette. La mère sanglotait :

– Envoyer Marie loin de nous... chez cet homme dont nous ne savons rien.

– Je suis sûr que ce monsieur Voltaire est quelqu'un comme il faut.

– C'est un peu vendre notre enfant.

– Eh bien ? S'il se trouve quelqu'un pour l'acheter ! Soyons juste : c'est inespéré ! Si j'en avais cinq, je les lui enverrais toutes les cinq.

Mère et fille avaient le pressentiment de se séparer pour jamais. Elles parvinrent à faire traîner les préparatifs durant quelques jours.

Un matin, Mme d'Argental et Le Brun surgirent

dans la masure pour les avertir que Voltaire avait des ennemis. L'affaire s'était ébruitée sans que Pindare pût dire comment, et ces ennemis intriguaient à présent pour empêcher la demoiselle de rejoindre l'écrivain. L'abbé de La Tour du Pin, leur lointain parent du côté Fontenelle, essayait d'obtenir une lettre de cachet qui l'eût renvoyée au couvent de manière définitive.

Marie prévint que si on l'enfermait de nouveau elle se tuerait. On la flanqua dans la première voiture de poste, ce qui écourta les adieux.

– Vous vous écrirez ! cria le poète.

– Elle va donc devoir apprendre, dit sa mère, peu au fait des récents efforts de sa fille.

Jean-François se dit que messieurs les philosophes avaient bien du temps à perdre pour éduquer des jeunes filles.

Fréron obtint ce même jour l'autorisation de publier une belle édition du grand tragique au bénéfice de la descendante. Il se voyait déjà gravé en frontispice de chaque volume, offrant à genoux une pile de livres à Mlle Corneille vêtue en Muse, la poitrine et les jambes un peu dénudées, sous le regard protecteur du grand ancêtre immortalisé en buste.

Il apprit qu'elle était en route pour Ferney. La rage qu'il en conçut ne tarda pas à se changer en amertume. Il jura bien de se venger.

VII

Mlle Corneille est extrêmement piquante.

VOLTAIRE

Après avoir passé le village de Ferney, Mlle Corneille vit qu'on approchait d'une muraille à créneaux et mâchicoulis, appuyée sur quatre tourelles rondes à poivrières, où s'ouvrait une porte à pont-levis par laquelle s'engagea l'équipage. Elle avait l'impression d'être la Belle du conte de Mme de Beaumont pénétrant au galop dans le mystérieux domaine de la Bête.

L'impression se confirma lorsque la voiture s'immobilisa devant un perron à colonnes en haut duquel l'attendaient deux silhouettes, une petite et une grosse.

Elle vit un homme qu'on eût dit échappé d'un portrait de la Régence, enfoui dans une robe de chambre doublée de fourrure et coiffé d'une perruque à marteau, alors que la jeune fille n'avait jamais connu que le catogan poudré. Cela lui donnait un aspect de caricature vivante.

– Elle est noire, pour ainsi dire, constata tout bas Mme Denis.

– Oui, vous avez perdu : elle est brune, c'est Rodogune ! dit Voltaire.

Dans un geste que seuls trente ans de théâtre avaient pu parvenir à mettre au point, il lui tendit les mains, tel un vieillard biblique accueillant la fille prodigue. Quand elle eut monté les degrés, il l'embrassa sur les joues, la poussa dans les bras de sa nièce, essuya une larme du revers de ses dentelles en répétant : « Je suis ému, ma bonne, je suis ému. » On ne pouvait douter qu'il retrouvait une enfant qu'on avait crue perdue en mer.

– Ma chère fille, je suis ravi de vous voir. Nous vous appellerons Rodogune. Vous n'avez pas lu la pièce ?

Elle fit signe que non.

– Fort bien, ainsi vous n'y verrez rien à redire.

Mlle Corneille constata que son sauveur était un elfe décharné, sautillant, dont les yeux semblaient répandre leur propre lumière : son teint était parcheminé, sa peau fripée, mais l'œil brillait comme celui d'un petit écureuil. Ils restèrent là un moment à se considérer. Elle n'avait pas encore dit un mot.

– Ah, on nous envoie une petite muette ! dit le vieil homme.

– Ou une petite idiote, rectifia Mme Denis.

Voltaire demanda si elle avait fait bon voyage, si elle n'était pas trop fatiguée, à quoi Mlle Corneille trouva poli de répondre par « oui monsieur » et « non monsieur », ce que la prieure du couvent n'avait pas obtenu d'elle après un an d'enfermement.

Voltaire, qui ne l'avait pas fait venir pour ses talents

77

de politesse, mit cette sobriété sur le compte de la timidité, tout en espérant que le cerveau ne fût pas atteint. Ayant assez joué aux devinettes, il repassa le fardeau à l'intendance.

– Ma nièce va vous montrer votre chambre. Vous pourrez poursuivre cette intéressante conversation. Elle vous a préparé un trousseau.

– J'ai rapetassé mes vieilles robes, indiqua l'intéressée.

Voltaire s'était excusé de ne lui faire partager que le confort dont on peut jouir dans une maison en travaux. Mais Mlle Corneille ne remarqua pas les échafaudages ni les plâtres en cours de séchage. Elle ne vit qu'un palais de miroirs et de dorures dont il lui était impossible de croire qu'il allait devenir son nouveau décor.

Les maîtres logeaient au rez-de-jardin. Mme Denis l'avait installée au premier, le second étant occupé par les domestiques : c'était en attendant de voir s'il convenait de la faire grimper plus haut.

Marie demanda quel était l'âge de son protecteur. Soixante-dix ans. Il paraissait moins.

– Il est donc né en 1690 ?

– Pas du tout. Mon oncle est né en 1694. Cela n'a aucun rapport : il a soixante-dix ans depuis quelque temps déjà et pour les prochaines années à venir. Vous en avez bien seize, vous, ajouta-t-elle d'un air qui signifiait que l'on n'était pas dupe. Quant à moi, j'en ai quarante et ça n'est pas près de changer ! Vous verrez, c'est très commode : une fois que vous avez appris l'âge de chacun dans cette maison, il n'y a plus à y revenir, c'est pour la vie. Un jour, un jour lointain, je fêterai mes cinquante ans ; d'ici là, j'en ai quarante, un point c'est tout.

Mlle Corneille n'allait pas commencer son séjour en s'accordant l'incorrection de la contredire. Puisqu'elles partageaient toutes deux un secret, Mme Denis se sentit assez intime pour lui dispenser un conseil :

– À votre avis, quels sont les deux points les plus importants à respecter dorénavant ?

– Je ne sais pas. Être aimable et serviable ?

Mme Denis leva les yeux au ciel.

– Pas du tout. Ma chère, vous devez avoir deux idées à l'esprit. La première, votre protecteur est sans aucun conteste le plus grand écrivain de notre siècle, cette évidence ne saurait être discutée. La seconde, vous êtes tout et n'êtes rien. Pénétrez-vous de ces axiomes et vous vivrez ici comme une princesse. Nous soupons à neuf heures.

S'il s'agissait d'un royaume philosophique, il était inutile de demander qui en était la reine. Ayant délivré ce condensé de pédagogie, la nièce du philosophe laissa la jeune fille méditer sur un sujet propre à remplir une vie entière. Mlle Corneille commença par se demander ce que pouvait être un axiome.

Le salon était une belle pièce où des lianes peintes sur les quatre murs semblaient descendre du plafond. Le maître était assis devant une superbe cheminée rococo. Il portait une robe de chambre qui aurait beaucoup plu à Mme de Maintenon dans sa jeunesse. Ses idées avaient deux siècles d'avance et ses vêtements cinquante ans de retard. Mlle Corneille avait elle aussi passé une autre robe.

– Vous vous êtes changée, constata l'écrivain ; cela vous change.

La jeune fille entreprit de réciter son compliment sur le seul ton qu'elle connaissait, celui des fables de La Fontaine :

– Monsieur, c'est un honneur immense pour moi d'être reçue dans la maison d'un auteur célèbre qui, de plus, est un grand homme.

Voltaire l'écouta un moment comme un luthier jugeant un violon neuf, puis l'interrompit avec bonhomie.

– Mais non, je ne suis rien, moi. Si vous voulez parler au grand homme de la maison, voyez ma nièce. Elle est beaucoup plus douée que moi dans la plupart des arts. Elle peint, elle chante, elle joue du clavecin, que sais-je encore... ? je vis avec Léonard de Vinci !

On lui montra une toile figurant une vue de la vallée par temps d'incendie. Heureusement, sa connaissance de Léonard ne permettait pas à Mlle Corneille d'effectuer la moindre comparaison.

– J'espère que Madame votre nièce voudra bien m'enseigner à faire de même si je puis, dit-elle pour mettre en pratique ses bonnes résolutions.

– Passons à table, répondit Voltaire.

L'opulente Mme Denis fit servir cinq ou six tourtes bien grasses bourrées de viande hachée auxquelles son oncle n'était pas censé toucher sous peine de coliques. Comme c'était jour exceptionnel, il écarta les lentilles qui constituaient son ordinaire et se mit à grappiller dans les plats.

– Vous n'avez guère reçu d'éducation à la hauteur de votre rang, sans doute ? demanda-t-il en picorant.

– Oh si, monsieur. J'ai été en pension quelque temps chez les sœurs.

Voltaire fit la grimace d'un convive s'apercevant que ses huîtres ont un goût de vase.

– Eh bien, tant pis.

– Et puis, M. du Tillet m'a montré les beaux ouvrages de MM. Diderot et d'Alembert.

– La concurrence, de mieux en mieux !

– M. du Tillet avait commencé mon instruction.

– Le pauvre homme est gâteux. Vous n'avez pas remarqué ? Il a des goûts bizarres : il aime Jean-Jacques Rousseau. Il l'a dit ! Il a osé l'écrire ! Dans les bonnes maisons, les vieillards séniles, on les fait jouer aux dames !

Mlle Corneille constata qu'il ne suffisait pas d'être polie, il fallait aussi s'abstenir d'ouvrir la bouche.

On parla des aménagements, sujet plus neutre. Il y avait trois chantiers en cours. Voltaire, un peu troublé à l'idée de recueillir une jeune fille sortant d'un couvent, insista sur l'église plutôt que sur son théâtre.

– Pourquoi une église ? demanda Mlle Corneille.

– Mais pour vous, pour vous y conduire le dimanche devant tout le monde.

– Et pour y prier Dieu ?

– C'est assez que je vous y conduise.

Sentant poindre les conséquences de l'offense faite

à son régime, il dut quitter la table sans tarder. Au bout d'un moment, Mlle Corneille demanda où il était passé.

– Il est allé vomir, lui répondit Mme Denis.

La jeune fille n'osait pas lever les yeux de son assiette. Elle sentait le regard désapprobateur posé sur elle.

– Évitez de jouer à la nièce en ma présence, dit la grosse dame. C'est mon emploi. La nièce, ici, c'est moi.

– Et moi, qui suis-je ?

La nièce officielle eut la bonté de ne pas répondre. Le philosophe les rejoignit juste à temps pour l'arrivée des confiseries.

– *Per quae quis peccat per idem punietur ipse*[1], dit-il en se rasseyant.

Lui aussi se mettait à lui servir du latin ! Marie lui trouva une ressemblance avec M. du Tillet.

– Et pourquoi un théâtre ? demanda-t-elle comme si rien n'avait interrompu la conversation.

– Pour vous y voir jouer les œuvres de votre aïeul, mon enfant.

– Mon aïeul ?

– L'écrivain ! le génialissime, l'illustre Pierre Corneille !

– Ah oui. Mon grand-père, dit-elle sans conviction.

Elle estimait avoir déjà commis assez d'impairs pour une seule soirée. Il lui parut préférable de laisser un voile pudique recouvrir sa filiation. Elle lut dans les

---

1. « On est toujours puni par où l'on a péché. »

yeux de Mme Denis que celle-ci avait deviné son malaise.

Voltaire se tourna vers sa nièce.

– J'ai peur que son éducation ne recèle des lacunes.

– Moi aussi, répondit la nièce en jaugeant la robe de leur protégée : je crois qu'elle est mauvaise en repassage.

– En repassage ! Je n'ai pas recueilli la petite-fille de Corneille pour en faire ma femme de chambre !

Il y eut un nouveau silence durant lequel Marie pria pour que Mme Denis ne dît rien. Mais les prières de Ferney trouvaient mal leur chemin vers le Ciel. La grosse dame la contempla un moment, hésita, puis, n'ayant pas trouvé de raison de l'épargner, la pourfendit :

– Sa petite-fille, vraiment ? Mais, à ce compte-là, je suis la petite-nièce de Diogène !

Mme Denis, qui était meilleure en mathématiques qu'en peinture, suggéra à son oncle de calculer l'âge qu'aurait dû avoir la jeune fille pour posséder ce degré de parenté avec le poète : il aurait fallu une série de naissances chez des vieillards et des miracles dignes des deux Testaments. Son père n'était pas saint Zacharie, ni sa mère sainte Élisabeth, elle n'était pas la petite-fille d'un homme décédé dans son grand âge à soixante-seize ans de là.

Voltaire jeta à l'intruse un regard étonné, se pencha vers sa nièce et chuchota :

– Mais alors... qui est-elle ?

Elle n'était qu'une arrière-petite-cousine assez

83

éloignée, il y avait erreur sur la Corneille, la sainte tunique littéraire se réduisait à un lambeau.

– Ah ? Bon. Peu importe, après tout. On ne peut pas reprocher à une fillette de seize ans de ne pas descendre en droite ligne d'Henri IV, n'est-ce pas ?

Puisque l'heure des grandes révélations avait sonné, Marie s'apprêta à indiquer son âge. Mme Denis lui ferma la bouche :

– Restez sur vos seize ans, mon enfant. Dites-vous que vous avez seize ans depuis deux ans, ne vous hâtez pas de reprendre ces deux années, ça vous servira plus tard, croyez-moi.

Elle regretta aussitôt d'avoir ajouté le « croyez-moi », qui avait des allures de confidence.

– Je vous crois, répondit Mlle Corneille de son faux air d'ingénue, sans qu'on sût si c'était à-propos ou maladresse.

Voltaire éclata de rire.

– Eh bien, dit-il, mis à part ce qui ne s'apprend pas, vous avez tout à apprendre.

– Apprendre quoi ?

– À tenir votre langue, répliqua Mme Denis.

Voltaire voulut savoir ce qu'elle connaissait de la littérature – c'est-à-dire rien.

– Je vois que nous la prenons au berceau.

Il vit là un défi : faire d'une fille d'artisans incultes l'héritière idéale des lettres et de la philosophie.

L'héritière des lettres monta se coucher.

Le vieil écrivain l'avait trouvée naturelle, gaie et vraie.

– C'est si rare ! lança-t-il à sa nièce.

Mme Denis l'avait trouvée godiche, elle lui convenait tout à fait. Lui se sentait rajeunir au contact de cette enfant vive, enjouée et sans malice. Elle ne descendait pas du grand Corneille, mais, après tout, lui non plus n'était pas sans défaut, et elle tiendrait le rôle à merveille : restait un joli support pour les rêves, ce qui était le plus important.

Avant de souffler la bougie, Marie parcourut le dictionnaire de M. Bayle pour y chercher un peu de réconfort. Mais l'ouvrage ne s'exprimait guère sur les sentiments. Elle se sentit seule, loin de ses parents, comme une petite fille égarée. Elle ne put retenir ses larmes, qui s'écoulèrent sur ses joues jusqu'à ce que le sommeil lui procurât son apaisement.

VIII

*J'ai auprès de moi la petite-fille du grand Cor-
neille. Dès que nous lui aurons appris le français,
qu'elle ne sait point, nous lui apprendrons l'italien pour lire l'Arioste.*

VOLTAIRE

Mlle Corneille se réveilla avec le sentiment qu'il y
avait quelqu'un dans sa chambre. Elle hasarda un œil
par-dessus le drap.

— Bienvenue chez les fous ! dit en ouvrant les
rideaux une grosse servante habillée à la mode de la
région.

— Merci, madame.

— Vous n'êtes pas folle, vous, au moins ?

— Pardon ?

— Vous ne courez pas toute nue dans la prairie sous
prétexte que la rosée est bonne pour la peau ? Vous ne
grimpez pas la nuit sur les toits pour observer les
étoiles à travers un tuyau de poêle ? Vous ne morigénez
pas les servantes qui ont de la cervelle à défaut d'instruction ? Vous ne faites pas de *littérature* ?

— Oh non, madame.

86

– Bien. Quand vous cesserez de m'appeler madame, nous aurons toutes les chances d'être amies.

Barbara était née dans le pays, elle aimait son maître pour son caractère et le méprisait pour ses lubies ; il lui était incompréhensible que tant de gens vinssent de si loin à si grands frais pour consulter un malade.

Une fois habillée, Marie se rendit dans la chambre de Mme Denis, une jolie pièce que la maîtresse des lieux avait fait tendre de rose « fraise écrasée », sa teinte favorite. La nièce du philosophe, autour de qui s'affairaient plusieurs personnes, lui fit signe de prendre une brioche et de s'asseoir.

C'était une femme très douce, tolérante et aimable, mais seulement le lundi. Le lundi, elle recevait tous ceux grâce à qui elle survivait en ces contrées sauvages : son perruquier, sa couturière, sa manucure, son maître de chant, son courtier en cosmétique et quelques autres indispensables. Tout ce monde venait de Genève et s'exprimait avec un fort accent.

– Quelle langue ces personnes parlent-elles ? demanda Mlle Corneille.

– Elles parlent le suisse.

– Cela ressemble au français, par moments.

– En effet. C'est une langue qui tient tout entière dans la prononciation.

– Ah moi, dit le courtier, j'ai fait l'effort d'acquérir l'accent français.

Malheureusement, les Français de la région étaient savoyards, ce qui ne marquait guère de différence.

– Pourquoi se pomponner quand on vit à la campagne demanda Mlle Corneille.

– Justement ! répondit la nièce. À la campagne, il faut être impeccable, sinon on a l'air d'être à la campagne.

C'était autour d'elle la danse des abeilles.

– C'est l'heure de ma métamorphose, expliqua-t-elle. Là, j'ai l'air...

– ... d'une grosse poule mal peignée, compléta le perruquier, qui pouvait tout se permettre.

– Hum, fit Mme Denis. Mais Rodrigo va me transformer.

– En femme de condition ? supposa Mlle Corneille.

– Non, en grosse poule bien peignée ! reprit le perruquier.

Il pouffa tandis que la nièce grimaçait un sourire en regrettant de ne pouvoir se coiffer elle-même.

On frappa à la porte.

– Ah, voici mon oncle. Ouvrez-lui, Marie : on va vous peigner l'esprit.

L'heure était venue de sa première leçon.

– Qu'avez-vous appris au couvent ? demanda Voltaire.

– Rien, je le crains.

– Quelle chance ! J'allais vous prier de tout oublier !

Elle réveillait en lui la vocation pédagogique qu'il avait exercée dans la douleur auprès du roi de Prusse.

– Vous allez être mon nouveau Frédéric. Frédéric III, en quelque sorte !

Bien sûr Mlle Corneille ne comprit rien à cette arithmétique.

Voltaire estima judicieux de prendre modèle sur les

philosophes péripatéticiens : il emmena ces dames prendre l'air, en dépit des protestations de la couturière qui n'avait encore pu nouer qu'une quinzaine de rubans sur le corps de sa nièce.

L'écrivain bâtisseur leur démontra en quoi sa demeure, tout juste reconstruite, était une réalisation de l'esprit : il avait changé un château fort à tourelles en villa palladienne.

– Vous connaissez Venise ? Oui ? non ? Oubliez cette question.

Des pilastres et chaînes d'un ton chamois, des corniches et éléments de décor blancs se détachaient en clair sur des fonds de mur ocre rose. Le maître avait créé sur le jardin une avancée en arrondi.

– Cette façade est faite pour durer mille ans ! proclama-t-il juste avant qu'un petit morceau ne vînt s'écraser à leurs pieds.

La molasse friable dont elle était composée avait mal séché.

– S'il ne pleut pas trop souvent, donc, ajouta Mme Denis tandis que son oncle considérait le plâtras avec perplexité.

Il ressortait de la visite, et ce fut la leçon du jour, que les hommes veulent toujours graver leur nom dans la pierre, mais que le papier est souvent un meilleur support.

– Après ma mort, mes héritiers feront de cet endroit un musée à ma mémoire, prédit-il en toute modestie.

– Un sanctuaire sacré, renchérit Mme Denis qui

avait bien l'intention de tout vendre pour mener grande vie à Paris.

Il les emmena admirer la façade sur cour, avec ses colonnes et son chapiteau sculpté.

– Solide... élégant..., commenta-t-il.

– C'est tout à fait vous, affirma la nièce avec un soupir d'admiration pour ce lutin malingre dont les bas plissaient sur ses souliers.

En face, malheureusement, se dressait une vieille église de campagne flanquée d'un cimetière.

– Bien sûr, de ce côté, la vue est gâchée, dit l'écrivain.

Mlle Corneille demanda si c'était là que l'on se proposait de la conduire le dimanche.

– Non, non ! Celle-là, je vais la faire raser !

Il voulait bien d'une église, à condition qu'elle ne vînt pas défigurer son paysage. Aussi envisageait-il de commencer son œuvre pieuse par une salutaire démolition.

On découvrait depuis la terrasse un beau panorama de montagne.

– Pourquoi être venu vous installer si loin de tout ? demanda la jeune fille.

– J'étais las de cette errance de cour en cour..., répondit l'écrivain avec la discrète affectation d'un empereur en exil.

– Et puis on vous avait chassé de partout, ajouta la nièce. Rappelez-vous Francfort. Mon oncle possède cette qualité de dire toujours ce qu'il pense, ce qui nécessite de disposer d'un bon carrosse.

– D'ailleurs, je ne suis pas loin de tout, protesta

Voltaire. L'univers vient à moi : les catastrophes, les séismes, les conflits qui agitent notre pauvre Terre, tout finit à Ferney. Je suis le rendez-vous de l'Histoire, le point de rencontre des passions humaines... le nombril du monde !

Le nombril du monde n'avait pour l'instant qu'une hâte : donner à la jeune fille des leçons d'orthographe. Elle ne parlait pas le français, il voulait lui réapprendre sa langue, c'est-à-dire la langue de ses *Contes* : pour lui, la plupart des textes littéraires étaient rédigés dans un langage impropre. C'était demander à son élève une subtilité de vieux grammairien.

– Leçon de vocabulaire. Aujourd'hui : épigramme.

– Et demain ?

– Libelle.

Elle profita d'intéressantes leçons d'étymologie voltairienne :

– Autrefois, le rempart de Paris était couvert de gazon sur lequel on jouait à la boule ; on appelait ce gazon « le vert », et le jeu « boule-vert », qui a donné « boulevard ».

– C'est fabuleux ! Qui a découvert cela ?

– C'est moi.

Elle écrivait longuement chaque jour, apprenait à former lisiblement ses lettres, à tracer des lignes bien droites, et non « ces diagonales que se permettent les personnes qui croient qu'une bonne éducation autorise des fantaisies ».

– Sinon, ceux qui recevront mes lettres croiront que j'écris mal !

Elle comprit que l'on avait des visées sur ses progrès.

Elle devait envoyer chaque jour à l'écrivain un petit billet de sa façon, qu'il corrigeait. Ses erreurs hérissaient Mme Denis.

– Elle m'a demandé comment on écrit « fertile ». J'ai répondu : comme « difficile ».

– Et alors ?

– Et alors elle a écrit « difficile ». Soit elle est idiote, soit elle me prend pour une gourde.

Son oncle ne se risqua pas à opter pour la seconde hypothèse. Il excusait la forme au nom du sens ; il avait la certitude que la jeune fille lui resterait dévouée tant qu'elle ferait des fautes d'orthographe.

En cas de méprise grossière, la nièce la punissait en lui donnant à copier trois cents fois « J'aime Mme Denis ».

– Trois cents fois, c'est beaucoup, plaida Voltaire.

– Il faut au moins ça !

On compléta tout cela par quelques notions d'histoire. Bien sûr, rien n'est parfait, les leçons firent un bond de Henri IV (dont Voltaire avait traité dans sa *Henriade*) à Louis XIV (son ouvrage, *Le Siècle de Louis XIV*, offrait une vision très personnelle de l'historiographie). Voltaire n'ayant jamais rien écrit sur Louis XIII ni sur la Fronde, il y avait un trou noir dans l'histoire de France.

Qu'elle parlât ou qu'elle écrivît, Mlle Corneille devait s'exprimer « avec simplicité et noblesse ».

– Faites comme moi, disait Mme Denis.

Histoire et orthographe ne pouvaient néanmoins occuper toute sa journée.

– Bon. Que savez-vous faire ? demanda l'égérie.

Mlle Corneille répondit qu'elle avait reçu des notions de broderie, et pria pour qu'on ne lui demandât pas de s'en souvenir. Mme Denis fit la grimace.

– La broderie ? Pouah ! Est-ce une occupation pour une jeune fille ? Savez-vous jouer du cornet à piston, déchiffrer une carte astronomique, extraire une racine carrée ?

Ne sachant que répondre, Mlle Corneille trouva à propos de fondre en larmes face au néant de son savoir.

– Je vois. Toute une éducation à refaire.

La nièce entama derechef des leçons visant à former une troisième Mme du Châtelet. Car la défunte maîtresse de son oncle, toujours belle, toujours jeune, toujours brillante, jugeait la nièce du haut de son portrait accroché dans le grand salon, et ce jugement ne semblait pas à l'avantage de la survivante.

– Évidemment, c'est facile quand on est morte !

Mme Denis avait beau lutter de toute sa plume et de tous ses pinceaux, aucun de ses écrits, aucune de ses aquarelles ne parvenait à éclipser l'auréole de son immuable compétitrice.

Les leçons de grammaire constituaient le chef-d'œuvre obsessionnel de cette pyramide. Marie vivait à Ferney dans un tourbillon grammatical permanent.

– « Va, je ne te hais point », nous dit Chimène. Qu'est-ce que c'est ? demanda le philosophe.

– Une rupture ? tenta Mlle Corneille.

– Pas du tout. C'est un très bel exemple de litote : Chimène en dit moins pour en faire entendre davantage.

Il se lança dans une analyse de la prosodie cornélienne :

– « Cette obscure clarté qui tombe des étoiles », dans *Le Cid*, est une forme discursive nommée alliance de mots : elle consiste à rapprocher deux termes dont les significations paraissent se contredire. Autre chose. Dans *Horace* : « Je suis romaine, hélas, puisque mon époux l'est. » Qu'est-ce que c'est ?

– Une absurdité, répondit la jeune fille qui avait compris « mon nez-poulet ».

– Une équivoque indésirable, et cela se nomme un kakemphaton. Mettez-vous cela dans la tête et vous pourrez dire : « Oh, la belle chose que de savoir quelque chose ! »

– À quoi cela sert-il ?

– À briller en société. « Rodrigue, as-tu du cœur ? » Une métonymie ! Un trope !

– Vous aimez en faire, sûrement.

– Ah, moi, je préfère les amphigouris et les épigrammes.

Mlle Corneille finissait en général par avoir la migraine.

À la grammaire Voltaire ajouta la tapisserie au petit point pour l'occuper (elle brodait des « Cinna » et des « Émilie »).

L'écrivain se savait surveillé : tout était vu, tout était transmis, tout était discuté depuis les calvinistes de

Genève jusqu'aux catholiques de Paris. Il avait décidé de conduire lui-même sa pupille à l'église chaque dimanche pour faire enrager les dévots de tout bord.

— Je vous y conduirai, avait-il prévenu, puis je vous y laisserai avec Maman Denis, qui pourtant n'est pas folle de la messe...

Il fit une pause pour voir si l'on avait compris, ce qui permit seulement à son élève de saisir qu'il y avait quelque chose à comprendre.

— Cela, c'est une contrepèterie, expliqua-t-il malicieusement. Rabelais, *Pantagruel*. « Folle de la messe... »

Mieux valait ne pas insister.

— Pourquoi voulez-vous que j'y aille ? protesta-t-elle. Vous ne croyez pas en Dieu !

— Comment, je n'y crois pas ! Bien sûr que si ! Dieu est architecte, horloger, pragmatique, et même un peu philosophe...

— Ah oui, je vois, c'est vous ! dit-elle en se résignant à prendre le chemin de l'église.

L'y ayant menée avec toute l'ostentation possible, il lui tendit son livre de prières et l'abandonna sur son banc. Ce serait au moins une heure pendant laquelle la grammaire la laisserait en repos. En attendant le commencement de l'office, elle ouvrit son bréviaire. Il y avait en guise de marque-page un message : « Au lieu de perdre votre temps, passez au chapitre XV, page 203. » C'était une leçon sur le discours indirect.

On avait passé l'élévation quand elle commença à voir tournoyer sous les vitraux syntagmes et anastrophes. La face pieusement baissée dans une attitude de méditation, Mme Denis somnolait depuis le sermon, lorsqu'un bruit la fit sursauter. Ce n'était pas le curé qui haussait le ton, c'était Mlle Corneille qui venait de s'évanouir. L'incident provoqua une certaine confusion, et même quelques persiflages, car souvent les jeunes filles perdent connaissance parce qu'elles ont cessé d'être des jeunes filles. On la ramena chez Voltaire qui vit là une preuve que ces offices religieux étaient mauvais pour la santé.

Le médecin diagnostiqua un rhume violent, la contraignit au régime et à cesser momentanément toute étude. Le calvaire grammatical connut une pause.

Voltaire refusait de croire qu'elle était tombée malade parce qu'il avait tâché de lui faire entendre la différence entre une litote, un euphémisme et une exténuation, toutes nuances sans lesquelles on ne saurait vivre. Il lui donna à choisir. Elle choisit de se reposer.

– Saint Augustin n'a-t-il pas écrit : « L'homme doit savoir doser son effort » ?, dit-elle avec une pointe de perversité, si l'on songe aux vains efforts déployés par les religieuses pour l'initier aux écrits fondateurs.

Heureusement, saint Augustin n'était pas au nombre des auteurs que Voltaire et sa nièce fréquentaient assidûment. Mme Denis dressa un bilan radical : ils avaient le choix entre une vivante ignare et une lettrée morte.

Pour prendre soin d'elle, on lui donna Barbara, qui se dit enchantée de soigner « la petite maîtresse ». Leur bonne entente surprit Voltaire qui n'avait jamais réussi à se faire obéir de sa servante.

Pour occuper la convalescence de son élève, il lui offrit un dictionnaire des personnages célèbres, qu'elle consulta abondamment. Elle s'étonna qu'autant de gens fussent allés mourir à Idem, ville dont elle n'avait jamais entendu parler et qui devait être fort malsaine, car elle n'était jamais citée que pour ses décès : « Aldebert Looten, astronome, Paris 1557, *Idem* 1633 »... C'était une cité fatale aux vieillards. Elle conjura son protecteur de n'y aller jamais.

– J'ai compté trente ambassadeurs, une vingtaine d'auteurs et pas moins de quarante-deux princes en un siècle et demi ! Il faudrait avertir les gens !

– Nous devrions lui donner quelques cours de latin, suggéra son Pygmalion.

IX

Mlle Corneille n'a jamais lu les pièces de son oncle, mais on peut être aimable sans être une héroïne de tragédie.

VOLTAIRE

Voltaire appréciait infiniment l'heureux caractère de Mlle Corneille ; il la trouvait généreuse, gaie, authentique, reconnaissante, affectueuse sans arrière-pensées. C'était un portrait en creux de sa nièce. La jeune fille prenait soin qu'il eût toujours sur sa table de chevet, à portée de main, de l'eau fraîche, du café, du papier blanc, des plumes et de l'encre.

– Vous me traitez en grand-père, disait-il en riant. Maman Denis va être jalouse !

Maman Denis n'y voyait rien à redire tant qu'elle ne le traitait pas en mari.

Voltaire était heureux d'adopter des enfants à condition qu'ils ne fussent pas trop jeunes, et s'ils étaient déjà adultes cela valait encore mieux. Il était fait pour être père, mais non pour élever des gamins : Marie devait trouver sa place à l'intérieur de ce paradoxe.

Il se prescrivait en guise de thérapeutique ce

sport de l'âme et de l'esprit qu'était la gaieté de sa pupille.

– Vous êtes ma prophylaxie, lui dit-il en riant.

Marie rangea ce mot dans sa cervelle pour le temps où elle aurait son dictionnaire à portée de main.

Elle l'avait conquis avec son petit nez retroussé, ses grands yeux noirs, son teint mat, sa jolie bouche où brillaient de belles dents. Même Mme Denis lui faisait meilleure figure qu'avant.

– Eh bien, vous l'aimez, ma noiraude ! remarqua-t-il.

– Elle n'est pas trop jolie, mais elle me plaît, admit sa nièce.

– Vous voulez dire qu'elle vous plaît parce qu'elle n'est pas trop jolie !

Il était convaincu que les deux femmes s'adoraient.

– Appelez-la donc Maman Denis, comme moi, dit-il à Mlle Corneille. Ça lui fera plaisir.

À voir la tête de « Maman Denis », on pouvait en douter.

L'écrivain aurait cependant préféré que le charme de la demoiselle fût un peu plus policé : rien n'est plus agréable qu'une belle femme, sinon une belle femme bien éduquée. Or, pour Voltaire, tout ce qu'une jeune fille devait savoir pouvait s'apprendre dans les tragédies.

– Ah, je dois vous prévenir : l'héroïne meurt toujours à la fin.

– On ne vous demande pas d'aller jusque-là, précisa la nièce.

Le moment était venu de passer au sujet qui intéressait l'éducateur :

– Vous avez eu un parent illustre dont la grandeur vaut toutes les recommandations.

– Oui. M. de Fontenelle.

Voltaire fit la grimace.

– Monsieur de Fontenelle a écrit maints ouvrages très intéressants qui n'intéressent personne. Non : le grand auteur de la famille, c'est Pierre Corneille.

– J'aimais bien M. de Fontenelle..., insista sa pupille dont l'éducation n'avait pas encore abordé la notion de diplomatie.

– Fontenelle était très fort pour expliquer qu'il y a des habitants sur la lune, beaucoup moins pour secourir les petites filles !

– Il a assuré à mon père qu'il lui laissait un legs « immatériel, quoique fort durable » ; un jour nous saurons de quoi il a voulu parler et...

Cette espèce d'aimable naïveté agaçait parfois son bienfaiteur.

– Oh, après tout, il vous a laissée tomber, Fontenelle ! Fontenelle était un pont entre Corneille et moi, et c'est ce pont que vous avez emprunté.

Sa préoccupation était ailleurs. Il se lança dans une description animée d'intrigues théâtrales. Ayant fait un résumé embrouillé du *Cid*, il conclut que les péripéties n'avaient pas d'importance : tout était dans l'équilibre du vers. Il s'aperçut que son public avait du mal à le suivre.

– Chimène..., dit-il, hésitant. Cela vous dit bien quelque chose, Chimène ?

100

Il se mit à déclamer d'une voix de fausset, avec des accents larmoyants :

Si Rodrigue à l'État devient si nécessaire,
De ce qu'il fait pour vous dois-je être le salaire
Et me livrer moi-même au reproche éternel
D'avoir trempé mes mains dans le sang paternel ?

Ayant agité des mains implorantes sous le nez d'un auditoire peu troublé par cette exhibition de sang paternel, il posa sur la jeune fille un regard surpris, navré : il avait devant lui une sauvageonne de Patagonie.

– Mon Dieu ! Ma pauvre enfant ! Dans quel dénuement étiez-vous tombée !

Tous les malheurs du monde venaient d'apparaître à ses yeux. La totale misère intellectuelle, la pire qui soit, où la jeune fille avait croupi lui arracha des larmes de compassion. Il était urgent de faire connaître à la pauvre enfant les pièces de son grand-oncle, tâche susceptible de valoir au généreux éducateur un tabouret au paradis dans l'hypothèse où Dieu serait amateur de théâtre, ce dont nul, dans cette maison, ne pouvait douter.

Jamais il n'avait encore imaginé à quel point il commettait une bonne action. C'était décidé : il allait lui donner une âme, elle naîtrait une seconde fois, elle serait sa fille. Il déposa sur ce front innocent et vide un chaste baiser, puis s'éloigna en se frottant les mains : l'affaire était conclue.

Sans doute Marie venait-elle moins d'entrer dans la

famille de Voltaire que lui-même dans celle de Corneille.

Afin de lui faire comprendre ce qu'était une tragédie, il convenait de lui en raconter. Dans le respect de l'ordre chronologique, on commença par éplucher *Le Cid*, où une jeune fille ne peut épouser l'homme qu'elle aime parce qu'il a assassiné son père. Puis *Horace*, où une jeune fille ne peut épouser l'homme qu'elle aime parce qu'il est assassiné par son frère. Puis *Cinna*, où une jeune fille ne peut épouser l'homme qu'elle aime parce qu'il refuse d'assassiner l'assassin de son père. Mlle Corneille parvint assez vite à cerner la structure générale d'une tragédie. Elle demanda pourquoi cela ne finissait jamais par un mariage. On lui répondit qu'il s'agirait alors d'une comédie, tout le monde nagerait dans le bonheur, ce qui serait assez vulgaire. Elle résolut de faire son possible pour ne jamais nager dans le bonheur et échapper ainsi à la vulgarité.

Dans la seconde partie de la carrière du maître, on trouvait des œuvres pleines d'intérêt, elles aussi : *Sertorius*, histoire d'un homme âgé qui hésite entre deux jeunes femmes et, finalement, n'en épouse aucune parce qu'il meurt assassiné (l'oncle Corneille s'était bien renouvelé sur la fin), immédiatement suivie de *Sophonisbe*, histoire d'une femme qui hésite entre deux hommes (dont un âgé) et finalement se suicide. Il était entendu que ces deux pièces étaient des chefs-d'œuvre, mais Mlle Corneille avait du mal à comprendre en quoi.

Son tuteur lui exposait les intrigues en présentant

surtout les héroïnes, conformément à l'adage suivant lequel une vraie tragédie est l'histoire d'une princesse qui a des malheurs. Le centre du *Cid* était donc Chimène.

– Évidemment, il y a parfois un défaut dans les pièces de votre aïeul.

– Lequel ?

– Il arrive que l'héroïne en réchappe. Depuis lors, les bons auteurs ont compris qu'il y avait là quelque chose de grossier.

Elle se dit qu'à la place de ces demoiselles elle aussi aurait peut-être préféré survivre, quitte à paraître grossière. Elle trouvait quant à elle le personnage de l'infante bien plus intéressant : doña Urraque souffrait, elle n'avait aucune chance d'épouser le Cid, et en plus Chimène venait régulièrement lui raconter ses amours ; un jour on la marierait à un vieux noble dégénéré dont elle aurait des enfants contrefaits ; c'était horrible.

Voltaire décréta qu'elle passerait en revue toutes les pièces de l'oncle et, si elle protestait, toutes celles de Maman Denis en prime, comme punition.

Il finit par la juger réfractaire à la compréhension du sentiment tragique. Le grand œuvre changea de sens. Il s'agissait de camoufler cette ignorance, ce manque d'affinité par autre chose : de la grâce, de l'à-propos, de l'esprit, de l'habileté à utiliser le peu qu'elle savait.

– Je vous confie cette tâche, vous saurez mieux que moi, dit-il à Maman Denis, qui le prit assez mal.

Mlle Corneille se lamenta de toujours passer pour une idiote. Prise de pitié, la nièce lui glissa qu'elle lui montrerait comment se comporter. Elle lui inculqua une série de réponses passe-partout, puis la ramena à Voltaire. Ce dernier en conçut un plaisir mitigé. Il s'était vu en Pygmalion et se retrouvait en montreur de singe.

Marie comprit ce jour-là que la tâche d'un éducateur consiste principalement à surmonter une interminable série de déceptions, et ce fut sa première vraie leçon.

– Il faut se faire une raison, les grands sentiments sont hors de sa portée, dit son tuteur constatant qu'elle ne prisait absolument pas la tragédie.

Il n'avait pas compris qu'elle était faite pour connaître dans la vie réelle les belles passions auxquelles lui-même ne faisait que rêver.

X

*Je bâtis un joli théâtre à Ferney, et il se trouve
un Jean-Jacques pour prétendre qu'il ne convient
pas à la dignité d'un horloger de Genève de jouer
Cinna chez moi avec Mlle Corneille. Le polisson !
Le polisson !*

VOLTAIRE

Tronchin, médecin genevois chargé de soulager les
innombrables petites avanies d'un hypocondriaque
nommé Voltaire, affirma que son patient se dépensait
trop, que les représentations théâtrales lui causaient
fatigue et embarras : il réclama la fermeture immédiate
de la salle de spectacle que l'on venait d'aménager
dans une dépendance du château. Le valétudinaire
céda, il fut résolu que Mme Denis installerait une lingerie dans ce spacieux local.

L'écrivain avait été souffrant parce qu'il jouait trop ;
il le fut parce qu'il ne jouait plus. Il se languissait de
ne plus voir sa nièce roucouler dans ses rôles et glapir
sur ses vers. Il s'alita, persuadé que c'était pour sa mise
en bière.

– Je me meurs, je me meurs ! gémit-il en se mourant d'ennui.

Il se laissa tomber sur ses oreillers, ferma les yeux et s'abandonna à une parfaite immobilité.

– Est-il mort ? chuchota Mlle Corneille au bout d'une minute.

– Non, il s'entraîne, répondit la nièce.

Au cas où l'âme de son oncle eût encore flotté dans la pièce, elle lut une lettre de Le Kain. Le célèbre tragédien annonçait sa visite. Voltaire rouvrit un œil, puis l'autre ; il déclara qu'il attendrait bien encore un peu pour rejoindre son créateur.

Sa chambre était une jolie pièce tendue de damas bleu où il passait le plus clair de son temps dans une chaleur d'étuve, été comme hiver. Elle comprenait deux grosses armoires.

– Vite ! dit-il. Un lavement ! Passez-moi mon clystère !

Marie ouvrit l'une des armoires et découvrit un nombre impressionnant de perruques à marteau – « parce qu'on n'en fabrique plus depuis longtemps » – qu'il peignait lui-même avec soin.

– Pas celle-ci, l'autre !

Ayant ouvert la seconde, elle se trouva nez à nez avec une collection de seringues de toutes tailles, de tous formats, en verre, en bois, en fer, et même en bronze doré et ouvragé pour les grandes occasions. Elle en choisit une parmi les moins inquiétantes.

– Pas celui-là, c'est mon clystère de voyage, un merveilleux petit instrument anglais qu'on peut même utiliser en voiture. Passez-moi le grand, là !

Elle sortit juste à temps pour ne pas voir ce qu'il en faisait.

Marie trouva un soir sur le perron un voyageur robuste dont la figure ingrate lui rappela quelqu'un. Il était épais de partout, imposant, et possédait une belle prestance d'homme laid.

– La petite Rodogune ! s'écria-t-il.

Juste avant qu'il ne refermât ses bras sur la jeune fille, elle reconnut l'acteur qui leur avait remis la recette à la Comédie-Française à l'issue de la soirée de bienfaisance.

– Comment se porte-t-il ?

– Très bien. Il vous attend sur son lit de mort.

– Je m'en voudrais de déranger ses derniers instants.

– Dans ce cas, vous ne le verrez pas beaucoup.

Au reste, le comédien savait comment le remonter.

Voltaire, pour meubler sa faiblesse, s'occupait à fustiger sans pitié, dans quelques libelles bien sentis, l'habituelle cohorte de sots qui encombrait son siècle. Il crut tout à coup percevoir le chant de l'Ange des morts : on récitait ses vers dans le couloir avec toute l'emphase possible. C'était onctueux, parfait, inattendu, c'était l'appel du paradis voltairien :

Non, depuis qu'en ces lieux mon âme fut vaincue,
Depuis que ma fierté fut ainsi confondue,
Mon cœur s'est désormais défendu sans retour
Tous ces vils sentiments qu'ici l'on nomme amour.

Le tragédien surgit dans la chambre comme on entre en scène, plus démonstratif et grandiloquent que jamais. Ce fut un triomphe. Il salua le maître sous les applaudissements de la domesticité réunie.

– Ah ! Le Kain ! dit Voltaire. Vous êtes si beau quand on ne vous voit pas ! Vous êtes toujours l'acteur le plus doué et le plus laid de votre génération ! Soyez heureux d'être si vilain : si vous l'aviez moins été, vous n'auriez pas touché à cette perfection.

En guise de réponse, l'acteur lui décocha quatre vers supplémentaires, avec ses plus beaux trémolos, pour l'achever :

C'est ici que ce cœur connaîtrait les alarmes,
Vaincu par la beauté, désarmé par les larmes,
Dévorant mon dépit et mes soupirs honteux !
Moi, rival d'un esclave, et d'un esclave heureux !

– Vous voulez donc me faire mourir ! couina le vieil auteur avec ravissement.

Le Kain acquiesça du menton.

– Vous êtes venu me voir ! dit le moribond. Quelle belle surprise !

– Vous m'en aviez prié, je crois.

– Non, non, méchant garçon, n'essayez pas de me gâcher la surprise.

Voltaire lui avait écrit : « Cher ami, j'espère avoir le plaisir de vous embrasser avant Pâques », ce qui signifiait : « Le Kain, à Ferney, tout de suite ! » Le visiteur lui trouva une mine superbe.

– Pas du tout, je suis mourant. C'est bien cruel de venir m'insulter.

Mlle Corneille aida son tuteur à s'asseoir dans son

fauteuil comme s'il se fût agi d'une porcelaine chinoise. Le Kain s'impatienta :

– Au fait, qu'est-ce qu'un fauteuil Voltaire ? Qu'a-t-il de spécial, ce fauteuil ?

– De bons coussins, répondit son hôte en s'y laissant tomber, avec une expression malicieuse qui, bien qu'édentée, restait le plus beau sourire de la littérature française.

L'acteur lui redonna un petit coup de *L'Orphelin de la Chine,* par pure malignité :

Les monstres des forêts qu'habitent nos Tartares
Ont des jours moins sereins, des amours moins barbares.

– Mon Gengis Khan ! Vous le disiez encore mieux en scène avec des plumes sur la tête.

Ils ne s'étaient pas vus depuis six années qui n'avaient pas semblé longues à tout le monde.

On aurait aimé le faire jouer. Il accepta d'offrir ce petit plaisir au vieillard.

– C'est tellement gentil ! dit Voltaire, tout content. Nous jouerons ma *Mérope.*

– Il ne faut pas exagérer quand même ! répondit l'acteur en faisant « non » du doigt.

La dernière pièce qu'on avait répétée était *Le Droit du seigneur*, sorte de comédie médiévale dans laquelle Voltaire en personne incarnait un vieux bailli. Il manquait une jeune femme pour jouer Colette, un second rôle. Le Kain proposa d'employer cette petite Corneille qui le regardait avec des yeux ronds depuis son arrivée.

– Je veux jouer avec Rodogune.

– Pour ce personnage, il faudrait être virevoltant et désespéré, prévint Voltaire.

– Saurez-vous être virevoltante et désespérée, Marie ? demanda la nièce.

– J'essaierai, Maman Denis.

Elle aurait préféré qu'on jouât *Le Cid*, où elle prétendait tenir le rôle de Rodrigue. Cela fit rire, on se dit qu'elle serait parfaite dans les petits emplois comiques de soubrettes ou de paysannes.

Ce projet acheva de rétablir le phénix des belles-lettres. Il ressuscita suffisamment pour emmener le comédien admirer son théâtre tout neuf, doté d'une vaste scène où du linge pendait çà et là.

– C'est très beau. Qu'allez-vous y jouer ?

– Mes pièces, répondit le maître.

– Rien ne saurait être parfait, dit Le Kain. Je plaisante...

Le bâtiment pouvait contenir trois cents spectateurs.

– Supplice collectif, donc.

Voltaire méditait un projet de tragédie bien chaude où l'héroïne périssait sur un bûcher. Il la proposa à Le Kain, beaucoup moins chaud :

– Oh, vous savez, moi, les bûchers...

Mme Denis l'attira à l'écart pour le rappeler au respect.

– Souvenez-vous qu'il vous a trouvé dans le ruisseau.

– Je ne puis l'oublier. Heureusement, depuis que j'ai moins de protecteurs, je m'amuse davantage.

– Sans lui, sans son soutien, sans son argent, vous joueriez sur les foires et dans les arrière-cours.

– Pourquoi croyez-vous que je sois ici ? Pour l'air de la campagne ? La joie des voyages en montagne ? Ai-je une tête à lire Voltaire et Rousseau par plaisir ?

Mme Denis esquissa un signe de croix.

– Pas de grossièretés ! Sachez qu'il y a deux préceptes à respecter dans cette maison. Le premier : ne jamais prononcer le nom de qui vous savez. Le second : si vous l'avez prononcé, protéger votre tête !

On annonça l'arrivée de Tronchin. Voltaire se remit au lit aussitôt, ce qu'il estimait être la seule position correcte pour recevoir son médecin.

– Sans cela, il pourrait juger *a priori* que je me porte bien, et passer à côté d'une maladie grave, n'est-ce pas ?

– Comment va mon malade imaginaire ? demanda l'homme de l'art qui s'attendait à se voir réclamer un permis d'inhumer.

– À l'agonie, siffla l'écrivain.

– Ne vous pressez pas : j'ai besoin de vous pour régler les traites de ma gentilhommière. Je vous prescris de l'émétique, mais n'en abusez pas, ce n'est pas de la limonade.

– Ne raillez pas la limonade, c'est un meilleur médicament que vos drogues, j'en ai bu deux cents pintes quand j'ai eu la vérole, et j'ai survécu.

– À la vérole ou aux deux cents pintes ? Si vous ne croyez pas à mes drogues, pourquoi les prenez-vous ?

– Pour le plaisir de vous voir.

En réalité, il adorait se droguer. Il essayait toutes les

recettes de bonne femme, s'administrait des cures de petit-lait à l'essence de cannelle, et avait pris un jour de la grenaille de fer pour aller à la selle, sous prétexte qu'on l'utilisait pour rincer les bouteilles sales.

– Je n'en suis pas mort tout à fait, plaida-t-il.

– Et vous ne croyez pas aux miracles ! fit le médecin.

En un mois, Marie avait compté huit purges et douze lavements. Surpris de ne pas le trouver aussi mort que prévu, Tronchin constata avec mauvaise humeur que la résurrection de son patient s'était faite en dépit de ses ordres, par injection théâtrale.

On installa Gengis Khan dans la plus belle chambre d'amis, juste au-dessus de celle du maître. Le Kain constata que Voltaire, pour complaire à sa nièce, la laissait tenir sa maison sur un très grand pied, il menait un train de fermier général, et même vantait ses qualités dans la décoration, ses dons musicaux et l'excellence de son jugement en matière de belles-lettres.

– Il vous aime vraiment beaucoup, remarqua-t-il.

– C'est facile, répondit-elle : dites-lui qu'il a du génie.

L'auteur manquait toujours d'interprètes pour ses représentations. Cette pénurie avait peut-être un rapport avec son attitude envers ses acteurs improvisés lors des répétitions.

– Je vais vous faire répéter, annonça-t-il au sociétaire du Français.

– Vous m'avez bien regardé ? répondit Le Kain,

déterminé à se contenter de faire une apparition de temps en temps.

La distribution était facile à composer. Les rôles de jeunes premières allaient à Mme Denis, pour le plus grand bonheur du public, à condition que ce public aimât les boulottes bien mûres à fort tempérament. En l'occurrence, l'intrigue reposait sur la virginité du personnage, convoitée par divers protagonistes, de fiers chevaliers un peu myopes.

– Non, non, laissez-moi, beau militaire ! criait-elle en s'offrant.

La première fois, Voltaire feuilleta nerveusement ses papiers.

– « Beau militaire » ne figure pas dans mon texte, s'étonna-t-il.

– Ne pourrait-on le rajouter ? susurra la nièce.

Il appréciait beaucoup sa déclamation. Plus elle en remettait, plus il applaudissait. Elle en venait à larmoyer en disant « bonjour ».

– Bravo ! Bravo ! Quel talent ! s'écriait l'auteur.

On mit Mlle Corneille sur scène. Elle se montra vive, impatiente, elle tapait du pied quand on la forçait à répéter.

– C'est un charbon ardent ! nota Voltaire.

Mme Denis était tranquille, elle ne risquait pas de se voir disputer les grands rôles. Il manquait à la jeune fille un je-ne-sais-quoi qu'elle ne pouvait définir, sans doute un soupçon de mauvaise foi, une bonne dose d'apitoiement et un zeste de flagornerie, tant il est difficile de jouer contre sa nature.

Quant à Voltaire, comme le disait sa nièce, « il n'y

avait rien qu'il ne fît pour entrer dans la peau des personnages ».

– Vous m'effrayez, répondit Le Kain, songeant aux rôles de tueurs d'enfants et de violeurs qui émaillaient ses tragédies.

En fait son hôte endossait dès le matin son costume de scène et se promenait toute la journée vêtu à la grecque ou en croisé.

– C'est surprenant, murmura Marie en le voyant passer dans son accoutrement.

– Qu'auriez-vous dit l'automne dernier, répondit Maman Denis. Il jouait le rôle d'un pape – il réussit très bien les prêtres. Les paysans l'ont pris pour Mgr l'évêque ils lui ont fait bénir les moissons !

Mlle Corneille se demanda pour quelle raison elle ne pouvait avoir une famille normale.

Les répétitions mirent à rude épreuve les nerfs du dramaturge, mais plus encore ceux de ses acteurs. Soit l'on prononçait mal, soit l'intonation ne traduisait pas l'intensité passionnelle qu'il avait insufflée à ses vers. Si l'on estropiait un alexandrin, c'était le tremblement de terre de Lisbonne.

Il avait engagé les Cramer mari et femme, ses libraires de Genève, qui n'avaient pas trouvé d'excuse valable.

– J'aime mieux le dire comme ça..., hasarda Mme Cramer avec son accent du Languedoc, sans savoir qu'elle ne faisait qu'aggraver son cas.

Les habitués passèrent sous les sièges, les comédiens s'écartèrent juste avant que le matériel ne se mît à voler à travers la salle.

– Pleurez ! ordonna-t-il.

Mlle Corneille se mit à pleurer.

– Pas vous, elle !

Mme Cramer essaya de l'imiter.

– Non, vous ne pleurez pas, là : vous faites *semblant* de pleurer.

– Comment voulez-vous que j'y arrive ?

– Je vais vous montrer.

Il monta sur scène.

– Vous avez un truc ? demanda la libraire.

– Oui.

Il la pinça de toutes ses forces.

Il parvenait en général à effrayer ses interprètes au point de leur faire exprimer une vraie peur.

– C'est frappant comme l'angoisse est le sentiment qu'ils rendent le mieux, s'étonna-t-il.

Mais la méthode avait des failles.

– Je ne comprends pas, dit-il en sortant du théâtre : quand ils commencent à devenir vraiment bons, je n'arrive plus à remettre la main sur eux.

– Au moins, pendant le spectacle, il nous laissera en paix, soupira Mlle Corneille, restée sur scène avec ses camarades.

Il y eut un silence.

– Pendant le spectacle... il nous laissera en paix ?

Le Kain fit acte de présence peu avant la générale. Le jeu de Mme Denis, qui minaudait et sautillait comme une enfant capricieuse, fut pour lui une révélation. Acante, qui s'était refusée au jeune Mathurin à l'acte II, avait bien du mal à se refuser encore au beau marquis à l'acte III.

ACANTE

Ah ! que pour moi votre âme est indulgente !
Comme mon sort, mon esprit est borné.
Moins on attend, plus on est étonné.

LE MARQUIS

Quoi ! dans ces lieux la nature bizarre
Aura voulu mettre une fleur si rare ?

ACANTE

Protégez-moi ; croyez qu'en ma retraite
Je resterai toujours votre sujette.

– Elle est émouvante, n'est-ce pas ? dit Voltaire.

– Dans quel sens l'entendez-vous ? demanda le comédien, hilare, assis à côté de lui.

Quand il eut compris dans quel sens on l'entendait, il s'essuya les yeux et se moucha pour se donner un air ému.

– On ne sait pas jouer ainsi à Paris, reprit l'auteur qui avait quitté la capitale depuis fort longtemps.

– Soyez-en sûr, reconnut Le Kain.

Lorsque Mme Denis descendit de scène, le sociétaire du Français baisa sa grosse main potelée.

– Merci pour ce moment de bonheur.

– Vous avez été sublime, renchérit son oncle. Notre ami a pleuré !

– Oh oui, confirma Le Kain, très gai. Mais cessons ou je vais recommencer.

– C'est extraordinaire : ma nièce est aussi bonne actrice que je suis auteur.

116

– J'allais le dire.

L'acteur bredouilla une excuse et quitta la salle avec de grands « ah » dont on déduisit qu'il succombait à l'émotion.

Le Kain était célèbre pour rechercher le naturel dans la déclamation.

– Le public ne vient pas voir du naturel, il a déjà la rue pour ça, lui lança Voltaire qui avait réussi à le coincer pour une répétition : faites sonner mes vers, et fichez-vous d'avoir l'air de dire la messe !

Le désespoir de l'interprète était de n'exceller que dans ce répertoire.

– Grâce à moi, vous serez immortel ! lui prédit le vieillard.

« Grâce à vous, je vais sombrer dans l'oubli après ma mort », songea Le Kain. Il était fait pour ces affreux petits mélodrames auxquels il donnait du relief et même une apparence de profondeur. Grâce à lui, on avait l'impression que le texte était intelligent.

– Que c'est bien écrit ! dit Voltaire, les yeux humides.

Il se mit à l'appeler Guillaume. Le Kain l'appela François. Aussitôt Voltaire l'appela Le Kain. Ce dernier l'appela Voltaire. L'écrivain lui donna alors du « grand tragédien », l'acteur le traita de « grand auteur ».

« Ce n'est pas une conversation, c'est du troc », songea Mlle Corneille. Elle les prévint que la grande artiste attendait depuis un moment les grands hommes à dîner.

– Tant qu'à épouser, confia-t-elle à Voltaire en quittant la salle, j'épouserais bien cet homme-là.

– Un acteur ? On n'épouse pas un acteur ! Ce ne sont pas des partis pour une jeune fille ! Le Grand Horloger a créé la rage, la vérole, et, juste après, les acteurs !

Elle crut percevoir l'ombre d'un ressentiment.

Pendant ce temps, en proie à une crise de misanthropie, Jean-Jacques Rousseau menait campagne à Genève contre le théâtre, surtout le théâtre des philosophes, et surtout celui des philosophes nommés Voltaire. Il attisa l'antipathie que devait éprouver tout bon calviniste pour un divertissement amoral proscrit chez les réformés depuis deux siècles. En conséquence, plusieurs invités se décommandèrent et les Cramer rendirent leurs rôles sous le premier prétexte. « Mon mari souffre d'un refroidissement », était-il écrit sur un billet que Voltaire reçut avec le plus grand déplaisir.

– Son mari a attrapé la rousseauite ! C'est une maladie qu'il faudra bien éradiquer un jour ! Ah, ces écrivains ! Ces écrivains ! Quelle engeance ! Donnez-moi des bûchers !

C'était contrariant, d'autant plus que sa nièce avait fait livrer des litres de peinture pour exécuter elle-même les décors (la dépense était importante, mais les pots pourraient resservir pour toutes les scènes d'incendie ou de fin du monde qu'elle peindrait dans l'année). Par bonheur, Cramer se remit de son refroidissement lorsqu'il apprit que Voltaire avait contacté un libraire d'Amsterdam moins sensible des bronches.

La générale put avoir lieu. L'écrivain y parut en vieux bailli, débita son texte sur un ton emphatique, haché, monotone, récita comme s'il enterrait son grand-père. Sa voix fluette se cassait au milieu des tirades, il voyait mal et se trompait de porte pour ses entrées ou ses sorties, il entendait de travers, avait des vertiges, c'était une ruine ambulante et grandiloquente, une adorable ruine.

Le Kain s'irritait d'être interrompu chaque fois que le vieil homme désirait reprendre ses partenaires, les gratifiant de critiques qu'il n'osait faire directement au sociétaire. En bonnet de nuit et robe de chambre, il traversait le plateau pour réprimander ses personnages.

– Si monsieur l'auteur veut bien nous laisser poursuivre..., suppliait Le Kain.

Par pénurie, le châtelain avait fait monter sur scène ses domestiques, qui assuraient la figuration.

– Tant que j'aurai des jardiniers, nous aurons des hallebardiers !

Mme Denis lui fit remarquer qu'à force de maltraiter ses hallebardiers ils risquaient de perdre leurs jardiniers.

Barbara fut vêtue en soldat, emploi auquel sa carrure la prédisposait. À la troisième remarque du maître sur la façon de tenir sa lance, elle faillit la lui envoyer dans les fesses, et grommela quelque chose d'où il ressortait qu'elle n'était là que pour faire plaisir à « la petite maîtresse ».

– Je veux que mes héroïnes poussent des cris, exigeait l'auteur, je veux que Le Kain fasse frissonner d'effroi !

En petit comité, il ajoutait :

– Les comédiens me doivent bien ça : je leur ai écrit d'assez beaux rôles !

En comité plus restreint encore, il professait des opinions moins nuancées :

– Le pire, avec les acteurs, est de devoir les flatter quand ils sont très mauvais, dans l'attente du jour où ils seront très bons.

Ils jouèrent aussi *Zaïre* où Voltaire interprétait Lusignan : le croisé portait un habit du temps de Louis XIV, une perruque à queue surmontée d'un énorme casque en carton, et une longue rapière en bois qui lui battait les jambes. Les spectateurs louèrent le jeu sublime de Le Kain qui faisait le contraire de ce qu'avait demandé l'auteur.

– C'est la laideur la plus expressive de son siècle, commenta Voltaire.

Pour se mettre en valeur, le tragédien se ménageait des plages de silence censées donner de la gravité à la situation. Voltaire attendait la suite de son texte avec impatience :

– J'ai engagé un mime !

Quand il jouait bien, c'était un dieu vivant.

– Quel merveilleux acteur ! s'écria l'écrivain après le premier acte. La prestance d'un Jupiter ! Il est à son apogée !

– Monsieur Le Kain trouve Rousseau très intéressant, dit Mlle Corneille.

Voltaire tempéra aussitôt son éloge :

– Dommage qu'il ait grossi. Il s'est empâté. C'est l'âge.

– Il aime beaucoup d'Alembert aussi.

– Il a l'air d'un gros chanoine.

– Il pense que vous devriez écrire des farces.

– Il a toujours été fort laid.

– Il compte soutenir votre *Zulime* au Français.

– Cela dit, il est beau quand il joue. Mon théâtre le transfigure.

– Juste après la *Sémiramis* de Fréron.

– Hélas, il redevient laid à l'entracte. C'est incurable !

Au dernier acte, Mme Denis ne parvint pas à lui donner la réplique correctement. Au lieu de l'aider, Le Kain prit plaisir à l'enferrer. Voltaire constata depuis les coulisses que le talent du grand tragédien ne mettait pas en valeur celui de sa nièce. Il le trouva moins sublime. Mlle Corneille avait joué moins mal que Mme Denis, mais avec moins de prétention.

– Votre voix est faible mais harmonieuse, lui dit l'acteur après le baisser du rideau. Il faudra travailler, cela vaut la peine.

Marie rougit, la nièce pâlit.

– Parce que vous êtes simplement vous-même, reprit l'acteur, on vous croit bête. Je sens bien, moi, qu'il sortira un jour de ce joli crâne une jeune femme merveilleuse, et j'envie celui qui l'aura.

Furieux du mépris que le sociétaire affichait pour le talent de sa nièce, Voltaire lui reprocha de ne pas soutenir les jeunes débutantes pleines de mérite, il l'accusa d'infliger à ses spectateurs le factice d'un artifice élimé, il s'emporta, Le Kain fut proprement douché. Pour faire mine de se rattraper, ce dernier baisa une nouvelle fois la main potelée de Maman Denis.

– Chère amie, vous égalez l'admirable Mlle Mistral.

– Ne dit-on pas qu'elle est entièrement paralysée ? s'étonna Voltaire.

– Si fait. Mais elle cligne de l'œil avec beaucoup de grâce.

L'oncle affirma non sans humeur que certaines personnes, ici, avaient fait preuve d'un immense talent avant son arrivée.

– Je n'en doute pas. Mais, voyez-vous, au théâtre, il faut aussi donner la réplique. C'est une nécessaire obligation.

L'écrivain répondit qu'il lui revenait de manier des notions aussi subtiles que ces « nécessaires obligations ». Cela lui donna une idée : il disparut, sans doute pour aller rédiger un nécessaire petit traité sur l'obligatoire fatuité des comédiens célèbres.

Le jour du départ arriva. Pour récompenser son cher Le Kain, Voltaire lui fit présent du droit d'imprimer *Zulime*, une vieille pièce, sous réserve de partager les bénéfices avec Mlle Clairon, la grande actrice du moment.

– C'est trop, c'est trop, répondit froidement l'heureux bénéficiaire.

– Mais non, ce n'est rien. Et puis, vous la jouerez.

– C'est vraiment trop !

– J'ai en tête une nouvelle œuvre. En attendant,

reprenez donc un de mes anciens textes ; ma *Mort de César*, par exemple.

– Oh, nous jouerons votre mort quand vous voudrez. D'ici là, j'aimerais bien réciter autre chose ; du Corneille, par exemple.

– Jouer quelqu'un d'autre que moi ? Allons, cher grand acteur, il n'y a que moi pour vous, il n'y a que vous pour moi. Vous avez été créé pour jouer du Voltaire, comme moi pour en écrire.

– Vous l'avez ressuscité ! dit Mlle Corneille en reconduisant l'acteur.

– Oui, je sais, ne l'ébruitez pas, on mettrait longtemps à me le pardonner.

XI

Vous me demandez si je suis toujours bien content de Mlle Corneille. Comment je ne le serais-je pas, puisqu'elle déclame des vers comme son oncle en faisait ?

VOLTAIRE

Tronchin fut prié d'accourir : Voltaire avait eu un vertige.

– Alors, vieil enfant, on affecte encore d'être malade ? lança-t-il en entrant.

– Entre nous, dit l'écrivain pendant qu'on l'auscultait, les médecins ne savent rien, mais vous êtes le premier d'entre eux.

– J'en conclus que vous m'appelez pour le plaisir de me payer des honoraires.

– Je vous appelle parce que mes opinions sont trop connues pour que je puisse avoir un prêtre. Partant, il me faut bien vous faire venir, ou mourir seul. Quand j'ai besoin de soins, je demande à Mlle Corneille de me faire rire, elle y réussit mieux que vous.

– Alors, de quelle peste souffrons-nous aujourd'hui ? demanda le curé de substitution.

Le patient énuméra ses symptômes, dont Tronchin termina la liste.

— Et voilà ! je vous avais interdit de continuer à lire l'Encyclopédie : ils y mettent des descriptions qui ne vous réussissent pas.

— C'est pourtant ce que je ressens...

— Oui, mais cela, c'est la fièvre des latitudes, qui ne sévit pas sous nos climats. La prochaine fois, lisez le chapitre sur la grippe.

Voltaire espéra que son absence de maladie n'allait pas le priver de traitement.

— Je ne suis pas méchant à ce point, répondit Tronchin qui n'était pas fou non plus.

— J'ai entendu parler d'un petit remède, là... Vous devriez me prescrire du baume du docteur Klein.

— Ah, voilà pourquoi vous êtes au lit : vous voulez la dernière potion à la mode ! Je vais vous prescrire le baume du docteur Tronchin : un coup de pied au derrière !

Voltaire se renfrogna comme un gamin privé de dessert.

— Ne craignez rien, dit le médecin, on va vous en donner, du baume à pigeon. Après tout, depuis un mois, ça n'a encore guéri ni tué personne.

On lui appliqua sur la poitrine un emplâtre bouillant.

— Ah ! récitez-moi du latin, gémit le malade, cela fera passer l'épreuve.

Quand on le lui eut ôté, il se sentit soulagé, ce qui n'avait rien d'extraordinaire.

— Je ne pense pas que vos remèdes guérissent

davantage que leur eau bénite, dit le vieil athée, mais ils soulagent tout autant.

— Rassurez-vous, vous n'en êtes pas encore à l'extrême-onction.

— Quand vous m'aurez donné votre note, j'y serai.

Le lendemain après-midi, Barbara vint prévenir qu'un officier demandait à voir Monsieur. Monsieur, qui venait de faire paraître sous un faux nom un petit recueil très méchant sur des personnes haut placées, eut des palpitations.

— Ça y est, on vient m'arrêter !

Il se hâta vers la porte, puis vers la fenêtre, puis vers sa chambre, tout en commandant de dire à ce gendarme que son placet n'était pas de lui ; et, au cas où il insisterait pour voir Monsieur, qu'on lui réponde qu'on l'avait enterré la veille. Une fois déshabillé et couché, il exigea que l'on cachât ses traites à terme, et ses manuscrits, et sa correspondance, puis disparut lui-même sous les couvertures.

— Ah ! S'il s'obstine : j'étais contagieux.

La nièce alla aux nouvelles.

L'officier était là pour une demande en mariage. Mme Denis ne tint plus en place. Elle était veuve d'un militaire. Douze années d'un ardent veuvage ne l'avaient pas détournée de son premier penchant. Elle était convaincue que seul un homme rompu au combat pouvait assurer la relève, et elle avait d'ailleurs raison.

Il fut question d'une tendre créature venue de Paris, parente d'un auteur célèbre, dont la renommée s'était répandue dans le pays. C'était elle !

De son côté, Voltaire hésitait à sauter dans le jardin. Il se demandait quelle folie l'avait poussé à s'installer dans ces régions ingrates où l'on osait régulièrement lui faire grief d'écrits anodins. Il entendit des pas et courut faire semblant de dormir. On entra. Il risqua un œil par-dessus les draps et vit au pied de son lit une nièce à l'expression fermée.

– C'est la potence ? demanda-t-il d'une petite voix.

– Non. C'est le mariage.

L'officier avait le toupet de demander la main de Mlle Corneille.

Les nuages se dissipèrent, la vallée de Gex redevint un havre d'amour et de tolérance.

– Voilà une excellente nouvelle ! dit l'ancien trépassé.

– Oui, oui.

Il se leva avec agilité et s'habilla.

– Il a de belles moustaches de militaire, remarqua-t-il, l'œil collé au trou de la serrure.

– Oui, fit sa nièce avec l'envie de pleurer.

– Faites prévenir Rodogune qu'elle est mariée.

Fort bien disposé, il s'en alla recevoir son hôte avec jovialité.

C'était un gentilhomme des environs, un M. de Crassy, capitaine au régiment des Deux-Ponts.

– Va pour Crassy ! déclara Voltaire, ravi. Et vivent les deux ponts !

Il fit signe au visiteur de s'asseoir et prit lui-même la digne pose du père recevant un prétendant, sa nièce debout derrière son fauteuil.

Le capitaine expliqua que la demande était pour un sien parent.

– Dans ce cas, vous êtes libre, vous, grogna Mme Denis.

Le prétendant, qui servait lui aussi dans ce régiment des Deux-Ponts, ne tenait pas essentiellement à la fortune de la promise.

– Nous ne sommes pas à cheval sur ce point, plaisanta le capitaine, d'humeur martiale mais néanmoins badine.

On comprit que, s'il n'y tenait pas, c'est qu'il n'en avait guère à offrir lui-même. Mme Denis avait du mal à oublier sa contrariété.

– On doit manquer de jeunes filles à marier dans cette région, remarqua-t-elle, pour qu'on se jette ainsi sur des importations récentes.

Le capitaine posa ses conditions, car il y avait des conditions. La fille devait être noble.

– On ne saurait être mieux née, répondit Voltaire comme s'il parlait d'une princesse byzantine. Elle appartient à une famille simple et modeste.

Il n'était pas indispensable de préciser *à quel point* simple et modeste. Le capitaine approuva de son air de capitaine peu amateur de filles compliquées. Elle devait être bien élevée.

– Je m'y suis employé, dit Voltaire.

Mme Denis ouvrit la bouche. Son oncle la lui ferma d'une bourrade aussi discrète qu'efficace.

– Il n'y a rien à ajouter sur le sujet. D'ailleurs, elle sort du couvent. C'est tout dire.

128

Si l'entremetteur avait mieux connu son hôte, il se serait méfié de l'entendre vanter les couvents.

Il fallait que ses mœurs « convinssent à la simplicité d'un pays qui tenait beaucoup de la Suisse ».

« Merci pour les Suisses », pensa Maman Denis.

– Parce qu'après tout les gens, ici, ressemblent beaucoup aux Suisses, précisa le militaire.

Voltaire demanda s'il fallait qu'elle sût traire les vaches et tuer le cochon, ou si une simple éducation de bon ton suffisait. Le capitaine choisit la seconde option.

Mlle Corneille alimentait les conversations de la vallée depuis son arrivée, elle était devenue la jeune fille à la mode, c'était apparemment assez pour qu'on la leur demandât en mariage. Le capitaine voulut avoir le privilège de voir « la fille ». On entendit une cavalcade du côté de l'escalier.

– J'ai lieu de croire qu'elle a été prévenue, dit Voltaire.

La cavalcade s'interrompit dans le vestibule. On perçut durant quelques instants une respiration haletante, tandis que « la fille » devait jeter un dernier coup d'œil à sa coiffure et rajuster sa robe. Puis la porte s'ouvrit, elle parut.

– Voici Monsieur l'officier qui veut vous épouser, dit Voltaire en désignant le moustachu.

Le capitaine se récria.

– Avouez, reprit Voltaire : c'est pour vous que vous la voulez – d'ailleurs tout le monde la veut – vous avez préféré prendre vos renseignements avant de vous déclarer, voilà tout.

129

– Mais pas du tout !

– Comment ! Elle ne vous plaît pas ? Et pourquoi, par exemple ? Certes, elle est encore un peu rustaude, mais avec quelques leçons supplémentaires il n'y paraîtra plus. Voulez-vous voir ses dents ?

Marie était flattée comme une génisse à la foire de Gex. C'était, il est vrai, une habitude. Le capitaine tortillait ses moustaches d'un air embarrassé.

– Mademoiselle est charmante, là n'est pas la question !

Il jura avoir réellement fait la demande pour un sien cousin, d'une famille simple (comprenez pauvre) mais très honorable (comprenez noble), qui habitait le bourg voisin.

– Bien. Quand aurons-nous l'avantage de rencontrer cet aimable fantôme ? demanda Voltaire sans en croire un mot.

Le capitaine ouvrit une fenêtre et siffla fortement entre ses doigts, ce qui est toujours très élégant dans un salon. Une silhouette quitta l'ombre des tourelles et traversa la cour. Un instant plus tard, un jeune homme de bonne mine se tenait devant eux, son chapeau à la main.

– Mon cousin, Guillaume de Crassy, dit l'officier.

– Oh, mais c'est la multiplication des Crassy ! s'écria l'écrivain. Tant de Crassy d'un coup, c'est trop d'honneur ! S'il y a encore quelques Crassy cachés par là, dites-leur d'entrer.

C'était un grand blond à la peau rose comme un porcelet, avec des épaules larges et des doigts fins. Marie eut une révélation : elle se trouvait devant le prince charmant, celui représenté sur les gravures de son enfance.

Même ses ongles étaient roses. Il y avait encore chez lui quelque chose d'assez enfantin pour réveiller en n'importe quelle femme l'envie de protéger, de bercer, de prendre dans ses bras et, qui sait, de donner la tétée. Tout cela, allié à la plus rayonnante virilité, faisait un délicieux mélange. C'était en réalité un jeune homme sans aspérité, en qui toute jeune fille pouvait projeter ses désirs, une pierre à tailler, le parfait postulant pour un enlèvement romanesque.

On lui avait fait apprendre un petit compliment qu'il récita de son air adorable de grand imbécile, ce qui amusa beaucoup Voltaire, où l'on traitait Mlle Corneille d'« égérie des Lumières », et dont l'intéressée n'entendit rien car on ne peut guère aimer et écouter en même temps.

– Eh bien, voilà une demande en mariage pour le moins flatteuse ! dit le tuteur de l'égérie.

– Comment trouvez-vous Mademoiselle ? demanda le capitaine.

– « Brune », répondit le jeune homme, la réponse ne figurant pas dans son couplet.

Si près de la Suisse, les teints mats étaient rares, or c'était là son trait marquant.

– Mais encore ?

Le prétendant déclara timidement qu'il s'en remettait à sa maman. Mme Denis leva les bras au ciel.

– Dieu nous garde d'épouser un homme qui voue un culte à sa maman !

Marie le dévorait du regard. Elle était rouge, sa

131

respiration était oppressée, la tête lui tournait. Il n'avait qu'à lever les yeux : il la possédait déjà.

Voltaire estima dans un sursaut d'orgueil qu'il ne suffisait pas d'être un héros pour devenir son gendre. Il emmena le postulant dans son cabinet passer un petit examen de philosophie, pour voir s'il pensait et surtout s'il pensait bien.

Pendant qu'il torturait son fiancé, Marie se rongeait les sangs derrière la porte avec le sentiment de ne pas être assez bien pour lui.

— *Cogito ergo sum*, l'entendit-elle demander au jeune soldat. Descartes, vous connaissez ? Je pense donc je suis !

— Hein ?

L'écrivain tâcha de garder sa contenance devant le petit pois en uniforme avec lequel il tentait de communiquer. Il entrouvrit la porte et confia à sa pupille :

— Si sa pensée est le critère de son existence, à mon avis ce jeune homme n'existe pas.

L'examen prit fin au bout de dix laborieuses minutes. Voltaire lâcha son verdict.

— *Imbecillus dramaticus*, déclara-t-il avec une moue dégoûtée.

— C'est-à-dire ? demanda Mlle Corneille.

— Ce n'est pas le mari qu'il me faut.

— Oui, mais pour moi ?

— Oh, pour vous il sera très bien. Il ne connaît pas le nom de Spinoza, ses notions du système cartésien sont incroyablement réduites : je vous plains de prendre un tel mari ; quant à moi, je n'en voudrais pas. Mais enfin, si tout ce que vous demandez à la vie est

132

d'avoir un époux gentil, beau, qui vous fait vivre et qui vous aime, cela vous regarde.

– Je saurai m'en contenter.

Il haussa les épaules.

– Vous êtes plus philosophe que moi, sans doute.

En ce qui la concernait, le mariage pouvait se tenir dans la minute, et sa consommation dans le quart d'heure suivant.

– C'est merveilleux comme elle est heureuse, remarqua Voltaire.

– Oui, dit sa nièce. C'est vulgaire.

Ayant été agréés, les deux hommes s'en retournèrent sans avoir compris, par bonheur, la moitié de ce qui s'était passé ou dit. Leur hôte les suivit des yeux avec une certaine désillusion vis-à-vis de l'humanité épousante. Cornélie avait du charme, mais il n'était pas sûr que M. de Crassy fût en mesure d'apprécier toutes les facettes de ce charme, ni les subtilités de son éducation.

– Voilà ! Vous donnez à votre fille tout votre amour, toute votre culture, et elle vous préfère le premier blondinet fadasse venu.

Mme Denis avait un compte à régler avec son oncle :

– Moi aussi, vous m'avez formée ! Moi aussi, je suis une égérie des Lumières ! Moi aussi, je veux être demandée en mariage par des blondinets fadasses !

– Certes, certes, répondit l'écrivain qui n'avait jamais eu la prétention de faire des miracles.

C'était indubitablement le genre d'imbécile que toute femme désirait épouser.

– Vous attirez la chance comme les arbres la foudre,

dit-il à sa pupille. Peut-être l'attirerez-vous sur moi. J'ai mal là.

Il lui indiqua un point de côté.

Mais Marie ne voyait plus le lutin qui gesticulait devant elle. Ses yeux étaient encore tout remplis de son premier amour.

XII

Au pied de mes rochers, au creux de mes vallons,
Pourrais-je regretter les rives de la Seine ?
La fille de Corneille écoute mes leçons
Et console à la fois mes douleurs et mes peines.

VOLTAIRE

Pindare Le Brun avait espéré le soutien du philosophe pour sa carrière, et c'est Mlle Corneille qui tirait tous les avantages de sa démarche. Il ne lui restait plus, pour se faire de la publicité, qu'à publier son ode avec, en préface, la lettre de félicitations et de remerciement signée Voltaire.

– Ah, l'imbécile ! s'écria l'intéressé lorsqu'il il en reçut un exemplaire.

Comme beaucoup d'écrivains en cette période d'intolérance teintée d'autodafé, Le Brun avait fait imprimer « Genève » sur son recueil pour n'être pas recherché par la censure. Pour le public, *Genève* signifiait *Voltaire* : le patriarche de Ferney paraissait avoir publié l'ode et sa lettre pour provoquer le clan des dévots à qui il avait ravi de justesse Mlle Corneille.

– Quelle maladresse ! Décidément, je préfère Pindare l'Authentique.

Dans un petit mot accompagnant l'envoi, le poète priait le vieil homme de parler de lui à sa protégée.

– Ah oui, je vais lui parler de lui ! L'abruti !

La gazette de Fréron arriva à Ferney la semaine suivante. On apporta *L'Année littéraire* au maître dans son cabinet.

– Ah, *L'Âne littéraire*, dit-il avec une fausse bonne humeur en prenant le journal.

Il haïssait cet homme qui se permettait de critiquer ses œuvres.

– Je sais bien que mes pièces sont bancales, mais je trouve de très mauvais goût qu'on me l'écrive !

On attendit l'explosion, le cataclysme, l'apocalypse. Ce qu'on entendit évoqua en effet les trompettes du Jugement. Sa prédiction s'était réalisée ; Fréron, par dépit, avait écrit : « Monsieur de Voltaire a voulu avoir la descendante de Corneille à défaut d'avoir son talent », entre autres gracieusetés irrémissibles. Les saints patrons de Mlle Corneille avaient commencé à s'entre-déchirer.

Le seul phénomène certain, en ce qui concernait le caractère de Voltaire, c'était que la philosophie avait échoué à atténuer son amour-propre. Un mauvais jugement le mettait au désespoir, un article entier l'ébouillantait vif.

– Mon oncle a trop de qualités pour supporter la critique, disait Mme Denis.

Mlle Corneille supposa qu'il allait puiser dans les ressources de la pensée. Ce n'est pas précisément de ce côté qu'il chercha sa consolation. Une fois que la terre eut tremblé, un grand silence se fit, au bout duquel Voltaire sonna. La jeune fille le trouva occupé à écrire, à côté d'une série de lettres encore humides.

– Je ne vous avais pas dit, ma jeune amie, qu'entrant dans mon paradis vous y trouveriez le serpent, mon critique.

L'article la présentait comme une fille de rien élevée chez un vieux pervers. Les censeurs parisiens s'étaient fait un plaisir de laisser passer l'insulte. Il était certes décevant de voir Fréron la traîner dans la boue après avoir tant soutenu sa famille.

– Voilà qui vaudra pour plusieurs leçons de philosophie, mon enfant, dit Voltaire.

Elle demanda si c'était grave. Le « vieux pervers » lui prédit qu'elle verrait bientôt à quel point la mauvaise littérature peut avoir de tristes conséquences.

Marie se sentait coupable du scandale qu'elle avait indirectement provoqué par le seul fait d'exister. Elle profita d'une lettre de Voltaire à un homme qui connaissait Jean-François pour y glisser un petit mot : « Je vous prie, si vous voyez mon père, de lui dire que j'ai du regret d'être heureuse loin de lui. »

C'était charmant. Lui-même devait être charmé d'être traîné dans la boue loin d'elle.

Le capitaine surgit à l'improviste. Mme Denis espéra qu'il avait enfin ouvert les yeux sur l'avantage d'épouser des femmes mûres. Son oncle était moins optimiste. Le pauvre officier promenait une figure sinistre. Il semblait regretter que la promise fût présente.

Voltaire l'accueillit comme si de rien n'était ; après tout, le militaire ne savait peut-être pas lire.

– Heureuse idée d'être passé nous voir ! Nous ne nous fréquentons pas assez, entre parents.

Il reçut en réponse un grognement pouvant être interprété comme « non, monsieur ».

– Quel air ! Un deuil dans notre nouvelle famille ?

– Je porte le deuil de notre mariage, monsieur.

La feuille insultante de Fréron avait été lue par l'univers entier, dont le prétendant.

– Il sait donc lire ! s'exclama Voltaire.

Ce qui n'arrangea pas leur affaire.

Le capitaine sortit d'une poche le papier en question et le brandit sous le nez de son hôte. Le fiancé avait été fort refroidi en apprenant par la presse que le père de la demoiselle était « une espèce de petit vannier à deux sous », que sa fille avait été chassée du couvent et recevait « chez un mécréant son éducation d'un bateleur de foire ».

– La fille est correcte, dit l'officier, mais...

L'insulte avait fait du bruit à Genève où l'on manquait de motifs à scandale. La gazette avait circulé par milliers d'exemplaires dans toute la province.

– Votre cousin est bien fragile, nota l'écrivain.

Le fiancé était un brave ; Voltaire douta qu'un brave prêtât l'oreille à la calomnie.

– Oh lui, il s'assoit dessus. C'est la famille qui fait barrage.

C'était un brave qui ne voulait donc pas faire de

peine à sa maman. Voltaire lui opposa que ce genre de rumeur s'essouffle vite, il n'en serait plus question dans deux semaines.

– Voulez-vous que j'en lance une autre pour faire diversion ? J'ai sur nos jésuites du canton un dossier inflammable qu'il me tarde d'enflammer.

– Non merci ! s'écria le capitaine qui avait eu son content de scandale pour l'année.

Quant au nommé Fréron, signataire de ce dépôt d'ordures, Voltaire affirma que les Corneille s'apprêtaient à l'assigner en justice.

– Je sais bien que tout est faux, dit le militaire, mais tout de même, tout de même...

– Mais non, vous vous trompez, répondit suavement Voltaire. Tout cela est vrai. Mlle Corneille est une traînée élevée par un voyou, vous êtes ici à Sodome, banlieue de Gomorrhe ; je passe personnellement mes nuits à inventer des horreurs contre la religion et j'enquiquine le Grand Conseil de Genève.

Le capitaine ne broncha pas, il eut même l'air navré.

– Je sais cela, dit-il en lissant sa moustache. Mais il ne fallait pas que cela éclate. Vous comprenez, c'est tout ce que nous avons, nous autres, par ici : la considération de nos voisins.

Il jeta un regard piteux à la promise.

– Je regrette, mademoiselle, ce mariage ne peut avoir lieu. Ce n'est pas de votre faute.

La célébrité oui, le scandale non. Voltaire assura que c'était un lot, il fallait tout prendre ou tout jeter. Il parut qu'on allait tout jeter. L'écrivain s'indigna :

– Vous avez lu Fréron, mais vous n'avez pas lu *Le Cid* !

– Elle n'est pas noble, dit le capitaine, très sombre. Vous m'aviez dit deux cents ans de noblesse ; vous ne m'aviez pas dit tresseur d'osier.

– Et alors ? Jean-Jacques Rousseau prétend que nous sommes tous égaux ! s'écria le philosophe à bout d'arguments.

Le capitaine haussa les épaules.

– Mademoiselle peut donc épouser M. Rousseau.

Le marché étant à l'eau, le moment était venu de déprécier la marchandise.

– De toute façon, monsieur l'officier, ma pupille rechignait à cette union qui l'aurait éloignée de moi. Elle regarde comme son devoir de me tenir compagnie ma vie durant. Je ne puis la contraindre.

– Tout est donc pour le mieux, répondit froidement l'officier.

Voltaire pestait dans son fauteuil :

– Vous n'épousiez pas la fille d'un tresseur d'osier ! Vous épousiez la descendante d'un illustre auteur, élevée par moi !

Le capitaine partit sans se retourner : Sodome et Gomorrhe venaient d'être frappées par le feu du ciel. Mlle Corneille pleurait sans bruit entre ses mains son beau fiancé perdu et sa vie brisée. Même Mme Denis ressentit un pincement.

– Il y a encore bien des injustices en ce monde, remarqua Voltaire bien que cette conclusion confirmât le jugement qu'il avait émis sur le postulant dès l'examen philosophique.

– Consolez-vous, dit la nièce : il vous reste mon oncle.

Mlle Corneille compara la figure édentée du bon vieillard à celle de l'échappé ; son envie de hurler frisa l'irrésistible.

– Vous avez bien de la peine, nota son protecteur.

Elle n'avait pas ouvert la bouche. Enfin les mots se bousculèrent :

– J'aurais tué pour l'avoir !

Alors seulement il mesura l'étendue du désastre.

– Voulez-vous que nous leur intentions un affreux procès ? Voulez-vous que je publie quelque libelle qui traîne ces Crassy dans la fange d'où ils ont failli sortir ?

– Oh, surtout pas ! cria-t-elle.

Elle courut s'enfermer dans sa chambre.

Tout au long de cette nuit, Marie imagina des plans pour le reconquérir. Elle s'échappait de Ferney à travers la montagne, allait repêcher son fiancé jusque dans un camp militaire sur les frontières, ensemble ils connaissaient des aventures exaltantes et dangereuses à l'issue desquelles il comprenait enfin qu'une seule femme existerait jamais pour lui.

Bien sûr elle n'en fit rien. On ne fait jamais rien pour retenir ceux qui nous quittent. Les tempêtes ne servent qu'à rendre folles les amoureuses délaissées. Elle pleura comme Ariane et Didon, ce qui lui fit au moins un point commun avec les héroïnes de tragédie.

Elle se retrouva, les jours suivants, à signer un monceau de mémoires demandant la condamnation de l'infâme Fréron.

– On vous a humiliée, disait Voltaire, il faut attaquer en justice !

– J'aurais cru qu'il suffirait de pleurer, répondit-elle.

– Vous êtes furieuse ! On vous a blessée dans votre honneur ! Vous allez porter plainte au ministre, à l'avocat général, au lieutenant de police, au roi ! Écrivez ! Voici ce qu'il faut dire : « Mon grand-père... »

– Pierre Corneille n'était pas mon grand-père.

– Et alors ? Comptez-vous qu'ils aillent vérifier votre généalogie ? « Mon grand-père », donc...

Les partisans de l'offensée obtinrent tout juste que Fréron fût admonesté par l'intendant de la police, en privé et oralement. C'était peu pour une vie gâchée. Restaient les larmes de Mlle Corneille.

– De toute façon, dit la nièce, vous l'aimiez trop, ce garçon : vous vous prépariez un avenir lamentable, à ravauder ses fonds de culottes pendant qu'il se serait amusé à la guerre avec ses camarades. Vous auriez coulé des jours heureux dans l'admiration béate de votre mari et de vos enfants : est-ce une vie pour une femme ? je vous le demande.

Mais elle demeurait triste comme un corbillard un jour de noce.

– Au moins, lâcha Voltaire, vous comprendrez mieux désormais le sens des tragédies.

L'envie de le gifler parvint à tromper sa peine, l'espace d'un instant.

Bien qu'on fît tout pour la venger, elle avait, surtout

le soir, de grands moments d'absence ou d'angoisse qui attristaient son tuteur.

— Souvenez-vous que vous êtes une Corneille, lui remontra-t-il, et que lui n'était rien.

— J'aurais voulu être aimée pour ce que je fais, non pour ce que je suis, répondit-elle.

— Vous êtes rebelle, c'est pour cela que je vous aime.

Être aimée de Voltaire : elle se demanda si cela suffirait à remplir une existence.

Un soir qu'elle s'apprêtait à se déshabiller pour se mettre au lit, on siffla au-dehors. En se penchant, elle aperçut l'ex-prétendant sous sa fenêtre. Elle lui jeta un baluchon et atterrit dans ses bras, à la grande surprise du jeune homme qui n'en espérait pas tant.

— Vous venez bien m'enlever ? lui demanda-t-elle comme il restait interloqué.

Ce n'était pas le cas.

— Pourquoi êtes-vous là, alors ?

Il était venu lui présenter ses excuses en personne. Elle le trouva touchant. Et puis, il était toujours aussi beau, même dans le noir. Elle l'embrassa, il lui rendit son baiser avec fougue, si bien qu'on aurait pu déduire qu'en guise d'excuses il était venu achever de la compromettre.

Pendant ce temps, l'écrivain, qui avait entendu siffler lui aussi, mais qui ne s'attendait pas à voir surgir des militaires désireux de l'embrasser, remuait toute la maisonnée pour qu'on dénichât les voyous tapis dans l'obscurité.

Barbara faisait le tour du château, un gros ustensile à la main, quand elle tomba sur ce tableau surprenant.

– Elle a embrassé le cochon ! s'exclama-t-elle, de retour au salon.

Le patriarche se dit qu'il y avait décidément, chez sa servante, quelque chose de dérangé.

Au même instant, Crassy proposait à la jeune fille de revenir lui rendre visite. Elle refusa.

– Pour moi, vous êtes mort. Je viens d'embrasser un mort !

Elle regarda s'évanouir dans la nuit l'homme qu'elle aurait tant voulu aimer, ce prince charmant à qui elle venait d'arracher son premier acte de courage : un baiser, un baiser d'adieu.

Un peu plus tard, elle demandait au philosophe « pourquoi on ne peut être soi et être une autre ». Ce dernier voulut absolument savoir d'où Maman Denis tirait ses dictées.

XIII

Vous saurez que j'ai fait des jardins qui sont
comme la tragédie que j'ai en tête. Ils ne ressem-
blent à rien du tout. Je crois être à présent le seul
vieillard qui fasse des tragédies et qui plante. Je
cultive la terre avec bien de la peine, et laisse les
grands hommes éclairer leur siècle.

VOLTAIRE

La désillusion de Marie la rendait apathique, comme abrutie. Elle ne se nourrissait presque plus, ne riait plus ; Barbara devait l'extirper de sa chambre et l'habiller. Elle passait de longs moments à regarder dans le vide, on la retrouvait deux heures après sur le siège même où on l'avait laissée. Voltaire jugeait son élève paresseuse.

– C'est l'apanage de la jeunesse, rétorquait cette dernière dont la rhétorique était, on l'aura compris, la matière favorite.

– Il faut bien apprendre quelque chose !

– Je suis jeune, c'est un métier.

– Si mon métier consiste à être vieux, je vous

145

préviens que vous exercerez le mien plus longtemps que le vôtre.

– J'ai le temps.

– C'est ce qu'on dit quand on le perd.

– En vertu de quoi devrais-je étudier ?

– En vertu de ce que nous parlons ici l'anglais, l'italien, l'allemand, l'espagnol, le latin, tandis que vous ne possédez pas même le français, ce qui risque d'empêcher que nous nous comprenions.

Il lui mit dans les mains de grands rouleaux de plans, prit son bâton et l'emmena marcher dans ses prés.

– Ici, dit-il, je vois des haies symétriques, je vois une allée se déployant à l'infini, je vois... un autre monde !

« Nous avions déjà Dieu à Ferney, se dit Mlle Corneille ; nous aurons désormais le jardin d'Éden. »

Pour les distraire tous deux, il se remit à l'aménagement de « ce pauvre nid de sa vieillesse » qu'était son domaine. Il traça des bosquets, des terrasses, fit jeter à bas les quatre tourelles de la cour, « parce qu'elles cachaient le paysage » – c'est-à-dire qu'elles cachaient aux passants l'admirable façade palladienne toute neuve de son château.

– Il faut bien que j'arrange un peu ma prison !

Marie recommença à sourire le jour où il se fit tailler des gilets brodés jusqu'aux genoux, garnis de poches : c'était commode et chaud, et puis ça allait bien avec ces affreux bonnets informes qui lui donnaient l'air de transporter une grosse pâtisserie sur la tête.

Il obtint l'autorisation d'assécher les marais, fit

défricher les bruyères ; bref, il mettait en pratique ses théories agricoles.

– J'ai une demi-lieue de pays à défricher, se plaignait-il ; tout cela occupera les dernières heures d'un pauvre malade.

Le pauvre malade traversait son domaine à la tête d'une armée de jardiniers et pratiquait l'agriculture comme on part en guerre. « Mieux vaut cultiver sa raison que de se battre », disait-il. Sa raison était dans son jardin.

Mlle Corneille s'étonna de cette boulimie agricole.

– À quoi sert-il de posséder tant de terres mitoyennes ?

Le jour baissait. Le paysage était baigné d'une belle lumière orangée. Voltaire guettait l'horizon dans sa longue-vue, comme un commandant de galion redoutant l'apparition d'un pavillon pirate.

– Ce n'est pas seulement agricole, c'est politique, répondit-il. Sur mes terres suisses, j'ai le droit d'imprimer contre le roi de France, mais non celui de jouer du théâtre. Sur mes terres françaises, je peux jouer autant qu'il me plaît, mais je risque d'être arrêté pour mes écrits. Il me faut donc avoir un pied sur chacune de ces deux planètes. Le temps que l'on vienne me prendre, je me serai réfugié de l'autre côté de la frontière... qui, du reste, passe là-bas, au fond du potager. J'ai fait dégager l'allée qui y conduit, on peut courir sans risque, et il y a la largeur pour faire passer des coffres.

Il découpa un labyrinthe de verdure au centre duquel il fit installer une table et un fauteuil de pierre, sorte de cabinet inaccessible où travailler l'été quand son château serait assailli de visiteurs. Ce n'étaient pas les jardins de Le Nôtre, mais ceux de Machiavel.

Voltaire appliquait à Ferney son grand précepte : « Il faut cultiver notre jardin ».

– Nous allons faire comme dans *Candide* ! lança-t-il.

– Ne comptez pas sur moi pour me faire couper un morceau de fesse, répondit Mme Denis qui avait cru se reconnaître en Cunégonde.

En mars 1761, l'écrivain versifia un condensé de ses opinions agricoles.

– Pour écrire, il faut avoir des opinions très arrêtées, ou alors aucune, expliqua-t-il.

Son manuel d'agriculture à la main, il fit labourer et fumer des « prés artificiels », sema du trèfle dans les uns et du fromental dans les autres. Il s'occupait de ses vaches, de ses oies, de ses moutons et de Mlle Corneille.

Puis il allait tâter ses bœufs et marier des filles (avec un regard en coin à sa pupille).

– J'aime mes bœufs, je les caresse, ils me font des mines.

– Voilà Jean-Jacques, dit le fermier. Il va nous rapporter vingt livres.

– Ah, la belle bête !

Il affectait de tapoter le derrière des animaux chaque fois que l'on vantait leurs mérites. Comme on avait fait un compliment sur la bonne mine de Mlle Corneille, il lui tapota à son tour l'arrière-train, sans doute par réflexe.

Il cultivait un petit champ, « le champ de monsieur de Voltaire », de ses propres mains, à l'imitation de l'empereur de Chine. Comme il jugeait Marie encore un peu pâlotte, il lui faisait tirer la charrue.

– Allez ! Sentez-vous le sain effort du paysan ?

– Si vous vouliez une vache, nous pouvions en faire venir une à moindre prix, dit Mme Denis qui avait prévenu depuis longtemps que, s'il la prenait pour un bovidé, elle lui ferait tâter de ses cornes.

Il adorait les lentilles, il en sema abondamment.

– Il ne vous reste plus qu'à faire planter des tourtes à la viande, dit Barbara, et quand nous aurons découvert un arbre à confiseries, votre bonheur sera complet !

De toute façon, après tous ces efforts compliqués, les oiseaux finissaient toujours par se repaître des semis.

Ces dames le cherchèrent un jour de pré en pré.

– Avez-vous vu M. de Voltaire ? demanda la jeune fille à l'un des jardiniers.

– Un petit bonhomme trois fois trop emmitouflé, précisa la nièce.

On leur répondit que l'on avait bien vu un extravagant qui gesticulait derrière la futaie. Elles trouvèrent leur philosophe en train de chasser les corbeaux en agitant son bonnet.

– Des robes noires ! cria-t-il. Ce sont des jésuites !

– Il était temps, dit Mlle Corneille, placide, j'étais en train de m'habituer.

Le patriarche finit par les rejoindre, tout essoufflé.

– C'est la conspiration des corbeaux !

– Ce sont des corneilles, signala Mme Denis avec une pointe de perfidie.

– Fort bien. Cela me rappelle la vanité des occupations humaines, dit l'écrivain.

La nièce se tourna vers la pupille :

– Voilà ce que c'est qu'être philosophe. Avez-vous compris ?

– Oui, dit la jeune fille : cela consiste à se fatiguer beaucoup et à se coucher le ventre vide sans une plainte.

– Voilà. C'est cela !

Puis, tandis que Voltaire réclamait son fusil, Mme Denis envoya chercher du pain au village.

Quelques minutes plus tard, Mlle Corneille entendit de grandes explosions philosophiques lancer des volées de petit plomb en direction des oiseaux.

Toutes ces ambitions agricoles coûtaient bien de l'argent. Mlle Corneille s'étonna de voir les pamphlets de son tuteur rapporter autant.

– Les droits d'auteur sont peu de chose, répondit Mme Denis. S'il se fondait là-dessus, mon oncle aurait interrompu les travaux après le potager.

Comme le sujet semblait déranger la nièce, la jeune fille s'en ouvrit directement à l'oncle. Elle apprit ce jour-là en quoi consistait la source principale de ses revenus : des prêts consentis à de riches personnages à court de liquidités.

– Voilà, dit-il à sa pupille : l'argent dont vous vivez, ce sont des intérêts. Vous comprenez ?

Elle comprenait : il pratiquait l'usure.

– En somme, je vis chez un juif, dit-elle.

– Oh, mais nous avons une clientèle de grande classe !

Il choisissait ses débiteurs, ce qui lui donnait un air de grande courtisane.

– On ne peut pas appeler cela de l'usure ; je prête à tout un chacun et personne ne me rembourse ! C'est une œuvre d'intérêt public, on devrait me béatifier pour cela !

En fait de béatification, le prêt usuraire était régulièrement stigmatisé par les pères de l'Oratoire qui le condamnaient comme péché mortel.

– Il n'y a donc aucune de mes activités qui ne soit un péché ! feignait de se lamenter l'écrivain. Pourtant, je ne fais que rendre service : je prête beaucoup et on ne me paie rien.

Ce « rien » suffisait à assurer leur train de vie fastueux, l'achat des forêts alentour et le bouleversement philosophique du parc.

– Tout de même, remarqua-t-elle, votre fortune n'est que spéculations financières, rentes viagères, créances à terme...

Il s'enflamma :

– Croyez-vous que c'est *Candide* qui a payé cette robe ? et *Tancrède*, ce jupon ? Vous désapprouvez ? Fort bien ! On vous fera vivre sur ce que rapportent les droits d'auteur. Commencez donc par vous mettre toute nue.

– Je ne comprends pas, vos livres sont tellement lus...

Il lui montra un rayon de sa bibliothèque rempli

d'éditions non autorisées qui ne lui rapportaient rien : *La Henriade* publiée sans nom par Schulmann en Allemagne, *Zaïre* imprimé et diffusé par Van Metters en Hollande, *Candide* édité illégalement à Genève...

– Tiens, dit-il en inspectant l'ouvrage, il a les mêmes caractères que ceux de mon éditeur, celui-ci... Enfin, ces modestes prêts me permettent de combattre l'injustice, de faire quelques cadeaux et d'entretenir des petites filles, par exemple...

– Vous êtes le plus adorable des usuriers, reconnut-elle.

Et elle déposa sur son front un baiser.

Leur richesse dépendait des remboursements, donc de la conjoncture : elle comprit pourquoi son tuteur suivait d'aussi près l'actualité internationale. Lorsque eut lieu la cession de la Louisiane, qui permit la signature de la paix, bonne nouvelle, il relança ses débiteurs avant l'expiration des échéances. Il devait bien sûr composer avec la nullité de Louis XV qui perdait une à une les colonies américaines.

-- Ah ! si j'étais anglais, soupirait-il, je serais beaucoup plus riche !

Mlle Corneille songea avec effroi que, s'il avait été anglais, c'est une descendante de Milton ou de Shakespeare qui se serait tenue à ses côtés à cet instant.

XIV

L'Académie va publier un recueil de nos auteurs classiques avec des notes qui fixeront la langue et le goût. Il me semble que Mlle Corneille aurait droit de me bouder si je ne retenais pas le grand Corneille pour ma part.

VOLTAIRE

Deux problèmes préoccupaient Voltaire : voir sa pupille comprendre les œuvres de son ancêtre, et lui constituer une dot. Liées l'une à l'autre, ces questions fournirent leur propre réponse. À Duclos, secrétaire de l'Académie française – ce qui faisait de lui, pour sa pénitence, un destinataire régulier des récriminations ferneysiennes –, le patriarche proposa un projet grandiose : faire paraître une belle édition des classiques français où lui-même se chargerait de commenter Corneille. Il lança l'idée avec enthousiasme, rédigea une lettre bien polie, bien circonstanciée, que l'Académie reçut avec une froideur tout aussi polie. C'était mal connaître l'écrivain ou faire montre d'une terrible ignorance des forces primordiales qui agitent ce bas monde Voltaire revint à la charge sans tarder :

– Je vais agiter le plat de nouilles.

De l'autre main, il continuait de contribuer activement à remodeler le pays de Gex. Considérant la vieille église qui défigurait sa cour, il déclara, avec le détachement du charognard guettant un vieux mouton :
– Elle est branlante, cette chapelle, il suffirait d'un rien...
– Oui, c'est dangereux pour les paroissiens, reconnut Mme Denis.
– Ah. Il y a des paroissiens ?
Il y avait Mme Denis qui entendait la messe du dimanche à la place de son oncle, afin que les paysans n'allassent pas imaginer qu'au château on ne pensait pas comme eux. Le bienfaiteur de Ferney prit une décision généreuse et énergique :
– Elle est bancale, elle est affreuse, je vais la reconstruire... plus loin.
Bien sûr, les autorités ecclésiastiques se firent un plaisir de lui refuser le permis de démolir. Privé de démolition, il décréta qu'on allait embellir. Et même embellir fortement. Les travaux d'embellissement commencèrent à grand renfort de masses et de pioches.
Le curé du village, un brave homme nommé Gros, fut requis comme témoin par l'entrepreneur pour surveiller les opérations, ce qui ne servit à rien, car ce n'était pas un curé de campagne nommé Gros qui allait tenir tête à Voltaire.
On abattit l'ancienne façade et le mur d'enceinte, ce qui permit au châtelain de rectifier au passage le tracé du cimetière afin de récupérer de la place pour ses

parterres. Les terrassiers demandèrent quoi faire s'ils venaient à tomber sur des ossements. Voltaire répondit à voix basse :

– Je vais vous donner un grand sac...

Restait la longue croix au milieu du terrain dégagé, qui étendait ses bras face au château comme un défi, juste dans l'axe du beau portail qu'il avait l'intention d'édifier. Ce symbole chrétien au ras de sa future église lui était insupportable.

– Ôtez-moi cette potence, s'écria-t-il.

Mme Denis lui fit remarquer qu'on en avait brûlé pour moins que ça. Mlle Corneille et elle contemplaient le chantier d'un œil inquiet.

– Ah ! vous allez me servir à quelque chose ! dit-il.

Pour faire taire les mauvais esprits, il les envoya suivre une messe dans les gravats.

Durant les travaux, Marie surprit à plusieurs reprises l'ombre de Crassy. La route conduisait au château de ses parents, il ne pouvait s'empêcher de s'arrêter quelques instants pour tâcher d'entrevoir la demoiselle. Et il l'apercevait en effet, comme si une main invisible poussait à ces moments précis la jeune fille du bon côté. En réalité, elle passait beaucoup de temps sur le chantier dans le seul espoir de cette vision fugace d'un homme qui l'aimait de loin. Chaque fois, lorsque enfin elle oubliait son devoir et son tuteur pour courir vers lui, l'ombre disparaissait, Marie restait seule aux frontières du parc sans savoir si elle avait rêvé.

L'évêque du canton commissionna des enquêteurs, des juges ecclésiastiques plaisants comme des croque-morts, pour combattre en toute objectivité les progrès que venait d'effectuer l'athéisme dans la région.

– Tout va bien, leur affirma l'écrivain, prenant à témoin, depuis ses fenêtres, la moitié de nef encore debout, juste avant que de malencontreux coups de pioche ne l'abattissent brutalement.

Les enquêteurs sursautèrent, tandis que Voltaire se façonnait un sourire aimable.

– Dites-moi, dit l'un d'eux, ils travaillent un jour de fête religieuse, vos paysans.

– Ils ne travaillent pas : ils se sont réunis pour parler des travaux.

– Avec des pelles ?

– Écoutez, ils sont tout de même mieux ici qu'au cabaret à s'enivrer !

– Vous voulez dire qu'au lieu de prier les saints pour le salut de leur âme, ils viennent ici, contre rémunération, abattre des crucifix que vous nommez « potences » !

On tenta d'expliquer qu'en langage de charpentier l'assemblage de pièces de bois en forme de croix se nomme en effet « potence ».

– Je l'ai lu dans l'Encyclopédie ! C'est une référence !

Mme Denis se pencha vers la pupille :

– Nous allons tous finir brûlés.

Les enquêteurs doutaient de la reconversion de Voltaire dans la charpenterie, leur évêque plus encore.

– Ce n'est pas injurieux, c'est technique !

Il inventait l'injure technique. L'évêque avait lui

aussi des envies de potence. Tandis que ses visiteurs jaugeaient les ravages depuis la fenêtre, l'écrivain trouva la réponse miracle :

– J'ai écrit au pape ! Je m'en remets à Sa Béatitude !

Il glissa tout bas à Mlle Corneille :

– J'ai trouvé un cardinal un peu philosophe, qui m'appuiera...

Il assura que Sa Béatitude allait bien rire au récit de ses sacrilèges. Les enquêteurs répondirent sur un ton glacial qu'eux-mêmes riaient déjà beaucoup, ce qui lui coupa l'envie de rire davantage.

– Vous pourrez bientôt tester votre bel esprit auprès de saint Pierre, murmura Mme Denis.

Les envoyés s'étonnèrent par ailleurs que Voltaire demandât des autorisations au pape une fois les travaux achevés. Le futur brûlé vif chercha une diversion qui lui rendît contenance.

– Voici Mlle Corneille, dit-il en tirant la jeune fille par la manche. Je l'ai recueillie, elle est charmante. Connaissez-vous Corneille ?

Ils demandèrent s'il s'agissait de l'impie qui avait composé pour les comédiens, ces excommuniés, au siècle précédent.

Voltaire affirma que le saint-père allait tout arranger. Il lui avait écrit en italien, puisque le brave homme ne parlait pas le français.

– S'il ne parle pas français, glissa-t-il à sa pupille, il n'a donc pas lu mes œuvres ! J'ai encore une chance !

– J'aurais peut-être dû lui écrire en latin, reprit-il plus haut, c'est la langue de Dieu.

– Dieu parle toutes les langues, sauf celle des impies.

Ils prétendirent que la charité les obligeait à l'informer que, selon le droit coutumier, il aurait la langue arrachée et les mains tranchées, car on se contentait de couper les organes ou les membres qui s'étaient livrés au sacrilège.

Ayant retrouvé assez de voix pour les remercier de leur charité, Voltaire pria son curé de dire qu'il l'avait vu souvent dans son église ; le curé dit qu'il l'y avait vu. Puis le créateur de perspectives affirma que la croix avait gêné les travaux. Elle était... grande.

– Dites-leur, vous : vous étiez là quand on l'a transplantée ! C'était avec votre consentement !

Le curé se tint coi. Il ne se souvenait pas d'avoir donné son consentement pour qu'on abattît la croix de son Seigneur à coups de hache, événement auquel il avait assisté depuis son presbytère. Par ailleurs, « transplantée » impliquait qu'on l'eût replantée ailleurs, opération qui aurait été bien difficile, étant donné ce qu'il en restait après le passage des haches ; on ne pouvait plus guère en faire autre chose que du bois de chauffage, détail que le curé s'abstint de mentionner, en ayant lui-même reçu un bon demi-stère des mains du diable.

Voltaire s'irrita, déclara qu'on lui faisait perdre son temps. Les enquêteurs prirent congé, car ils avaient « encore vingt témoins à interroger ». L'écrivain leur affirma que les juges de Dijon seraient mieux éclairés qu'eux. Il songea qu'il aurait dû commettre plus souvent des sacrilèges devant ses villageois : grâce à lui, on venait de loin s'occuper de leurs loisirs.

Il ne croyait pas qu'on oserait s'en prendre à sa personne.

– Tout de même..., dit-il. J'ai écrit *Œdipe* !

– Ah bon, dit Mlle Corneille. Je croyais que c'était Sophocle.

– Oui, mais ma version est plus au goût du jour.

Les cendres de la croix n'en finissaient pas de fumer : il ne fut plus question que de cela en Bourgogne. Les fameux juges de Dijon, aussi éclairés fussent-ils, étaient sur le point de le faire mettre aux fers.

Une angoisse fébrile s'empara du château. Voltaire se voyait déjà pendu ou écartelé. Mlle Corneille et la nièce étaient par bonheur d'un précieux soutien. Cette dernière déploya de laborieux efforts pour le rassurer, puis se retira dans sa chambre.

L'inquiétude ayant repris le patriarche, il la rejoignit au bout d'un moment et la trouva au milieu d'une multitude de paquets que Marie l'aidait à remplir.

– Que faisiez-vous ? demanda-t-il sur le ton du plus vif soupçon.

– Du rangement, répondit Maman Denis.

Il se mit à sautiller avec fureur entre les piles de robes.

– Je sais très bien ce que vous faisiez !

– Dans ce cas, pourquoi le demander ?

– Pour voir si vous auriez le front de me mentir !

– Ce n'est pas une attitude très philosophique. Platon explique fort bien dans *l'Apologie de Socrate* que...

– Je me fiche de Socrate ! Je n'ai pas l'intention de

finir comme lui ! Présentez-moi la ciguë, tant que vous y êtes !

Cela dura trois quarts d'heure.

Ayant médité au fond de son lit sur la mesquinerie de ses contemporains, Voltaire modifia son système de défense. Il informa son banquier de Lyon que l'ablation de ses mains l'empêcherait à l'avenir de lui signer des billets à ordre, et donc de lui confier son argent. Le banquier, qui éprouvait autant d'amitié pour les mains de Voltaire que pour ses millions, se rendit à Dijon tenir aux juges le langage de l'amour et de la fraternité entre Bourguignons. L'affaire fut enterrée ; Voltaire échappait au procès. Il exulta :

– C'est merveilleux ! La justice et la vérité ont triomphé !

Le banquier avait fait entendre à ses amis magistrats qu'introduire une peste aussi renommée dans leur beau tribunal risquait de leur causer un tort bien plus grand que le plaisir qu'ils prendraient à lui couper la langue. Il aurait fallu commencer par l'exécution de la sentence ; hélas la loi était mal faite, elle ne protégeait pas les honnêtes juges des orateurs célèbres.

Voltaire avait eu raison des juges, il eut raison de l'Académie. Lassée de lui résister, l'honorable assemblée approuva une édition de Corneille « au profit de sa nièce ». L'écrivain prévoyait une ambitieuse opération de librairie, des in-quarto en nombre indéfini, sur beau papier, avec des illustrations.

– Ainsi vous comprendrez de quoi il est question, dit-il à sa pupille.

Il pensa tout de suite au montage financier qu'exigeait pareille entreprise : une souscription sur le modèle de sa *Henriade* ; pour encourager les bonnes volontés, les souscripteurs n'auraient rien à payer dans l'immédiat ; on leur ferait seulement connaître le prix : deux louis d'or ; lui-même se chargeait des avances nécessaires ; il imprimerait chez son éditeur, qu'il avait à portée de main.

– Ça va le changer des diatribes et des insultes.

Voltaire fit venir de Genève Gabriel Cramer, son libraire, à qui il avait coutume de lancer en guise d'accueil, avec une chaleureuse gratitude, pour le mettre à l'aise « Ah, Cramer ! L'homme qui se fera brûler pour moi ! »

Il lui exposa son plan : qui allait financer la fortune et la dot de Mlle Corneille ? Ceux qui s'étaient enrichis sur le dos de sa famille pendant deux siècles sans jamais rien verser : libraires et imprimeurs !

Cramer, qui était l'un et l'autre, ne fut guère emballé. Mais il ne pouvait renoncer à publier Voltaire. Il avait un grand auteur, il en eut deux. L'un d'eux avait au moins le mérite d'être calme.

Mme Denis s'était empressée de tracer des esquisses : elle comptait illustrer les tragédies. Comme Pulchérie avait décidé de rester prude toute sa vie, elle lui avait dessiné une ceinture de chasteté, ce qui était d'un goût parfait. Elle montra les dessins au libraire, qui faillit abandonner le projet, et à son oncle, qui s'en débarrassa en prétendant que Cramer avait, hélas, déjà engagé un dessinateur, un malheureux artiste à qui on ne pouvait retirer le pain de la bouche. Mme Denis se consola en confiant ses prototypes au libraire pour que l'illustrateur s'en inspirât.

Voltaire se lança dans une abondante correspondance de sollicitations. En effet, au lieu de concevoir des théories philosophiques (Marie s'aperçut qu'elle était la pupille d'un philosophe sans philosophie), il passait le plus clair de son temps à écrire aux grands et aux autres. Il se servit des liens tissés avec ces innombrables correspondants.

— Je leur ai fait assez de réclame, il est temps qu'ils mettent la main à la poche !

Requise pour rédiger les adresses, Mlle Corneille fut ébahie : tout ce que l'Europe comptait de hauts personnages défilait dans sa souscription, se cotisait pour sa dot, présidait à son mariage.

— Vous allez comprendre, dit Voltaire ; je vais prendre une image simple : c'est comme si mille fées se penchaient sur votre berceau.

À défaut de mille fées, elle avait pour elle un vieux sorcier, une quinzaine de rois, plusieurs margravines et un cardinal.

Mme Denis commanda douze livres de cire d'Espagne à cacheter les plis. Son oncle avait l'art de moduler sa requête selon la personnalité du destinataire :

— Voilà ce qu'il faut dire, prenez des notes. Au duc de Nivernais, quatre-vingts ans : le flatter sur sa jeunesse. Au marquis d'Argens, qui a été saisi par huissier : qu'on ne paiera rien d'avance. Au cardinal de Bernis, vieux libertin : que Mlle Corneille a dix-huit ans. Au président Hénault : que Mme du Deffand a souscrit. À Mme du Deffand : que le président Hénault a souscrit. Aux académiciens : qu'ils sont tous les confrères d'un génie nommé Corneille, et qu'ils ont grand intérêt à le rappeler souvent. À nos amis d'Argental : qu'ils nous envoient leur carnet d'adresses. Au président de tribunal La Marche : qu'il fera enfin une bonne action. À ceux qui prétendent m'imiter : qu'ils n'ont qu'à faire comme moi.

Il trouvait encore le moyen de faire des aphorismes.

– À la duchesse de Saxe-Gotha : que Mlle Corneille est noble. À Turgot : que Corneille était un grand homme, lui aussi. À M. de Chennevières : qu'il m'obtienne la signature du Dauphin. À M. de Montmartel, trésorier du roi : que je l'aime. À Pindare Le Brun : que c'est sa faute. À Mme d'Épinay : la faire rire en lui racontant que je suis ruiné et aveugle. À Mlle Clairon, la comédienne : souligner que personne n'a mieux incarné qu'elle toutes ces héroïnes cornéliennes ; lui rappeler que j'écris moi aussi des tragédies. Au prince de Condé : l'appeler « Votre Altesse Sérénissime » et lui en coller douze exemplaires. À M. d'Olivet, grand latiniste : que Corneille est une sorte de Cicéron ; lui faire ma demande en latin : *Ama me et Cornelium tuere et Corneliam*[1]. Au ministre Chouvalov : que je n'écrirai rien sur Pierre le Grand tant que je n'aurai pas vendu le grand Pierre. À Tronchin : qu'il m'envoie sur-le-champ une ordonnance ; le traiter d'Esculape ; lui dire qu'il me manque, que je

---

1. « Aime-moi et protège Corneille et Cornélie. »

suis malheureux, que je risque une apoplexie, que Corneille me tue...

On lui signala qu'il s'égarait.

— Au ministre Saint-Florentin, qui n'a rien fait pour défendre Marie contre l'infâme Fréron : qu'il est toujours temps de se racheter. Au marquis Capacelli : qu'il paierait sûrement quelques tranches de mortadelle à la petite-fille du Tasse, s'il y en avait une. À mon banquier : que son principal concurrent m'en a pris plusieurs exemplaires. À M. de Mairan, secrétaire de l'Institut : lui affirmer qu'il a raison contre ses collègues ; lui parler de sa belle théorie sur l'aurore boréale ; glisser sur *Le Cid* ; du *Cid*, passer à Mlle Corneille ; conclure qu'il a du génie ; lui souhaiter la même longévité que son prédécesseur, Fontenelle ; rappeler qu'il était votre cousin. Au perpétuel de l'Académie : lui envoyer l'ébauche de mon *Commentaire sur Corneille* ; sous-entendre qu'à moins de quatre exemplaires, je fais un commentaire sur lui. À M. de Meilhan, médecin du roi : que j'ai eu ce matin une étrange douleur au côté droit ; lui demander ce qu'il pense de la pommade du docteur Francheau, et s'il peut m'envoyer de cette poudre parisienne dont on dit qu'elle fait des miracles sur les engelures... Oui, bon... Lui proposer huit exemplaires : c'est riche, un médecin. À M. de Montmartel, trésorier du roi, que j'aime : empêcher que le roi paye en papier-monnaie ; rappeler que j'ai déjà perdu personnellement assez d'argent avec son papier-monnaie ; souligner qu'avec la politique extérieure actuelle du gouvernement, la gloire de la langue française et de ses grands auteurs est la seule qu'il nous reste. Au comte John Stuart, au comte Chesterfield et à leur amis : que Corneille est une sorte de Shakespeare français ; leur parler de la petite-fille de notre Shakespeare...

Il déployait des trésors d'imagination dont les spectateurs de ses tragédies ne l'auraient pas cru capable. Le succès s'étendit à toute l'Europe : ils obtinrent quatre-vingt-neuf souscriptions anglaises, soixante en Allemagne, dont vingt-cinq en Prusse, Frédéric en tête. On comptabilisait les arrivées comme dans un jeu de société, sur une carte, avec des petits drapeaux. Il y eut quelques déceptions : le prince de Conti, à cause des attaques contre son cher Fréron ; Mme du Deffand, sans raison, par misanthropie.

– Une aveugle ! Elle aura égaré la lettre.

On la relança. L'intéressée répondit qu'elle avait perdu la vue, mais non la tête.

De sa troisième main, l'écrivain ne lâchait pas l'éducation de Rodogune :

– J'imprime les pièces, pendant ce temps vous les lisez : j'appelle cela partager le travail.

Il fallait l'éduquer en sorte qu'elle se trouvât un vrai fiancé, non pas comme le précédent, et ne fût plus conduite à épouser le premier soudard venu. Voltaire lui donnait un an avant de déchiffrer *Le Cid*, et deux pour *Héraclius*.

– À ce rythme-là, elle se mariera à l'âge des noces d'or ! prédit la nièce.

XV

Je sais qu'il y a des personnes assez déterminées pour soutenir ce malheureux fatras intitulé roman.

VOLTAIRE

À l'une de ses visites, Cramer déposa négligemment non loin de Voltaire un exemplaire de *La Nouvelle Héloïse* fraîchement paru. L'écrivain s'offusqua de voir que l'on introduisait chez lui des ouvrages scabreux.

– Je vous le laisse quand même, dit le Suisse.

– Je l'ai déjà, répondit son hôte de l'air d'un ulcéreux dont les plaies viennent de se rouvrir.

Cramer était un brave homme, mais néanmoins éditeur : quand Voltaire lui racontait le sujet de son prochain texte, son visage s'éclairait ou se renfrognait selon qu'il entrevoyait de longues files de volumes sortant de son imprimerie ou de hautes piles d'invendus sur ses éventaires. Le roman de Rousseau ne quittait guère son esprit.

– L'avez-vous lu ? demanda-t-il.

– Moi, un bâtisseur ! un cultivateur ! un précepteur !

un défenseur des humiliés ! Où trouverais-je le temps de lire de vilains petits romans ?

Après un instant de réflexion, il ajouta :

– Je vais quand même en rédiger une critique.

À la vérité, Cramer se serait bien vu publier quelque chose dans ce genre-là.

– Tiens donc ! Et quel genre est-ce ?

– Le genre qui se vend à des milliers d'exemplaires.

Voltaire lui rétorqua qu'il n'écrivait pas pour enrichir ses libraires ; son visiteur répondit qu'il avait remarqué. De ses publications, Voltaire tirait la gloire et Cramer la peur du bûcher. Ils se quittèrent à l'ordinaire, comme deux personnes qui viennent de partager un poulet mal cuit.

De fait, l'admiration du Genevois pour les écrits de Rousseau était difficile à digérer. Bien sûr, Voltaire avait déjà lu *La Nouvelle Héloïse*, ce long récit épistolaire. Il en avait reçu les six volumes comme une volée de pavés, les avait parcourus avec irritation, très vite, pour faire glisser l'huile de ricin, en réalité sous l'emprise d'une incontrôlable curiosité.

Mlle Corneille voulut les lui emprunter : les pages étaient chiffonnées, maculées, annotées, la reliure brisée, il semblait qu'une tribu de sauvages s'en était servi pour un sacrifice païen. Il ne leur manquait plus que d'avoir été percées d'aiguilles, façon poupée vaudou. Seule avait trouvé grâce à ses yeux la dissertation sur le suicide. Elle lut en note manuscrite : « Morceau de bon augure. On imagine bien l'auteur dans le rôle. »

Ample et quasi dépourvu d'événements, ce texte représentait l'antithèse de ces contes où l'exilé de

Ferney s'amusait à enchaîner des péripéties à vive allure. Il n'y vit pas un bréviaire du rousseauisme, mais un manifeste anti-Voltaire, une gifle de six cents pages.

En guise de retour à l'envoyeur, il publia sous une fausse signature des *Lettres sur La Nouvelle Héloïse* qui ridiculisaient le romancier. Marie se trouva déchirée entre le magnifique idéal sentimental de Rousseau, qu'elle avait découvert en cachette comme on lit des écrits honteux, et son admiration pour la liberté d'esprit de son protecteur, qu'elle commençait d'entrevoir à mesure que l'intelligence lui venait. Elle avait connu sa première grande émotion littéraire, mais ce n'était pas dans les œuvres de l'homme qu'elle admirait le plus au monde.

Elle avait vu dans *Héloïse* la sublime passion d'une jeune fille pour un homme cultivé. Selon Voltaire, c'était l'histoire d'un précepteur ayant engrossé son élève.

– Mais enfin, pourquoi ne pouvez-vous souffrir monsieur Rousseau ? demanda-t-elle.

– Ma chère enfant, il y a deux crimes irréparables en ce monde : critiquer mes pièces et m'empêcher de jouer du théâtre. Or ce Jean-Jacques, dès qu'il met un pied à Genève, s'emploie à faire interdire les spectacles que je donne chez moi, au nom de la salubrité publique ! Je lui ferai voir s'il y a un enfer sur cette terre !

Il était par ailleurs atterré de voir Mlle Corneille, préférant le rêve à la raison, délaisser les grandes tragédies pour les petits romans de l'année. Elle faisait semblant de lire Descartes, mais on trouvait *Les Égarements du cœur* sous la reliure. Le jour où *La Nouvelle*

Héloïse fut découverte sous un camouflage de Leibniz, Voltaire se déclara scandalisé de ce qu'elle avait infligé aux *Nouveaux essais sur l'entendement humain*.

— Vous feriez mieux de vous intéresser à son étude du calcul différentiel !

Elle répliqua que, s'il avait une telle estime pour Leibniz, il aurait dû éviter de le caricaturer en Pangloss dans *Candide*. Voltaire fulmina :

— Je suis sûr qu'il aurait préféré se voir habillé par moi en Pangloss plutôt que déshabillé par vous pour recouvrir les délires d'un demi-fou !

Marie constata avec regret que « tout n'était pas pour le mieux dans ce meilleur des mondes possibles », d'après la célèbre conclusion dudit philosophe.

— Ah. Bien ! opina Voltaire. Vous l'avez lu, au moins.

Afin de détourner sa pupille des mauvaises lectures, il résolut de lui prodiguer quelques leçons de philosophie voltairienne.

Il voulut honorer sa promesse dès le lendemain, jour de visite de son libraire, et demanda où était Rodogune.

— Elle est en train de lire Platon, répondit Mme Denis, a la grande joie de son oncle qui voyait enfin la persévérance porter ses fruits.

— *La République ?* demanda-t-il.

— Non, *Les Geôles sentimentales*.

Le philosophe courut récupérer ce qu'il restait de ses reliures pleine peau.

— Lâchez Clélie et revenez à Socrate !

– Je ne l'aime pas. Ce n'est pas drôle et ça finit mal.

À soixante-sept ans, Voltaire apprit qu'il fallait que la philosophie fût drôle et que les allégories finissent bien. Il se tourna vers Maman Denis :

– Notre pupille aurait pu aimer les auteurs grecs, mais il aurait fallu que Socrate et Alcibiade s'épousent à la fin !

– Il n'y avait pas d'impossibilité, répondit la nièce.

Mme Denis, qui s'était levée du bon pied, s'attela au labeur du jour.

– Voilà. C'est l'histoire d'un groupe de personnes enfermées dans une caverne.

– Pourquoi ?

– Comment, pourquoi ?

– Pourquoi sont-ils dans une caverne ? Qu'y font-ils ?

– Est-ce que je sais ! Ils sont dans une caverne. Ils regardent le mur. À l'extérieur passent des gens.

– Qui ça ?

– Des inconnus, on s'en fiche. Ces gens portent des objets.

– Où vont-ils ?

– Au marché, ça vous va ? Bon.

L'humeur de Mme Denis était de moins en moins philosophe. Cramer était joyeux comme au spectacle :

– Mlle Corneille a compris que la philosophie est l'art de poser les questions.

Voltaire décida d'intervenir.

– Si je puis me permettre, ma chère amie, vous avez pris le récit par le mauvais bout. Mettons qu'il s'agissait d'Égyptiens que Pharaon avait envoyés à Babylone chercher le portrait d'une princesse qu'il désirait épouser.

Il raconta à Mlle Corneille, suspendue à ses lèvres, comment, arrivés en pays étranger, les émissaires avaient été capturés par des voleurs et emprisonnés dans une caverne ; comment ils n'avaient pu découvrir ce pays qu'à travers les ombres projetées la nuit par des torches sur le mur de leur prison, pareilles à des hiéroglyphes animés ; comment ils s'étaient crus perdus dans un royaume de géants et de sorcières ; et comment ils s'étaient tirés d'erreur le jour où la princesse, arrivée là à l'issue d'aventures qu'il serait trop long de détailler, les en avait délivrés.

– Et voilà, conclut Voltaire avec satisfaction. La chère enfant a tout écouté. Avec passion, même.

Bien sûr, Mlle Corneille sortit de là en mélangeant un peu l'Antiquité, l'idéal platonicien et *Les Mille et Une Nuits*.

– Elle a écouté, mais elle n'a rien compris, ronchonna la nièce.

– Peu importe, c'est un talent que de bien écouter.

– Grâce à vous, Marie pense que le mythe de la caverne est un épisode à mi-chemin entre *Blanche-Neige* et *Les Voyages de Gulliver*. Je vois mal ce qu'elle y a gagné.

Voltaire s'éloigna, guilleret.

– Elle, je ne sais pas ; mais moi, je tiens un conte !

Comme tout bon sujet frappé d'anathème, le fantôme de *La Nouvelle Héloïse* continuait de rôder dans

171

les conversations. Quand il sut que Mlle Corneille avait entre les mains ses affreuses diatribes anonymes, Voltaire se fit petit et attendit l'orage.

Étonnamment, rien n'explosa. Il souffla. C'est alors qu'il entendit une petite voix susurrer :

– J'ai là des *Lettres* sur Rousseau qui m'ont tout l'air d'être de quelqu'un.

Ce fut lui qui explosa :

– Ah, vous aimez Jean-Jacques ! Eh bien, Jean-Jacques ne vous aime pas ! Écoutez ce qu'il pense de vous, le cher grand homme !

Il saisit une feuille dans un tiroir de son secrétaire.

– Voici une lettre philosophique qu'il m'a fait parvenir quand je vous ai accueillie : « Vos ouvrages illustres, blablabla... Vos immenses qualités, blablabla... Je ne suis qu'un ver de terre, blablabla... » Ah, voilà : « Quant à Mlle Corneille, je ne saurais trop vous conseiller de l'abandonner pour son propre bien, au risque de la voir devenir une honnête fille publique, plutôt que d'en faire une bourgeoise corrompue de plus ; d'ailleurs, l'éducation des filles ne sert qu'à pervertir leur saine innocence naturelle. » Il voulait dire l'éducation que vous recevriez de moi, sans doute. Qu'en pensez-vous ? Voilà un avis de votre aimable philosophe, Jean-Jacques, le Diogène des maisons closes !

– Au moins a-t-il le courage de ses idées.

– Mais, bougre d'ânesse, son idée est de vous enrôler dans une troupe de garces à soldats ! Qu'en direz-vous, lorsque la maréchaussée vous enverra peupler nos colonies ? C'est la faute à Rousseau !

L'allusion au « courage de ses idées » le frappa tout à coup.

– Pardon ? Insinuez-vous qu'il y aurait à votre connaissance des personnes qui ne pratiqueraient pas ce même courage ? Dans cette maison, peut-être ?

Il y avait en tout cas des personnes qui ne signaient pas leurs pamphlets.

– Et d'abord, pourquoi ne l'appelez-vous pas par son nom ?

– Je l'appelle Jean-Jacques parce que j'ai de bons amis du nom de Rousseau, qui n'ont pas mérité l'opprobre. Voici une grande maxime à méditer : si ton dernier livre n'est pas meilleur que le précédent, suicide-toi.

– Il me semble qu'à ce compte-là vous devriez être mort depuis longtemps.

– Je ne le dis pas pour moi, je le dis pour Jean-Jacques ! Pouvez-vous défendre un roman dont le héros va au bordel, et dont l'héroïne attend un enfant de son précepteur ?

– Vous en avez fait la critique sans le lire, comme vous avez toujours fait de tout !

Voltaire se mit à trépigner dans son fauteuil.

– Petite effrontée ! Serpent que j'ai réchauffé dans mon sein !

Mlle Corneille lui assura qu'*Héloïse* était fort bien écrit, contrairement à ce qu'il en disait dans ses *Lettres*. Voltaire s'effondra.

– Va ! Achève-moi ! dit-il en lui tendant un coupe-papier trop émoussé pour séparer deux pages.

Et il ferma les yeux. Mlle Corneille le considéra un moment.

– Vous êtes très intelligent, dit-elle. Hélas, il ne suffit pas d'être intelligent pour écrire de belles œuvres. Il faut autre chose, que vous n'avez pas et que Rousseau, pourtant moins brillant, a un peu plus que vous. Je n'y peux rien. Si j'avais du talent à vous donner, je le ferais, mais je n'ai que mon nom, et pas le pouvoir de transmettre le génie de mon oncle. Je suis une fée sans baguette magique.

Sur ce, elle sortit.

– Elle a osé ! dit Voltaire en expirant.

Il ressuscita.

– Vous irez méditer sur *Héloïse* dans votre couvent ! cria-t-il en direction de la porte. Vous y parlerez littérature avec vos chères bonnes sœurs !

Mme Denis, qui passait par là, profita de l'occasion pour demander s'il fallait faire préparer ses bagages. Son oncle répondit que certes elle le méritait. Puis il pria sa nièce de le laisser travailler ; il se remit à sa critique de Rousseau, qui fit les frais de l'incident, et il ne fut plus question de voiture ni de réclusion.

Il songea que plus Cornélie s'instruisait, plus elle lui échappait. Elle était de moins en moins sa fille... et de plus en plus intéressante.

Le lendemain, Marie lui trouva une mine décomposée. Même Mme Denis semblait affligée.

– Que se passe-t-il ? La rente a baissé ?

– Nous sommes navrés, vraiment, dit Maman Denis.

174

Son oncle ne trouvait pas de mots.

– Le petit jeune homme, bredouilla-t-il. Ce jeune homme...

– Celui qui vous guettait de loin, reprit sa nièce. Oui, oui, nous savons... Il ne viendra plus.

Ils le tenaient des domestiques du château voisin. Marie sentit le sol s'ouvrir sous ses pieds. Elle éclata en sanglots parce qu'un homme qui ne lui était rien allait cesser de hanter sa vie, mais non ses pensées.

– Consolez-vous, poursuivit Mme Denis, vous seriez veuve, vous l'avez échappé belle !

Marie ne l'entendait pas.

– Parce que veuve, ajouta la nièce, ce n'est pas drôle, pas drôle du tout.

Marie songea qu'elle n'était même pas veuve. Une veuve sait au moins pourquoi elle pleure. Elle, n'était rien. Son premier amour s'était enfui cette fois pour toujours.

Elle ne croyait pas pouvoir aimer de nouveau, et n'était pas sûre d'en avoir jamais envie.

– Ma pauvre enfant, dit l'écrivain.

Il y avait de vraies larmes dans ses yeux. Elle lui demanda si la philosophie enseignait à supporter les plus terribles pertes. Elle ignorait qu'aucun philosophe n'avait tant souffert et pleuré que son tuteur, quinze ans plus tôt, à la mort de Mme du Châtelet, et que ses romans, tragédies et libelles n'avaient fait, depuis, que le distraire sans jamais, jamais le consoler.

En décembre, deux bonnes nouvelles arrivèrent en même temps : d'un côté, la tsarine Élisabeth envoya huit mille livres de souscription ; de l'autre, les d'Argental annoncèrent avoir déniché un fiancé. Voltaire retint surtout la première information : ces Russes ne faisaient pas les choses à moitié, c'était un pays d'incultes, mais quand ils voulaient de la culture, ils en prenaient pour huit mille livres. « J'aurais dû leur proposer mes propres œuvres », se dit-il.

Par ailleurs, l'occasion de se défaire de Mlle Corneille pointait de nouveau.

– Vous vous souvenez, dit la nièce : cette charmante comtesse d'Argental qui s'était aimablement chargée de vous voir à Paris avant votre départ...

Marie se souvenait fort bien de la charmante comtesse, de ses amabilités, et aurait préféré ne plus jamais en entendre parler.

La comtesse persistait dans ses aimables services. Elle recommandait un philosophe de vingt-quatre ans, ce qui sembla préoccuper l'écrivain : que ferait un philosophe d'une épouse dont l'éducation était incomplète ? Il se sentait comme un peintre dont on va exposer la toile avant qu'elle ne soit sèche. Le futur devrait s'instituer à la fois mari et précepteur, c'était certain. Mlle Corneille eut l'impression d'être envoyée en pension. « On se charge quelquefois de fardeaux difficiles à porter », prévint Voltaire avec courtoisie dans la réponse qu'il rédigea devant elle. Elle jugea la formule peu engageante, et comprit qu'il avait du mal à la laisser partir.

– Je me demande quelle idée leur est venue de nous offrir un prétendant ! laissa-t-il échapper.

Mme Denis se garda bien de répondre à cette

question. Elle se contenta de demander à Mlle Corneille si elle comptait manquer de gratitude au point de refuser un mari soutenu par ses protecteurs. Enfin, c'était l'affaire du gentilhomme que de s'accommoder d'une épouse qui n'était pas philosophe. Voltaire baissa la garde.

– Il vous aura quand il voudra.

La vente était conclue, elle n'avait rien à dire. La philosophie n'allait pas jusqu'à demander aux jeunes filles leur opinion sur leur propre mariage.

Elle se dit qu'une union de convention serait peut-être un bon remède à son désespoir. Cependant, la perspective de noces à l'aveuglette rebutait ses idées toutes neuves. Elle se souvint d'une légende qu'on lui avait lue au couvent pendant les séances de broderie : sainte Ursule, princesse chrétienne que son père avait promise à un Barbare, avait eu l'habileté de poser des conditions. Elle fit de même, à la stupeur de Mme Denis, et toucha Voltaire droit au cœur : elle affirma vouloir s'assurer que l'éducation qu'elle recevrait chez son époux ne serait pas trop inférieure à celle de Ferney, sans bien sûr l'égaler. Il fallait donc que le prétendu lût Virgile et Horace dans le texte.

L'écrivain se prêta au jeu, il aida sa pupille à dresser la liste des indispensables desiderata. Mme Denis demanda si elle préférait un mari académicien ou un mari amoureux. La pupille répondit qu'on ne s'était guère exprimé à Paris sur cet article-là. Voltaire assura que, s'il lisait Virgile, c'était déjà bien.

Il commença ainsi sa lettre aux d'Argental : « Imaginez un effet de mon enseignement philosophique :

la demoiselle réclame d'être informée sur les qualités intellectuelles du promis. N'est-ce pas adorable ? »

Ses correspondants, qui durent répercuter ces quatre volontés, trouvèrent la chose moins adorable.

La Nouvelle Héloïse avait donné à Mlle Corneille le goût d'étudier. Ses fausses couvertures d'auteurs grecs cachèrent dorénavant de fausses couvertures de petits romans à l'intérieur desquelles se dissimulèrent tour à tour les ouvrages proscrits dans la maison, à commencer par ceux de Rousseau. Son éducation passait par l'interdiction, elle se dessinait en négatif. L'élève ne s'intéressait qu'à ce qu'on lui refusait, elle n'aimait de la bibliothèque que ses recoins ; l'enfer n'était pas assez grand. Elle fit ses plus grands progrès de lecture dans Fontenelle pour la seule raison que Voltaire lui préférait Newton, et mit un point d'honneur à lire, *in extenso, La Pluralité des mondes*, même si elle n'en comprenait pas grand-chose. Elle y contemplait de belles illustrations de comètes et de tourbillons, dont elle déchiffrait goulûment les légendes. Elle lut Shakespeare le jour où son tuteur le traita de sordide ramasseur d'ordures. Elle parlait de Rousseau en cachette avec le libraire, seule personne qui partageât son admiration.

– Je sais, disait Cramer, c'est un mauvais penseur. Mais quel écrivain ! Le seul point, c'est qu'il faut lire sa philosophie comme un roman, et ses romans comme de la philosophie.

Elle restait choquée d'avoir appris que Rousseau l'aurait envoyée se faire élever dans un bordel. Maman

Denis s'étonna qu'une telle lettre fût arrivée sans qu'elle le sût.

— Ne vous fiez pas aveuglément à mon oncle, prévint-elle, il se plaît parfois à emprunter la plume d'autrui.

Mlle Corneille courut s'expliquer avec son tuteur :

— Avouez : Rousseau ne vous a jamais écrit ces horreurs !

— Oh, mais il les sûrement pensées ! Je n'ai fait qu'écrire tout haut ce qu'il déraisonne tout bas.

— Mais... cela s'appelle un faux !

— Cela s'appelle une licence poétique. Vous n'entendez rien aux procédés littéraires, ma pauvre enfant. Nous verrons cela à votre prochaine leçon.

La pauvre enfant claqua la porte. Mme Denis surgit aussitôt pour cueillir les fruits de ses bonnes attentions.

— Elle n'est pas douée, commenta-t-elle d'un air désolé. Elle ne percevra jamais l'immensité de votre génie.

— C'est l'apanage des personnes douées que de trouver de l'agrément à celles qui ne le sont pas, répondit son oncle.

XVI

Faites-vous applaudir ; cela console de tout.

VOLTAIRE

En février 1762, Mlle Corneille reçut une lettre de son père, ce qui eut au moins le mérite de lui signaler qu'il était toujours vivant. Mme Denis la vit descendre de sa chambre avec ses baluchons et se dit que le Seigneur avait enfin exaucé ses prières. Une minute plus tard, la nièce était en train de mettre la première touche à un tableau intitulé *Triomphe de la patience*, quand l'écrivain entra dans le salon, curieux de savoir ce que sa pupille attendait sur le perron. Persuadée que les desseins du Seigneur ne devaient pas être mis en péril, l'artiste répondit qu'elle partait en promenade.

Une voiture attelée arriva.

— En promenade un peu loin, ajouta-t-elle.

On vit le cocher charger une malle.

— Elle emporte un pique-nique.

Les valets apportèrent le reste des bagages.

— Et de la lecture.

Voltaire sortit interrompre l'exode, l'artiste sur ses talons.

Mlle Corneille leur expliqua que sa mère était malade. Elle était persuadée que c'était à cause de son absence.

– Rassurez-vous, votre père est là pour prendre soin d'elle, dit Voltaire dont les facultés de persuasion n'allaient pas jusqu'à faire admettre un tel mensonge.

La nièce parcourut la lettre dont il ressortait en fait que c'était Jean-François qui désirait venir à Ferney se faire choyer à l'exemple de sa fille, et non l'inverse. Sans doute en avait-il assez de l'ambiance délétère qui régnait dans son foyer changé en hôpital. Autrefois servi par son épouse, il se retrouvait à courir d'apothicaire en chirurgien, il était devenu en quelque sorte la bonne de sa bonne.

– C'est adorable, conclut la nièce.

Mlle Corneille voulait rentrer s'occuper de sa pauvre mère. Cette idée fit bondir Voltaire.

– Surtout pas ! Je connais le remède qu'il leur faut. C'est une pilule ronde, plate, dorée, avec le profil du roi sur une face.

Il se hâta de rassembler une dizaine de louis d'or.

– Rassurez-vous, j'ai mes pauvres, et votre chère maman en fera toujours partie.

Il lui représenta qu'elle serait à Paris un poids supplémentaire.

– Alors qu'ici vous ne pesez à personne, ajouta suavement Mme Denis.

La voiture fut dételée.

Le jour vint d'une deuxième leçon de philosophie.

– Lâchez-moi ces livres d'avant-hier, dit l'écrivain, et occupez-vous de ceux d'il y a deux mille ans.

– Bon, dit Cramer. On continue avec Descartes ou on abandonne ?

– Descartes et Cendrillon, peut-être ? suggéra Mme Denis.

Voltaire voulut faire réviser à la jeune fille les concepts de base.

– Voyons. Qu'est-ce qu'une femme ?

Mlle Corneille resta muette.

– Le chef-d'œuvre de la nature, répondit la nièce d'une voix sèche. Question suivante ?

– Qu'est-ce que la grandeur d'un homme ? Une affaire de proportions. Exemple simple : par rapport à Cramer, je *parais* petit. Par rapport à Maman Denis... (Elle le dépassait d'une demi-tête, il la fit rasseoir.) ou par rapport à Barbara...

La servante se révéla tout aussi allongée. On se demanda s'il ne faudrait pas aller quérir un gamin au village. Par bonheur, un chat traversa la pièce.

– Par rapport à Brutus, dit le maître triomphant, je suis un géant ! Nous resterons sur cette idée.

L'assistance toussa avec embarras.

– Qu'est-ce qu'un philosophe ? demanda l'élève.

– Un homme de liberté qui examine les faits sous le contrôle de la raison – il faut donc avoir de la raison, c'est ce qui manque le plus en ce monde. Voila ce que veulent interdire les fanatiques.

– Je trouve, moi, qu'on ne fait point de tort à penser par soi-même, dit Marie.

182

– Ah ! Bonne enfant ! Je devrais vous appeler Tolérance !

– Ou plutôt Tolérée, corrigea Mme Denis.

– Les vrais philosophes, reprit son oncle, assurent que l'incrédulité est la source de la sagesse ; ils enseignent donc à ne rien croire de ce qu'ils disent.

Ayant ainsi prévenu son auditoire qu'il n'allait dire que des mensonges, il entama sa conférence.

– On ne vous a guère appris à penser dans votre enfance, c'est bien dommage. Pour apprécier la pensée d'autrui, il faut savoir penser par soi-même.

Il cita Lao Tseu :

– Il y a dans le Tao deux principes qui tantôt par leur conflit, tantôt par leur union féconde sont à l'origine de l'univers et de l'humanité : le yang – le soleil, le bien, l'homme – et le yin – la lune, le mal, la femme.

Ayant remarqué la figure de sa nièce, il bifurqua vers le confucianisme.

– Confucius croyait en un ciel régulateur de l'ordre moral, mais refusait les divinités, les démons et les esprits des morts. Il a mis l'accent sur la pratique du jeun, humanité, bonté, charité, qui va de l'individu à la famille, à l'État et au genre humain par élargissement progressif. C'est très sympathique. On dirait une religion fondée pour moi. J'aurais fait un très bon lettré chinois ! Il n'y a pas de jésuites en Chine, je pense ?

Cramer lui rappela qu'il y en avait partout, et qu'en plus les empereurs pratiquaient la décapitation au sabre.

Quand le vieux sage oriental eut fini sa leçon, il découvrit que sa disciple s'était endormie quelque part entre le yin et le yang. Mlle Corneille rêvait à son héros aristotélicien qui assommait les dragons intolérants de ses arguments empiriques et l'emmenait dans son royaume des Lumières.

Son tuteur lui avait donné deux leçons de philosophie. Ayant renoncé, il conclut que s'il ne pouvait en faire une philosophe il en ferait du moins une amie des philosophes.

Un après-midi qu'elle venait renouveler la provision de café chaud de son tuteur, Mlle Corneille trouva ce dernier en larmes.

– Un malheur ? s'inquiéta-t-elle.

– Oui ! je viens de brûler mon héroïne !

Comme à l'ordinaire, dans le feu de l'inspiration, il avait composé sa tragédie en six jours.

– Lisez-la. Je veux un jugement franc et sincère, en toute impartialité, prévint-il dans un accès de délire.

– Comme d'habitude, donc, répondit Marie non sans fatalisme.

L'histoire était visiblement inspirée de personnages connus : jeune orpheline élevée par des nonnes, Olympie se préparait à épouser son vieux protecteur, qu'elle aimait. Hélas, sa mère, qu'on avait crue morte, réapparaissait pour l'empêcher de convoler, puis mourait, et Olympie se suicidait par contrariété ; le tout transposé dans l'Antiquité hellénistique pour ses décors et son exotisme, puisqu'une tragédie est toujours plus émouvante en toge. L'auteur fondait de grands espoirs sur un dénouement sensationnel (la belle héroïne s'immolait sur le bûcher de sa mère).

Mme Denis, qui savait tout faire, peignit le décor,

la façade du temple d'Éphèse, des colonnes si hautes qu'elles disparaissaient dans les cintres, sur fond d'éruption volcanique, ce qui donnait à Éphèse une parenté avec le pays de Gex.

Voltaire interprétait un grand prêtre. Mlle Corneille et lui, dans leurs petits rôles, regardaient les autres jouer leur histoire à leur place, sans en être toujours satisfaits.

L'auteur les trouva tous bouleversants. La première d'*Olympie* eut lieu le 24 mars 1762 devant trois cents spectateurs en larmes. Le vieillard portait une longue barbe blanche, une mitre de deux pieds de haut et un manteau magnifique.

Le clou de la représentation était bien sûr la scène du bûcher : Olympie devait se précipiter du haut d'une estrade sur un matelas, entre deux rangs de flammes où l'on jetait au même moment un surcroît d'alcool pour les aviver.

À l'acte V, certains spectateurs s'étonnèrent de l'odeur de brûlé qui commençait à régner.

– Ne vous inquiétez pas, leur dit-on, c'est un effet.

– Quel genre d'effet ? Trois cents personnes grillées vives dans un hangar en bois ?

Le problème venait de la conjonction de deux éléments contradictoires : d'une part, Voltaire avait sacrifié la sécurité à l'effet dramatique ; de l'autre, Mme Denis, faute de place, utilisait l'arrière-scène comme lingerie.

Dès qu'on alluma le feu, il se répandit de manière mal contrôlée et le linge s'enflamma. Mme Denis, qui aperçut cela depuis la scène, se mit à déclamer de plus en plus vite afin d'aller sauver ses draps. L'hiérophante, qui avait joué toute la pièce face à son cher public, et donc tournait le dos aux vicissitudes théâtrales, rougit de colère par-dessus sa barbe blanche et se mit à frapper nerveusement le sol avec son sceptre. Pour compenser, il prononça ses propres tirades avec une lenteur consommée.

Mlle Corneille agita depuis la coulisse une culotte de Mme Denis, en flammes. Cette dernière poussa un cri et disparut, ce qui laissa ses partenaires une jambe en l'air. L'hiérophante se retrouva à admonester une absente et à se répondre à lui-même, ce qui donna à Voltaire la plaisante impression d'interpréter un vieillard sénile. Il entreprit de faire des signes côté jardin pour qu'on lui envoyât quelqu'un.

Le monologue fut interrompu par l'entrée en scène un peu précipitée d'un jeune premier dont le bas du costume se consumait doucement. Le héros antique roula des yeux affolés, puis renversa sur sa jupette l'eau de la fontaine sacrée d'Éphèse, ce qui surprit tout le monde.

La dernière scène n'en finissait pas à cause des trémolos censés susciter la commisération de l'assistance. L'hiérophante s'était lancé dans le récapitulatif de toutes les avanies qui allaient pousser l'héroïne à se jeter au bûcher. Ladite héroïne, debout sur un escabeau, considérait le feu avec inquiétude.

Mlle Corneille décida de sauver la troupe, fût-ce au détriment du génie voltairien. Elle surgit pour supplier qu'on expédiât la fin. Comme son personnage ne figurait pas dans ce tableau, elle se mit à improviser sous le regard tétanisé de l'auteur.

Je suis venue vous dire... à vous et à Madame...

dit-elle en indiquant les coulisses,

Qu'il faudrait se hâter... ou périr dans les flammes !

L'hiérophante résista dignement à l'odieux attentat : il reprit son discours depuis le début comme s'il n'avait pas entendu :

On ne doit pas sans doute allumer en un jour
Et les bûchers des morts, et les flambeaux d'amour.

Olympie donna sa réplique en s'éloignant vers la sortie :

Laissez-moi fuir l'hymen, et l'amour, et le trône.

L'hiérophante se hâta de la retenir par sa toge. Les spectateurs trouvèrent que le jeu de scène s'animait.

Il faut suivre Cassandre ou choisir Antigone.
Vous préviendrez d'un mot le trouble et le carnage
Dont nos yeux reverraient l'épouvantable image,
Sans le respect profond qu'inspirent aux mortels
Cet appareil de mort, ce bûcher, ces autels.

Le bûcher inquiétait en effet beaucoup Olympie. Mme Cramer se demanda en gravissant les marches si

187

son suicide de jeune vierge n'allait pas se terminer en vrai sacrifice à l'art dramatique. Elle récita ses deux derniers vers du haut de son escabeau :

Apprends que je t'adore et que je m'en punis.
Cendres de Statira, recevez Olympie !

Ayant senti de l'hésitation, l'hiérophante s'approcha comme pour sauver la malheureuse, et lui assena un grand coup de sceptre sur les fesses : Olympie s'évanouit comme prévu entre les flammes avec un cri atroce qui saisit la salle.

Les acteurs, « témoignant de leur étonnement et de leur consternation », conformément aux petites lignes, s'écrièrent : « Ô Ciel ! » Le fiancé se transperça de son épée et le rideau tomba sur cette fin sublime, dans un tonnerre d'applaudissements.

Quand il eut remarqué qu'il y avait dans la coulisse un petit problème d'intendance, Voltaire pria qu'on éteignît le feu sans déranger son public, et retourna recevoir les justes acclamations dues à son talent.

L'ovation fut assez puissante pour soutenir quinze rappels. On informait le maître à chaque baisser de rideau, sans pouvoir le distraire de sa jubilation. Au paroxysme de l'exaltation, il arracha sa barbe devant les spectateurs, qui redoublèrent de vivats.

– Monsieur, monsieur, il faut finir ! crièrent ses comparses au milieu de l'incendie.

– La paix ! leur répondit le maître du haut de son Walhalla. Peut-on se lasser de voir récompenser le théâtre ?

Il salua et salua encore sous les hourras.

– S'il y a un rappel de plus, nous finissons tous incinérés, remarqua Cramer qui s'exténuait à contenir les flammes.

Progressivement, tous les acteurs s'éclipsèrent pour prêter main-forte, et Voltaire finit par saluer tout seul sans pouvoir s'en empêcher. À chaque baisser, il faisait signe de lever de nouveau. N'y tenant plus, Mme Denis vint le chercher et se retrouva en scène avec lui. Il exultait :

– La vie est une pièce dite par des fous pour des idiots. C'est de moi ?

– Non, de Shakespeare, répondit-elle.

– Ah, tant pis.

Au baisser suivant, on le tira en coulisse.

– Laissez-moi ! C'est ma minute de gloire !

– Cela risque d'être la dernière !

– C'est votre faute ! lança-t-il à sa nièce. Lingerie ou théâtre, il faut choisir !

– Je choisis mon linge ! répondit Mme Denis à la grande déception de son oncle.

Et elle arracha un morceau du décor pour tâcher d'étouffer le feu.

En guise de diversion, Voltaire invita l'assistance à se diriger vers un buffet imaginaire que les domestiques s'empressèrent de mettre sur pied. On put enfin se consacrer au sinistre.

On se pressait pour congratuler l'auteur.

– Je veux féliciter l'incendiaire ! dit quelqu'un.

Y eut-on vent de l'incident ? la Comédie-Française se fit longtemps prier pour monter la tragédie.

– Elle a tort, remarqua Cramer, c'est une aventure étonnante, surtout l'immolation des acteurs, à la fin.

Cette première d'*Olympie* laissa à Ferney un souvenir inextinguible, ne serait-ce que parce qu'on manqua longtemps de draps et de serviettes.

Quand il put s'arracher à ses admirateurs, Voltaire s'aperçut que le buffet s'était mué en souper, et le souper en bal. On dansa dans ses salons jusqu'à l'aube.

C'est alors que le maître de maison entendit certains hôtes un peu gris échanger deux mots d'une affaire à la mode : l'exécution à Toulouse d'un père de famille convaincu d'avoir étranglé son propre fils. Leur opinion était celle de tous les magistrats : un vieux marchand de tissu, avec la complicité de tous les siens, avait pendu dans sa boutique son fils de vingt-huit ans. Le crime fit rêver Voltaire :

– Un père qui tue son fils, quel beau sujet de tragédie... Je l'appellerais *Apostasie*. À la dernière scène...

– ... la jeune héroïne se tuerait sur le corps de son père, compléta Mlle Corneille.

L'assassinat avait eu pour but d'empêcher la conversion du jeune homme au catholicisme, prévue pour le lendemain, selon la rumeur publique.

– Catholiques et réformés continuent de s'entre-tuer, fort bien ! déclara le philosophe. Pendant ce temps, les bonnes gens dorment en paix !

Il voyait là une sorte de meurtre rituel, comme dans les tribus sauvages ou certaines civilisations antiques.

190

Il médita un petit traité sur la persistance du culte de Baal à travers le calvinisme.

Le 25 mars, il commença à hésiter. On disait à Genève que le supplicié avait pris Dieu à témoin de son innocence en expirant. « Certes ce n'est pas une preuve, songea Voltaire. Nombre de gens en appellent à Dieu quotidiennement sans dire pour autant un mot de vérité. » Un horrible doute venait néanmoins de naître en lui, qui gâchait ses plaisirs.

Le 27 mars, il tendait à croire en l'innocence de ce Calas au détriment du fanatisme et de l'hystérie collective. Il prit Mlle Corneille à témoin :

– Que faut-il penser de cette histoire ? La scène est à Toulouse. On entend des cris dans la demeure de commerçants protestants. On y trouve des gens en train de pleurer sur le corps d'un des fils, qu'ils ont décroché d'une poutre. Des on-dit prétendent que le défunt s'apprêtait à se faire catholique. On en conclut que son père l'a pendu, et comme ce crime n'a pu être commis par un homme seul, ni sans que toute la maisonnée l'entende, on condamne le père, la mère, le frère, l'ami de la famille, la vieille servante catholique et le chien ! Il y a dans cet arrêt quelque chose qui me gêne. Pas vous ?

Marie regardait l'horreur de l'injustice envahir peu à peu l'esprit de son ange gardien. Les protestants de France et de Genève firent passer à l'écrivain des renseignements destinés à étayer sa conviction. Mlle Corneille le vit traverser la maison, du courrier à la main.

– On a assassiné un pauvre homme de la manière la plus abjecte pour un meurtre qu'il n'avait pas commis ! Ce crime est deux fois odieux ! Comment peut-on laisser passer la mort de Calas sans pousser des cris ? Calas ! Calas ! Il y a bien eu un meurtre, mais ce n'est pas celui du fils ! Et c'est la ville tout entière qui l'a perpétré !

Donat, le benjamin des enfants Calas, s'était justement réfugié à Genève. Voltaire le convoqua. C'était un garçon de vingt-deux ans, timide, qui parlait avec l'accent du Languedoc. L'écrivain l'interrogea de l'air le plus soupçonneux : « Votre père était-il violent ? vous battait-il ? battait-il votre mère ? couchait-il avec la servante ? » – bref, il lui demanda si son père avait tué son frère. Le jeune homme se mit à pleurer. Il était agité de gros sanglots, le visage dans ses mains. Mlle Corneille sentit ses yeux lui picoter, Mme Denis renifla bruyamment, et bientôt tout le monde fut en pleurs, jusqu'au maître de maison qui n'avait pas éprouvé pareille émotion depuis Olympie. Les larmes valaient mieux qu'un long discours. Il se sentit révolté, attendri, il entrevit la possibilité de faire partager au monde entier sa révolte et son attendrissement.

– Il est très bien, ce petit bonhomme, dit-il à sa pupille. Ne voudriez-vous pas l'épouser ?

Elle ne voulait pas l'épouser, mais elle mit au défi son tuteur de faire quelque chose pour le genre humain, ainsi que Rousseau se piquait de le faire.

– Quel est le thème de votre nouvelle œuvre ? lui demanda-t-elle.

– Moi, par moi.

– Cela risque de n'intéresser que vous.

Elle l'engagea à s'employer pour quelqu'un d'autre.

192

– Si vous parliez des Calas comme vous avez parlé du séisme de Lisbonne, ces pauvres gens seraient réhabilités !

Il se montra d'abord vexé.

– Mlle Corneille me reproche de ne n'intéresser qu'à moi, se mit-il à soupirer en toute occasion.

Quand il eut assez soupiré, il se jeta dans la bataille.

– J'ai fait d'un tremblement de terre portugais un événement intellectuel ; je ferai de l'affaire Calas un crime contre la pensée !

Il sollicita son ami et débiteur, l'influent duc de Richelieu, gouverneur de Guyenne. Ce dernier fit procéder à une enquête discrète qui lui permit de subodorer l'affreuse vérité. Il conseilla néanmoins à Voltaire, pour son repos, de cultiver son jardin. On lui renvoyait sa philosophie à la figure.

– Voilà un monsieur qui a trop lu mes œuvres, remarqua l'auteur de *Candide*.

Tous les magistrats soutenaient la thèse de leurs collègues toulousains, c'est-à-dire : « Cet homme est coupable parce que nous l'avons condamné. » Richelieu prévint Voltaire qu'il allait se mettre à dos toutes les cours de justice de France et de Navarre. Son correspondant avait assez de philosophie pour n'en tenir pas compte.

À force de se renseigner, l'avocat volontaire finit par tout savoir sur les membres de cette famille : l'oncle qui trompait la tante, le troisième mariage du petit-cousin par alliance, les naissances adultérines, jusqu'aux détails les plus incroyables – la couleur des vêtements de Mme Calas le jour du meurtre, les menus trafics de la servante avec l'argent des commissions, les plats du souper et le prix des produits.

– Car c'est Marc-Antoine qu'elle envoie chercher du roquefort, cet après-midi-là ! disait-il, un doigt en l'air. Pas n'importe qui, et pas n'importe quel roquefort !

Il poussait la connaissance du cas jusqu'à l'inutile.

– Vous êtes licencié ès Calas, lui dit Cramer, docteur en Calassologie, grand calassologue, et je suis sûr que vous en savez plus sur eux qu'ils n'en savent eux-mêmes.

– Il y a trois matières que je connais sur le bout des ongles, admit Voltaire : les canons de la tragédie classique, les lacunes de la Bible, et la famille Calas.

Mlle Corneille vit l'écrivain le plus mondain, le plus superficiel et le plus vain que la Terre eût porté se changer en défenseur de l'honneur humain ; ce fut sa plus belle leçon de philosophie. Elle sentit qu'elle aimait ce vieux lutin enflammé. Plus il grandissait dans son estime, plus elle avait l'impression de grandir elle-même.

XVII

Mlle Corneille est une très bonne enfant ; j'ai fait en elle la meilleure acquisition du monde ; monsieur son oncle me fatigue un peu, il est bien bavard, bien entortillé ; je me mêle d'être son commentateur pour le service de sa nièce. Entre nous, vive Racine !

VOLTAIRE

Il y eut dans la vallée, en avril 1762, une épidémie infectieuse dont certaines victimes étaient apparentées aux comédiens amateurs de Ferney, lesquels s'annulèrent, ce qui fut bien embarrassant. Fut-ce contagion ou contrariété, Voltaire se mit à tousser, déclara avoir contracté la maladie, qui sûrement allait causer son trépas. Tronchin nomma cela « fluxion de poitrine », mal couramment mortel, sauf chez les personnes déjà mortes plusieurs fois.

— Tous ces petits maux dont vous avez souffert vous ont immunisé contre les grands, dit le médecin en entrant chez son moribond.

Mlle Corneille trouva un beau matin son père sur le perron. Elle eut un élan pour l'embrasser, bien que de tels transports n'eussent guère été une habitude dans la famille. Il l'arrêta du regard las de qui vient de traverser la moitié de la France pour réparer les bêtises d'une écervelée.

– Alors ? Qu'est-ce que j'apprends ? Il va mourir, et vous n'êtes pas mariés ?

Cela coupa net les effusions. Puis l'expression de Jean-François se radoucit, il lui ouvrit les bras, elle s'y jeta, ce fut pour l'entendre dire qu'après tout rien n'était perdu, il y avait peut-être un testament.

Il était accouru sans tarder afin de pousser son pion, c'est-à-dire sa fille, en tablant sur l'expérience acquise dans l'aventure Fontenelle.

– Dites donc, remarqua Mme Denis sur le ton du soupçon, il me semble que vous avez la curieuse habitude de surgir au chevet des vieillards, vous.

Dans un moment de dépression, Marie lui avait écrit que son tuteur était perdu. Peu informé sur la constitution particulière des penseurs géniaux, le brave homme avait pris la nouvelle pour monnaie sonnante. On l'introduisit chez son bienfaiteur, qu'il eut la surprise de trouver en vie.

– Quelle chance ! dit-il. J'avais craint d'arriver trop tard !

– Et vous arrivez trop tôt ! compléta Voltaire.

Jean-François se mit à bafouiller comme un coupable à qui l'on dit son crime.

– Votre épouse se porte-t-elle mieux ? lui demanda son hôte.

– Pas du tout. Elle est toujours souffrante. Je m'ennuyais à périr.

196

– On la soigne avec dévouement, sans doute ?

– Oh, on ne fait que ça ! C'est insupportable. Alors je me suis dit : « Tiens, je vais aller voir si ma chère enfant se porte bien, elle ! »

– Quelle bonne pensée.

– À quoi servirait la famille ?

Puis le visiteur eut droit pour sa pénitence au récit complet des maux qui emportaient le malade, ce qui fut au reste le meilleur moment de sa journée. Certes, au bout de quelques jours de semblables lamentations, le père Corneille jugea que leur sauveur faisait preuve d'une inquiétante résistance aux épidémies mortelles.

On ne pouvait lui refuser le droit de vérifier si sa fille était bien traitée. Il s'installa, prit ses aises : c'était le grand Corneille en personne ; il changea trois fois de chambre et renvoya les draps. Barbara était furieuse :

– Il me fait des reproches sur la qualité du linge, alors qu'il peut à peine assurer un toit sur sa tête !

Mme Denis pressa son oncle d'accélérer sa guérison et de flanquer le Corneille dehors. Mais Voltaire, qui avait coutume d'être souffrant dès qu'il apercevait l'ombre d'un importun, choisit au contraire de faire une rechute.

Marie hésitait entre ces deux désagréments :

– Hélas, papa, je n'aurai bientôt plus de protecteur !

– Hélas, ma fille, je vais rester jusqu'à ce qu'il soit remis.

Elle commença d'entrevoir ce que son père avait d'odieux. Elle eut beau se raccrocher à ses souvenirs d'enfance pour continuer de l'aimer, elle aurait préféré qu'il ne soit jamais venu, quitte à le savoir mort loin d'elle.

On fit une démonstration de tout ce que Rodogune avait appris depuis son arrivée : l'orthographe, la subtile différence entre un euphémisme et une litote, un peu de chant, un peu de danse, et le talent d'apprécier les vues du pays de Gex en écarlate. On s'attendait à des compliments.

Jean-François fut à peine poli. Ils lui avaient changé sa progéniture en marionnette des Lumières dont un vieux libertin tirait les fils. Il ne sut s'il devait s'énerver ou s'émerveiller des nouvelles façons de Marie.

Il en tira un raisonnement logique et faux (ce que sa fille aurait nommé une antilogie) : si cette dernière était traitée en personne de qualité, c'était donc qu'il en était une lui aussi. Il fit l'important, parla de vivre « conformément à sa naissance » et de faire enregistrer sa noblesse, bien qu'il descendît d'une branche qui n'avait jamais été anoblie. Voltaire se dit qu'il était virtuellement le grand-père de Cornélie, mais certainement pas le père de cet homme-là.

Un jour qu'il se promenait dans le labyrinthe de verdure, l'héritier des belles-lettres surprit une conversation. Il y avait là sa fille en compagnie d'un jeune homme qui l'appelait Marie-Françoise.

– Vous êtes le seul à me dire mon prénom, remarqua-t-elle.

– Avec Mme Denis, dit la voix.

– Oui, mais chez elle, ça sonne comme « ma

bonne »... J'exagère, elle a beaucoup fait pour moi. J'espère arriver un jour à l'oublier.

Il l'entendit parler d'axiome et de théorème, en déduisit qu'elle donnait une leçon de philosophie, ce qu'il ne jugea pas de la plus haute décence. Il lui vint à l'esprit que si ces deux-là se mariaient, il deviendrait le grand-père imbécile d'une tribu de petits savants. Cette idée le révolta.

À l'autre bout du labyrinthe, après avoir vainement cherché à les rejoindre, le père outragé tomba sur son hôte à qui il avait justement deux mots à dire.

– Dites-moi, papa Voltaire, il est mal fréquenté, votre parc.

Papa Voltaire lui demanda à qui il faisait allusion. Jean-François lui désigna le chapeau du jeune homme qui émergeait des buis taillés juste à côté de celui de sa fille.

– Dupuits ? C'est un Bourguignon fort joli, qui m'amuse. J'aime recevoir des jeunes gens, ils m'aèrent.

Voltaire aimait recevoir des jeunes gens quand ces jeunes gens étaient le fils de son percepteur : le père était maître des comptes à Dôle.

– Il faut toujours avoir un maître des comptes dans ses relations. Ce sont des gens épouvantables qu'on ne peut s'épargner de fréquenter. Nous vivons dans un monde de chiffres et de mauvais sentiments : à ce titre, les comptables sont doublement de notre temps.

– Venez ici, mon joli Bourguignon ! lui cria-t-il.

Dupuits n'avait pas suivi la carrière de son père. Il

était cornette de dragons, c'est-à-dire porte-étendard de cavalerie.

– C'est la première fois que je rencontre un cornette, grogna Jean-François.

Mlle Corneille était bien décidée à obtenir pour son élève le prêt dont il avait besoin pour se faire tuer à la guerre en qualité d'officier. Elle le traîna chez son bienfaiteur.

– Vous avez un domaine, dit-elle à ce dernier, et aussi un château, une pupille qui vous adore, une nièce qui peint, que vous manque-t-il ?

– La tranquillité ?

– Une compagnie de dragons !

– Bien sûr, j'allais le dire !

– Et voici justement Monsieur qui vous propose de l'aider à en acquérir une.

– Et pourquoi ferais-je cela ?

– Parce qu'il est prudent d'avoir une compagnie de dragons dans ses relations quand on s'appelle Voltaire.

– Et quand on s'appelle Corneille, où sont les limites de la prudence ?

– Si vous refusez, je l'épouse et il m'enlève ! Comme Cunégonde dans *Candide* !

– Vous avez mal lu : dans *Candide*, le héros quitte le château à coups de pied au derrière.

En tant que prétendant, un cornette de dragons faisait peu philosophe.

– Prêter aux personnes à court de liquidités est votre métier, du reste, poursuivit la pupille.

Le tout était d'avoir l'assurance d'être remboursé.

– Mon métier est d'avoir de la jugeote, rectifia l'écrivain.

Elle lui fit l'éloge de l'emprunteur : Pierre Jacques Claude Dupuits de La Chaux, vingt-deux ans, gentilhomme très aimable, de mœurs charmantes, jolie figure... Elle le vanta un peu trop sans s'en apercevoir ; cela frappa le bailleur de fonds.

– Voilà un compliment un peu fort d'une jeune fille à un jeune homme.

– Ce n'est pas à lui que je le dis, c'est à vous.

– J'ignorais qu'il fût sourd.

Un rapide examen mit au jour un manque évident de garanties. Mlle Corneille jugea opportun de rappeler à son bienfaiteur que, cette somme payée, il lui resterait encore plus de cent soixante mille livres rien que sur le compte qu'il avait chez M. Ami Camp, son banquier de Lyon. L'écrivain comprit qu'elle en savait long sur ses affaires. Il fallait qu'une personne proche eût trop parlé ; il résolut d'en débattre au plus vite avec sa chère nièce.

– Vous vous entremettez pour ce grand garçon ? Sur quoi me garantissez-vous ce prêt ?

Elle minauda de façon éhontée :

– Sur ma tendresse, sur mon affection, et sur les mânes de mon aïeul qui veillent sur vous.

Sensible à ce dernier argument, Voltaire ne prêta pas à Dupuits, mais au fantôme du grand auteur. L'effort qu'il dut fournir pour inscrire le chiffre et signer refroidit un peu ses élans littéraires.

– Serviteur, marmonna-t-il en remettant à la jeune fille une lettre de change de neuf mille francs.

Pour le même prix, le dragon fut invité à souper.

À la première occasion, Jean-François reprocha à sa fille de se laisser lutiner par un blondin.

— Il ne me lutine pas : je lui enseigne la philosophie.

— Il me semble à moi qu'il te lutine.

— C'est que vous n'entendez rien à la philosophie.

— On ferait mieux de t'inculquer la philosophie du mariage.

Il n'y avait hélas rien, chez Leibniz, sur cette question.

— Tu te laisses compromettre par le premier godelureau un peu fortuné qui promet de t'épouser.

— Oh, rassurez-vous, mon père : à ma connaissance monsieur Dupuits n'a guère de bien, et je ne crois pas du tout qu'il pense à m'épouser.

Son père fut interloqué.

— Dois-je comprendre que tu te laisses déshonorer pour rien ?

— Eh bien, répondit-elle avec négligence, si je suis déshonorée, il m'épousera !

— Coureur de dot, en plus ? C'est le bouquet !

À cet instant, Marie fut tentée d'épouser Dupuits pour le plaisir de désespérer son père. Encore eût-il fallu que l'égoïsme de ce dernier lui permît d'éprouver davantage que de la frustration et du ressentiment. Elle fut prise d'une colère froide contre cet homme qui l'avait vendue sans se demander où il l'envoyait, qui n'avait pas hésité à désespérer sa femme en éloignant leur unique enfant, et qui n'avait fait le bonheur de sa fille que par accident, en recherchant son propre bien.

202

– Tais-toi ! lança-t-elle. Ou je te dirai ce que je pense de toi, quitte à m'en repentir toute ma vie !

Il se figea comme si elle l'avait giflé. Elle vit le peu qu'elle représentait pour lui s'envoler en même temps que ces quelques mots.

– Très bien, répondit Jean-François, glacial. Il ne sera plus question de ce monsieur. Jamais.

Sa fille et leur nom étaient sa seule richesse. Il aurait voulu lui avouer que sa mère et lui comptaient sur elle pour assurer leurs vieux jours, lui dire à quel point il redoutait de retrouver sa masure, sa gêne perpétuelle et son épouse malade. Il était dévoré d'angoisse. Honteux de ses propres insuffisances, il fut incapable d'avoir cet infime geste d'affection, ce mot de tendresse qu'elle attendait. Il s'enferma dans un silence bougon au lieu d'essayer de briser le mur d'incompréhension qui les séparait.

Par ailleurs, l'éventualité d'une alliance avec un n'importe qui sans fortune définie lui faisait horreur comme à un prince du sang. Il se montra bougon et désagréable envers Dupuits durant le dîner, devant Voltaire qui n'y comprenait rien. Pour détendre l'atmosphère, ce dernier leur résuma le procès Calas :

– J'ai reconstitué l'affaire dans ses moindres détails. Nous sommes dans une honnête famille protestante de Toulouse qui fait commerce d'indienne, c'est-à-dire de toile de coton peinte ou imprimée – il y a un chapitre très documenté sur cette question dans l'Encyclopédie, cet amusant manuel des arts et techniques populaires. Bref, on entre dans la maison par un long couloir. Au fond à gauche, un escalier en vis donne accès au

203

premier étage, où se trouve la salle à manger. Autour de la table, le père Calas, son épouse, un invité et deux de leurs fils. La servante surveille sa cuisine et sert. Le repas commence vers 7 h 30. On déguste des pigeons, une poularde, du roquefort et du raisin. On parle des antiquités exposées à l'hôtel de ville. Vers 8 h 30, l'aîné, Marc-Antoine, se lève pour sortir. Il passe par la cuisine, la servante lui demande s'il a froid, il répond : « Au contraire, je brûle. » On croit qu'il va faire une promenade. Le reste de la famille s'installe au salon pour causer : le père et l'invité sur un sofa, le cadet dans un fauteuil, la mère sur une chaise. La servante s'est endormie dans la cuisine. Vers 9 h 30, l'invité prend congé. Le fils cadet le reconduit à la chandelle. Or le capitoul[1] n'aime pas les protestants : il fait enfermer tout le monde, et, cinq mois plus tard, le père Calas est roué[2] à mort en place publique.

Stupeur de l'assistance.

– C'est limpide, je crois ?

Les commensaux demandèrent si l'on avait condamné les Calas pour avoir mangé de la poularde au roquefort.

– Ah non : il y avait eu un mort entre le dessert et la tisane. Aurais-je oublié de le mentionner ? En reconduisant l'invité, le cadet retrouve l'aîné pendu dans la boutique. La mère se met à pousser des cris, la foule croit qu'ils ont étranglé leur fils parce qu'il voulait se

1. Commissaire de police.
2. Supplice consistant à allonger le condamné sur une roue et à lui briser les quatre membres.

faire catholique, et voilà. Il n'en faut pas plus pour rouer un protestant en France. S'ils avaient été juifs, on les aurait noyés, je pense...

Afin de n'avoir pas complètement perdu son temps Jean-François se fit montrer les comptes de la souscription. On ne lui offrait pas d'argent, on ne faisait pas de lui le bénéficiaire de l'édition, il se jugea spolié, se plaignit qu'on ne lui envoyait pas assez pour vivre : après tout, il s'était privé de sa fille chérie pour qu'un écrivain pût jouer les bienfaiteurs aux yeux du monde.

Voltaire lui fit observer que la seule éducation qu'il avait su donner à « sa fille chérie » consistait à tresser de l'osier pour nourrir ses parents. Jean-François répondit qu'il aurait certes du mal à se servir d'elle pour sa propre publicité auprès des grands de ce monde, contrairement à certains... Voltaire baissa les bras devant tant de stupide évidence.

On donna au bonhomme, pour le calmer, une petite avance sur les ventes. Son nom lui profitait moins bien qu'à sa fille. Il partait mécontent.

Mlle Corneille n'avait cessé de lui demander des nouvelles de sa mère :

— Comment va maman ?

— Je vais très bien, merci, répondait-il.

— Vous faites presque partie de la famille, remarqua l'écrivain.

— À quoi cela se voit-il ? demanda Jean-François.

— Vos défauts commencent à m'amuser.

Marie comprit qu'elle ne reverrait jamais sa mère,

qu'il aurait mieux valu qu'ils fussent morts l'un et l'autre, parce qu'elle était comme morte à leurs yeux.

Corneille-père, quant à lui, n'avait pas placé sa fille dans le beau monde pour la voir épouser un homme de rien, fût-il aimable et aimant. Depuis quand les jeunes filles étaient-elles sur terre pour faire leur propre bonheur et non celui de leurs parents ? Il fallait que le futur gendre soit en mesure de prendre le relais quand Voltaire ne leur serait plus bon à rien. Sans époux, elle conservait une chance de devenir Mme Voltaire, ce qui ne sonnait pas plus mal que Mlle Corneille. La main sur la portière, il souffla à l'oreille de Marie de fuir le mariage comme la peste, et l'informa qu'il lui refusait d'avance son consentement.

C'était la flèche du Parthe. Elle en resta toute saisie. Elle se sentit orpheline. Elle regarda disparaître la voiture en songeant que c'était inexact, elle avait bien une famille : cette famille vivait à Ferney et nulle part ailleurs.

XVIII

L'avez-vous vue ? la connaissez-vous ? C'est le meilleur petit caractère du monde. Il est vrai qu'elle n'est pas encore parvenue à lire les pièces de son oncle, mais elle a déjà lu quelques romans.

VOLTAIRE

En mai 1762 parurent *Le Contrat social* et l'*Émile*. Voltaire lança le roman à Mlle Corneille (les œuvres de Rousseau voyageaient beaucoup par les airs, dans cette maison).

— Tenez, voici le dernier pavé de votre cher auteur. Cela vous concerne : il n'y est question que d'éducation.

Il le lui reprit néanmoins pour éviter qu'elle le lût.

L'écrivain parcourut avec nervosité les deux ouvrages à peine sortis des presses. Il appelait cela sa « corvée de Rousseau ». En réalité, les textes de son adversaire l'attiraient et l'inquiétaient tout à la fois.

Il s'aperçut que le *Contrat* exposait des théories politiques visant à ruiner l'autorité de l'État (donc la

207

fortune de Voltaire) et à détruire la société (cette société qui célébrait Voltaire).

L'*Émile* lui parut le « fatras d'une sotte nourrice en cinq tomes ». Il en détacha la *Profession de foi du vicaire savoyard*, une quarantaine de pages contre le christianisme, où le vicaire en question s'en prenait aussi bien aux philosophes qu'à Jésus-Christ, c'est-à-dire que l'auteur s'y fâchait avec tout le monde. Ces lectures faites, Voltaire tint définitivement ce Jean-Jacques pour un dément doublé d'un pauvre homme.

Comme d'habitude, Mlle Corneille, qui savait où se procurer les mauvais ouvrages, alla piocher l'*Émile* sur le secrétaire de son tuteur, dans la pile des auteurs à fustiger, entre un précis janséniste et les Mémoires d'un militaire. Elle l'ouvrit, ses doigts en suivirent les lignes avec la même convoitise qu'avait dû ressentir Ève devant la pomme.

Comme on l'avait priée de donner régulièrement de ses nouvelles à ses anciens protecteurs, elle rédigea ce soir-là une belle lettre à Titon du Tillet : « Monsieur de Voltaire s'occupe très bien de nourrir mon esprit. Il a remplacé le livre que vous m'aviez donné par une sorte de dictionnaire philosophique qu'il publiera un jour. Vous ne devez pas être trop peiné d'avoir été ainsi évincé de ma pensée, car, je dois l'avouer, il m'arrive de lâcher ce volume pour les œuvres de monsieur Rousseau. Certes, on me brûlerait dans la cour du château si l'on me surprenait à consulter un tel écrit. Mais, voyez-vous, dans les textes de mon protecteur on ne trouve que des réponses : les questions sont chez

Rousseau. Or il m'apparaît que les questions sont quelquefois plus belles que les réponses. »

Elle aimait un philosophe imaginaire qui aurait eu la folie de l'un et la raison de l'autre.

Le mois suivant, le Parlement de Paris se fit sur ces petites publications la même opinion que le patriarche. L'auteur fut décrété d'arrestation et dut s'enfuir. Mlle Corneille s'étonna :

– Vous écrivez des horreurs sur la religion, et c'est lui qui est condamné ! Que dites-vous de cela ?

– Qu'il se débrouille mal.

Dix jours plus tard, il en fut de même à Genève : le Petit Conseil, sur les réquisitions d'un habitué de Ferney, condamna les deux ouvrages à être lacérés puis brûlés, et leur signataire à être arrêté s'il se présentait en ville. Mlle Corneille demanda en toute naïveté :

– Comprenez-vous pourquoi il y a un culte de votre personne et aucun de monsieur Rousseau ?

Au regard incrédule que son tuteur lui lança, elle comprit qu'il se demandait à quel moment elle avait perdu l'esprit.

Les partisans du philosophe errant tinrent Voltaire pour responsable de la condamnation. Mlle Corneille n'était pas loin d'abonder dans ce sens :

– Monsieur Rousseau est un mauvais penseur, l'*Émile* un mauvais livre, pourtant vous n'êtes plus occupé que de cela !

Elle l'avait donc lu.

– Alors que vous montrez tant de paresse à lire mes propres œuvres ! s'indigna-t-il.

– Je l'ai lu, mais pas vous. Vous critiquez Rousseau sans en avoir lu une ligne !

– Encore heureux ! Voudriez-vous me voir me tremper dans cette pollution de l'esprit ? C'est moi qui aurais dû écrire un traité d'éducation ! Je l'aurais appelé... *Frédéric*.

– Oui, dit Mlle Corneille, mais, dans votre livre, l'élève finirait par chasser son maître en lançant la police à ses trousses.

Il la trouva bien renseignée sur les détails de l'histoire.

– Il y a chez Rousseau quelque chose de bon et de généreux, dit-elle.

– Et moi ? je suis Attila, fléau de Dieu ? couina-t-il en rougissant.

Elle laissa s'installer un lourd silence.

– Si vous ne me supportez pas, demanda-t-elle, pourquoi me gardez-vous ?

– Pour avoir près de moi quelqu'un qui me fermera les yeux. Vous vous en acquitterez fort bien.

Un ange philosophique traversa la pièce.

– Et vous, dit-il, si vous appréciez tant ses idées, pourquoi n'allez-vous pas le rejoindre ? Si je suis borné et méchant, pourquoi ne me quittez-vous pas ?

– Peut-être parce que je vous aime. Est-ce là une hypothèse que votre esprit scientifique se refuse à envisager ?

Son esprit scientifique était désarçonné.

– Ah. Je vois que la reconnaissance finit par faire en vous quelques progrès, dit-il.

Restait le point noir nommé Jean-Jacques. Il était

bien résolu à l'amputer de cet engouement-là. Jamais demoiselle n'avait tant lu Voltaire et tant aimé Rousseau. Il saisit l'*Émile* avec l'intention de l'en gaver jusqu'à plus faim.

– « Les petites filles, presque en naissant, aiment la parure, elles veulent qu'on les trouve jolies. En revanche, les petits garçons, pourvu qu'ils soient indépendants, se soucient peu de ce qu'on pourra penser d'eux. » Ciel, Cornélie ! Mes parents se sont trompés : apparemment, j'étais une petite fille !

Elle haussa les épaules. Il continua de compulser le traité.

– Ah, j'aime celle-ci : « Les femmes ne doivent pas être robustes *comme* les hommes mais *pour* les hommes, pour que ceux qui naîtront d'elles le soient aussi. Pour l'éducation, les couvents sont à préférer à la maison paternelle. » Et hop ! Il vous renvoie grandir chez les sœurs ! Pourquoi pas en prison ? Les nonnes vont être ravies d'accueillir les émules d'un abjureur ! Vous avez adoré le cloître, je crois, Cornélie ? Si j'avais été Jean-Jacques, je vous y aurais laissée en vous expliquant par deux et deux font trois que vous souffrez pour le bien de vos futurs rejetons. Cela vous aurait réjouie, sans doute ?

Elle ouvrit la bouche. Pour la lui fermer, il reprit sa lecture :

– « Les filles de Sparte s'exerçaient comme les garçons aux jeux militaires. En général, l'éducation grecque était très bien entendue en cette partie. » Vous savez, Cornélie, ces Spartiates qui jetaient dans un abîme les enfants mal formés, qui enfermaient les femmes dans des gynécées, qui lapidaient les prêtresses pour avoir approché un homme... « Sitôt que ces jeunes personnes étaient mariées, on ne les voyait plus en public. Telle est la manière de vivre que la nature et la raison prescrivent au beau sexe. » Je me suis laissé dire qu'il y a en terre mahométane des pays où les femmes ont le bonheur d'être traitées de cette façon. Jean-Jacques devrait aller s'y esbaudir. Et y rester ! « Pour moi, je voudrais qu'une jeune Anglaise cultivât avec autant de soin les talents agréables pour plaire au mari qu'elle aura qu'une jeune Albanaise les cultive pour le harem d'Ispahan. » Voilà une saine idée du mariage. Je devrais chez moi élever une houri pour le bénéfice d'un imbécile dont elle serait la dixième épouse !

Il ne comprenait pas comment, ayant lu cela, elle pouvait ne pas haïr cet homme : lui l'avait élevée, l'autre faisait d'elle une éternelle enfant mâtinée de prostituée.

– Lui au moins s'occupe des femmes ! dit-elle.

– Mais moi, je m'occupe de vous, répondit-il. « Faut-il aux filles des maîtres et des maîtresses ? Je voudrais bien qu'elles n'eussent besoin ni des uns ni des autres, qu'elles apprissent librement ce qu'elles ont tant de penchant à vouloir apprendre. » Si je vous avais appliqué cela, ma chère enfant, vous sauriez aujourd'hui ce que vous saviez en arrivant, c'est-à-dire lire la Bible avec des fautes et tresser des paniers. Il n'y a qu'une seule phrase que je trouve sensée dans ce galimatias : « Il faut être folle pour aimer les fous. »

On croirait qu'il vous connaît. Êtes-vous folle, Cornélie ?

Elle chercha quelque réplique bien sentie à propos de ses pièces, mais il reprit sa diatribe avant qu'elle n'eût trouvé.

– Il n'y a dans le monde de Jean-Jacques ni Sévigné, ni Lafayette, ni Mme du Châtelet, pas plus de Mme du Deffand que de Mme d'Épinay, aucune de ces femmes qui, me semble-t-il, ont été fort intéressantes à leur siècle ! Il nous fait l'apologie de la paysanne qui trait et qui allaite, il crache sur la citadine fine et instruite ; sa femelle idéale cultive les champs au lieu des arts ou des sciences ; bref, c'est une bête. Voulez-vous devenir une bête, Cornélie ?

– Il y a une grande différence entre Rousseau et vous, dit-elle.

– J'espère bien !

– Vous ne vous êtes jamais trouvé et il ne s'est jamais perdu !

Elle quitta la pièce.

– Allez vous faire éduquer par Jean-Jacques ! cria-t-il.

Barbara entra avec du café et de l'eau.

– Je lui apprends à affirmer son caractère, expliqua Voltaire.

On entendit une porte claquer très fort.

– Elle fait des progrès, remarqua la servante. La prochaine fois, apprenez-lui à ranger sa chambre, et je trouverai grande utilité à votre philosophie.

Voltaire se demanda si l'obstacle à la liberté de la femme n'était pas, après tout, la femme elle-même.

213

– Il paraît que vous avez eu une discussion littéraire, cet après-midi ? demanda Mme Denis lors du dîner avec l'innocence du charognard.

Les cendres de leur dispute n'étaient pas tout à fait froides. Il n'était pas nécessaire de souffler dessus davantage. Jeanne d'Arc et le lutin penseur reprirent leur joute sous les yeux ravis de la nièce.

– Mais, ma pauvre enfant, s'écria l'écrivain, si je pratiquais les beaux préceptes énoncés par Jean-Jacques, il faudrait que je vous instruise seulement dans l'art d'accoucher. Pour lui, la femme n'est que la compagne obéissante de l'homme. Ce rôle vous sied-il ? Votre cher auteur fait de vous l'égale de la vache. Si c'est là votre idéal, je m'engage à vous éduquer strictement selon ses vues, cela ne sera pas difficile. Je vous laisse faire réflexion là-dessus. Sur ce, bonsoir !

– Vous vous emportez, dit Marie.

Elle le connaissait bien, car Voltaire, pour une fois, conservait l'apparence d'un calme olympien.

– Oui, je m'emporte, je m'emporte en voyant qu'après tous mes efforts pour me montrer sage vous vous empressez de suivre un fou. Je m'emporte en voyant qu'avec de belles phrases on arrive à vous faire accroire les pires sottises. Je m'emporte parce qu'il ne vous veut aucun bien et que vous l'admirez. Je m'emporte comme tous les parents qui font de leur mieux et que leurs enfants trahissent. Je m'emporte parce que cette raison que je vous ai inculquée ne vous sert qu'à aimer des idées malsaines. Je m'emporte parce que, malgré toute ma philosophie, vous êtes jeune et ne pouvez éviter aucune des erreurs de la jeunesse. Je m'emporte parce que je vous aime et que cela ne sert à rien.

– Un peu plus de lentilles ? proposa Maman Denis.

Pour consterner sa pupille, Voltaire commença à lui appliquer les théories pédagogiques énoncées dans l'*Émile*. Il surgit le lendemain matin en pleine toilette de ces dames, le fameux livre à la main.

– « Dans la Grèce antique, l'aisance des vêtements qui ne gênaient point le corps contribuait beaucoup à lui laisser ces belles proportions qu'on voit dans les statues. »

Mme Denis se demanda si elle avait les proportions d'une statue grecque.

– « Un sein qui tombe, un ventre qui grossit, cela déplaît fort dans une personne de vingt ans, mais cela ne choque plus à trente. »

– Comment ! Moi qui ai trente ans et quelque, je ne serais pas bien aise que l'on me vît du ventre... si j'en avais !

– « Il faut, en dépit de nous, être en tout temps ce qu'il plaît à la nature ; ces défauts sont moins déplaisants à tout âge que la sotte affectation d'une petite fille de quarante ans. » Ne dirait-on pas le discours de Tartuffe ? Non, c'est pire que Tartuffe : il croit vraiment ce qu'il dit. Il ne me reste plus qu'à ôter mon dentier. Vous aurez un beau spectacle, Cornélie, quand je serai sans dents, sans cheveux, et Maman Denis sans... en toute nature.

La nièce rougit.

– Votre Jean-Jacques est un imbécile ! Donnez-moi ce livre !

Voltaire s'écarta et poursuivit sa lecture, un doigt en l'air, comme saint Paul :

– « Tout ce qui gêne et contraint la nature est de mauvais goût. » Voilà un article au moins qui me fera faire des économies !

Mme Denis devenait hystérique.

– C'est un infâme !

– Rassurez-vous. Je n'ai pas, quant à moi, l'intention de vivre entouré de guenons déguisées en bonnes sœurs. Cela dit, j'aimerais bien voir la tête de son épouse.

La nièce avait entrepris de s'appliquer vigoureusement une deuxième couche de fard.

– Comment Marie pourra-t-elle se marier si elle ne peut pas se mettre à son avantage ? demanda-t-elle.

– « Ce que les femmes convoitent n'est pas un mari, mais la licence du mariage. »

– Après une telle éducation, on les comprend un peu, dit Mlle Corneille en s'attachant un ruban dans les cheveux.

– « Femmes de Paris et de Londres, pardonnez-moi, mais si une seule d'entre vous a l'âme vraiment honnête, je n'entends rien à vos institutions. » À mon avis, il a eu des malheurs.

– Il faut le faire rouer en place publique ! conclut la nièce.

– Peut-on savoir quel modèle il oppose à la perversion de Paris et de Londres ? demanda Mlle Corneille.

– Rome. « Rome est le siège de la gloire et de la vertu. » Il a trop lu votre grand-oncle.

– Il doit songer aux vestales, probablement, dit Maman Denis. A-t-il entendu parler d'Agrippine, qui assassina son mari pour couronner son fils, avec qui elle couchait ? De Drusilla, qui était la maîtresse de son frère ? De Messaline, l'impératrice qui fréquentait les maisons de passe ? De Poppée, qui épousa le meurtrier de son mari pour accéder au trône ? Je préfère Paris !

Mme Denis désirait emmener son élève « en promenade », c'est-à-dire à Genève courir les échoppes, seule promenade qui valût la peine. C'était une suggestion de Marie, qui comptait en profiter pour s'arrêter au cimetière et déposer quelques fleurs sur la tombe d'un jeune soldat, le seul homme qui l'eût aimée. Voltaire leur annonça qu'il avait donné l'ordre de laisser les chevaux se reposer toute la journée.

– Pourquoi donc, je vous prie ? demanda la nièce.

Toutes les réponses étaient désormais dans la Bible selon Rousseau :

– « Hors d'état d'être juges elles-mêmes, les femmes doivent recevoir la décision des pères et des maris. » Voilà un précepte par lequel je serai enfin le maître chez moi ! Il n'y a pas que du faux chez Jean-Jacques, qu'en pensez-vous ?

– Présentez-moi cet homme, et il y aura un fou de moins sur terre.

– Si je vous le présentais, peut-être réviserait-il son opinion sur la faiblesse féminine.

– Il la réviserait sûrement.

L'écrivain réapparut pendant la leçon d'orthographe.

– Non, non, arrêtez ! s'écria-t-il en bousculant les traités de grammaire. Vous perdez votre temps !

– Comment ça ?

– « Après tout, où est la nécessité qu'une fille sache lire et écrire ? La plupart font plus d'abus que d'usage de cette fatale science ; et toutes sont un peu trop curieuses pour ne pas l'apprendre sans qu'on les y force, quand elles en auront le loisir et l'occasion. » En résumé : apprenez donc à écrire toute seule si vous pouvez, vous en saurez toujours trop.

Il quitta la pièce juste avant que le dictionnaire de Bayle ne vînt s'écraser contre la porte.

Mlle Corneille ne pouvait demander quoi que ce fût sans se le voir refuser au nom de l'*Émile*. Voltaire tirait ce troisième testament de sa poche comme les fanatiques un crucifix, ou les bandits un pistolet.

– « Tout ce que la femme ne peut faire par elle-même, il faut qu'elle ait l'art de nous le faire vouloir. » Vous devrez apprendre à nous manipuler, Cornélie. Le beau conseil ! « Il faut donc qu'elle étudie à fond l'esprit des hommes qui l'entourent, l'esprit de ceux auxquels elle est assujettie par la loi et par l'opinion. » Oh, je vous défends bien d'appliquer cet article-là ! « Il faut qu'elle sache leur donner les sentiments qu'il lui plaît. Ils philosopheront mieux qu'elle sur le cœur humain, mais elle lira mieux qu'eux dans le cœur des hommes. » Jean-Jacques élève de petites espionnes, c'est charmant : ayez des enfants !

Elles craignirent pour la leçon de mathématiques.

– Allez-vous encore nous déranger ?

– Au contraire, répondit Voltaire avec bonhomie : « Les filles devraient apprendre à chiffrer avant tout, car rien n'est plus utile et ne laisse tant prise à l'erreur que les comptes. » À condition de ne compter que les choux et les betteraves du marché, je suppose.

Mme Denis soupira :

– Eh bien, dites-le-lui, vous : Marie marque une répugnance pour les chiffres.

Voltaire prit un air malicieux.

– Mais elle aime les cerises ! Notre cher auteur a tout prévu : « Si la petite n'avait les cerises de son goûter que par une opération d'arithmétique, je vous réponds qu'elle saurait bientôt calculer. » N'est-ce pas ingénieux ?

– Oui, surtout hors saison.

– Nous n'avons pas de cerises pour l'instant, mais nous avons d'affreux petits romans dont elle se délecte...

Il saisit l'exemplaire qu'il avait vu sa pupille dévorer ces derniers temps et en arracha les pages, destinées à être distribuées pour chaque opération juste.

Mme Denis jeta un regard désolé à Mlle Corneille, figée comme une statue de sel.

Marie ne put faire mieux que de vérifier le texte. Il lui fallut bien admettre que tout ce qu'on lui lisait s'y trouvait inscrit. Cela la désespéra plus encore. L'écrivain qu'elle admirait le plus ne comprenait ni n'appréciait les femmes. Elle était destinée à ne connaître que des amours sans réciproque.

Elles attendaient le maître de musique depuis une heure quand Voltaire les prévint qu'il l'avait prié de ne pas se déplacer, de même que le professeur de danse et celui de dessin. « J'ai quelque peine à croire que le commerce de ces gens-là ne soit pas plus nuisible aux jeunes filles que leurs leçons ne sont utiles », disait l'ouvrage de référence.

– Et comment ferai-je pour apprendre ? gémit sa pupille.

– « Dans des arts qui n'ont que l'agrément pour objet, tout peut servir de maître aux jeunes personnes : leur père, leur mère, leur frère, leur sœur, leurs amies, leurs gouvernantes, leur miroir, et surtout leur propre goût. » Ainsi donc, pour la musique vous me demanderez, je n'y entends goutte mais Jean-Jacques a sans doute écrit de belles phrases là-dessus ; pour la peinture, ce sera Maman Denis, vous ne pouviez mieux tomber, n'est-ce pas ; vos parents vous ont déjà enseigné maintes choses utiles, comme nous l'avons pu constater ; de frère, de sœur vous n'avez pas, cela vous fera des loisirs ; pour ce qui est de la gouvernante, Barbara vous dira comment plier le linge et récurer les casseroles ; le miroir, vous en ferez ce que vous voudrez, et de votre goût ce que vous pourrez.

La cuirasse de Mme Denis se fissura :

– Arrêtez de vous prendre pour Rousseau, c'est cruel !

– Ce n'est pas de vous que je veux l'entendre, c'est de Mademoiselle.

– C'est injuste ! se plaignit mademoiselle, fort inutilement car Rousseau avait réponse à tout.

– « La femme est faite pour céder à l'homme et pour supporter même son injustice. » Il y a du bon dans ces sentences. Pour ma part, je me sens convertir à ces idées-là... si c'en sont !

Sa nièce songea aux chanceux nés dans des familles calvinistes rigoristes.

– Alors, vous ai-je bien dégoûtée de Jean-Jacques ? demanda-t-il.

Mlle Corneille éclata :

– Vous me le feriez adorer !

Et elle s'enfuit.

– Voilà le livre d'un homme qui aime les femmes et n'en a élevé aucune, conclut Voltaire sous le regard pesant de sa nièce.

Soucieux de venger le philosophe errant, ses partisans de Genève s'affairaient à réunir tout ce que le maître de Ferney avait pu écrire contre la religion, afin de déférer ces extraits au Conseil et d'en faire condamner l'auteur.

– Et voilà ses folies qui retombent sur moi ! Que vous disais-je ?

Mlle Corneille répondit sans lever le nez des trois malheureuses pages qui lui avaient coûté ce jour-là une heure de calcul :

– Il est vrai que vous êtes un charmant romancier à qui ses écrits innocents ne doivent attirer que des louanges.

Voltaire nia très officiellement avoir jamais comploté contre le repris de justice nommé Rousseau, il ne l'avait vu qu'une fois (« Je ne le connais pas, cet homme ! ») et n'avait fait que parcourir ses derniers livres. En outre, signe d'estime incontestable, il lui avait offert l'asile quelques années plus tôt pour lui permettre de rétablir sa santé, et point du tout pour l'avoir sous la main ni le surveiller.

– Il aurait été bien, là, près de moi. Je lui aurais dit ce qu'il convient d'écrire. Nous aurions joué aux échecs...

Qu'il eût persécuté ce malheureux Jean-Jacques était, selon lui, une idée absurde.

– Vous savez comme je l'aime, cet homme, susurra-t-il avec toute l'affectueuse tendresse du serpent python.

Il n'était pas crédible.

– Du moins, je ne veux pas sa mort...

Toujours pas.

– Enfin, ce n'est pas pour autant que l'on passe à l'acte ! plaida-t-il en vain.

Mlle Corneille promenait dans le château un air sinistre qui finit par navrer son tuteur. Il avait trop de sagesse pour se priver longtemps d'une joie de vivre qui avait enchanté chacun de ses jours depuis l'arrivée de la jeune fille.

– Allons, cessons les leçons de Jean-Jacques. J'ai découvert que vous n'en aviez pas besoin pour devenir l'égale de sa Sophie : vous *êtes* Sophie. Voyez la description qu'il en fait : « Sophie est d'un bon naturel ; elle a l'esprit moins juste que pénétrant – *hum !* – l'humeur facile et pourtant inégale, la figure commune mais agréable... »

Maman Denis posa la main sur le bras de Marie.

– Vous avez le droit de le gifler.

– Voilà qui est mieux : « Elle possède une physionomie qui promet une âme et qui ne ment pas ; on peut l'aborder avec indifférence, mais non la quitter sans émotion. » C'est vous ! « Nulle n'a des qualités mieux assorties pour faire un heureux caractère. » C'est encore vous ! « Elle sait tirer parti de ses défauts mêmes ; et si elle était plus parfaite, elle plairait beaucoup moins. » C'est tout à fait vous.

– Et au physique ? demanda Mme Denis.

– De même : « Sophie n'est pas belle... »

– C'est délicieux. Pygmalion créant un laideron.

– « ... mais, auprès d'elle, les hommes oublient les belles femmes... »

– On se demande comment ils font.

– Il faut, pour le savoir, lire les six cents pages du traité. « ... et les belles femmes sont mécontentes d'elles-mêmes. »

– Je ne vois ici aucun point de ressemblance, dit la nièce : je suis fort contente de moi !

« À peine est-elle jolie au premier aspect... »

– Cet homme est odieux.

« ... mais plus on la voit et plus elle s'embellit ; sans éblouir elle intéresse, elle charme, on ne saurait dire pourquoi. » Et là, c'est vraiment vous.

– Surtout ne lui dites pas merci. Mordez-le ! Vous êtes bien aimable de nous dire des choses pareilles.

Voltaire referma le livre d'un coup sec.

– Ainsi, vous le voyez, mon combat est perdu d'avance, vous êtes la création de Jean-Jacques, son idéal fait femme ; il est normal que vous sentiez pour lui de la reconnaissance, je vous en excuse.

Il évita d'ajouter que le portrait précisait ensuite combien Sophie « avait l'esprit agréable sans être brillant, solide sans être profond, un esprit dont on ne dit rien parce qu'on ne lui en trouve jamais ni plus ni moins qu'à soi, un esprit qui plaît aux gens qui lui parlent, quoiqu'il ne soit pas très orné ». Mieux valait ne pas constater qu'il trouvait, sur ce point encore, la ressemblance saisissante.

Marie Corneille se leva pour l'embrasser. Elle aussi avait lu l'*Émile*, elle savait à quoi s'en tenir quant au compliment que l'on venait de lui faire. Mais le pensum était terminé, elle se garda d'entamer une polémique.

– N'écoutez pas trop nos philosophes quand ils parlent des femmes, recommanda Maman Denis. C'est alors qu'ils se souviennent qu'ils ne sont que des hommes. Quant à moi, je refuse d'entendre un vieux penseur m'expliquer ce que je suis tant qu'il n'aura pas accouché !

On s'entendit pour remiser le livre sur l'étagère la moins accessible de la bibliothèque.

XIX

*Le rire porte en lui quelque chose de révolution-
naire. Le rire de Voltaire a détruit davantage que
les pleurs de Rousseau.*

HERZEN

En juin 1762, Mlle Corneille eut l'intuition que le
crédit de Voltaire, ses hurlements et son abondante
correspondance ne suffiraient pas à réhabiliter les
Calas. Elle chercha quel écrit pourrait informer l'opinion de l'injustice toulousaine (informer, c'est-à-dire
convaincre). S'ils avaient pris la parole, la veuve et
l'orphelin auraient été émouvants et persuasifs. Mais
ni l'un ni l'autre n'était apte à rédiger son apologie
dans la forme appropriée, aucun d'eux ne possédait
une maîtrise de littérateur rompu à tous les modes de
rhétorique.

La solution lui apparut comme les Tables de la Loi
sur le mont Sinaï. Elle suggéra à l'écrivain qu'il devait
devenir leur instrument, leur voix, leur âme. Séduit par
cette idée, son tuteur entra dans la peau de l'une, puis
de l'autre, et composa deux récits ainsi que l'auraient

fait ses protégés si les marchands de tissus avaient fréquenté les universités.

Voltaire constata une nouvelle fois qu'écrire un faux n'était pas plus difficile, après tout, que rédiger une pièce de théâtre. Sous sa plume, ils se mirent à parler comme ils l'auraient dû, et sans doute mieux encore : grise par l'inspiration, il se laissa glisser vers l'emphase et le lyrisme.

Ce furent les *Pièces originales concernant la mort du sieur Calas*. Les pièces étaient originales, certes, mais non par leur authenticité. La pseudo-Calas commençait ainsi : « Il n'y a rien que je ne fasse pour prouver notre innocence, et je préfère mourir justifiée à vivre en étant crue coupable. »

– On dirait votre nouvelle tragédie, nota Mlle Corneille.

Dans les derniers jours du mois, le brillant épistolier convoqua Donat Calas afin de faire approuver la lettre par son signataire.

– C'est très émouvant, admit le jeune homme, le nez dans son mouchoir, après l'avoir lue.

Il ajouta avec naïveté qu'il ne pensait pas, contrairement à ce que lui faisait dire Voltaire, que son frère eût semblé gravement déprimé, peu avant sa mort. Il penchait quant à lui pour un assassinat lié à des dettes de jeu.

Le philosophe prit une grande inspiration, se répéta en lui-même qu'il avait devant lui un pauvre orphelin dans le désarroi et non l'un de ses habituels contradicteurs, et fit l'effort de lui expliquer que le meurtre crapuleux, par ailleurs assez vulgaire, serait beaucoup plus difficile à plaider.

— Mais... la vérité ? dit le jeune Calas d'un air gêné.

— La vérité ! La vérité, c'est ce qu'il faut dire pour sauver votre famille ! La vérité, c'est l'intolérance, le fanatisme ! Vous aurez toute votre vie pour vous pencher sur les vérités de ce monde ! On a roué votre père parce qu'il disait la vérité !

Le petit Calas baissa les yeux vers la lettre avec embarras.

— Pourtant, ce n'est pas exactement ça...

Voltaire lui arracha son œuvre d'un mouvement sec.

— Mais si, mais si ! De toute façon, c'est beaucoup plus beau de cette manière. Ne sentez-vous pas la différence ? Nous nous adressons à des personnes de goût. Et surtout à des femmes. Il faut émouvoir les femmes ! Ayez un peu le sens de la tragédie, mon garçon ! Ah, l'exactitude huguenote ! Soyez un peu catholique, pour une fois !

— Catholique ?

— Vous voulez faire venger votre père ?

— Oui.

— Signez là.

Donat prit la plume.

— Je marque « Fait à Ferney » ?

— Ferney ? Malheureux ! C'est comme si vous écriviez « Fait par Voltaire, cet impie » ! Écrivez : « Châtelaine », c'est à vingt lieues et personne ne connaît.

Le jeune homme signa.

— Ah, comme je vous envie..., laissa échapper

l'écrivain en louchant sur la signature au bas de son chef-d'œuvre.

Voltaire profita d'une visite de Tronchin pour donner lecture des vingt-deux pages contenant les deux lettres. Celle de Mme Calas exposait « par un témoin de première main » sa version du fameux 13 octobre 1761. Les auditeurs tombèrent sur des sentences comme : « On continue d'opprimer l'innocence ».

– Mme Calas a le sens de la formule, dit le médecin avec une moue d'appréciation. Vous la féliciterez de ma part.

Mme Calas avait lu les philosophes.

– Elle est pleine de surprises, votre petite boutiquière de Toulouse.

– Mon oncle donne du génie à tous ceux qui l'approchent, expliqua Mme Denis.

Au passage où la mère inquiète, malgré l'effort des siens pour lui cacher ce spectacle, découvrait le corps de son fils, Voltaire prit un ton de mélodrame, il eut des sanglots. On se retint de pleurer. Il s'interrompit. On applaudit. Quelqu'un cria « Bis ! » et cela tombait bien, car le meilleur était à suivre. Il entama la lettre de Donat.

– « Soutenez-moi, ma mère, dans ce moment où je vous écris en tremblant, et donnez-moi votre courage. Vos enfants dispersés, votre fils aîné mort à vos yeux, votre mari, mon père, expirant du plus cruel des supplices, l'indigence et l'opprobre succédant à la considération et à la fortune : voilà donc votre état ! Mais Dieu vous reste, il ne vous a pas abandonnée [Dieu,

228

c'est moi, précisa Voltaire] ; vous bravez les horreurs de la pauvreté [Cela me coûte assez cher], de la maladie [Elle est dépressive], de la honte même [Si vous saviez comme il est difficile de la faire sortir de chez elle !)], Pour venir de deux cents lieues implorer au pied du trône la justice du roi [il ne faut pas oublier de flatter Louis XV, sans quoi l'on n'aura rien]. Que pourrait-on opposer aux cris et aux larmes d'une mère et d'une veuve, et aux démonstrations de la raison ? »

– Bravo ! dit Tronchin. Vive l'Encyclopédie !

– Chut ! fit la nièce.

– « Mon frère Marc-Antoine était d'une humeur sombre et mélancolique. Je le voyais souvent lire des morceaux de divers auteurs sur le suicide, tantôt Plutarque ou Sénèque, tantôt Montaigne. »

– Oh, oh ! Ce jeune Calas est docteur ès lettres, sans doute !

– Oui, oui, c'est un docteur ès lettres qui fait son apprentissage chez un drapier de Genève. J'ai été tenté de rajouter les incitations au suicide publiées par Jean-Jacques, pour lui faire de la réclame, mais le placer entre Plutarque et Sénèque, non, vraiment. « Il savait par cœur la traduction en vers du fameux monologue de Hamlet, si célèbre en Angleterre. Je ne croyais pas qu'il dût mettre un jour en pratique des leçons si funestes. »

– On ne dira jamais assez combien Shakespeare est dangereux, approuva Mme Denis.

– « Nous sommes cinq enfants sans pain, mais nous avons tous de l'honneur, et nous le préférons comme vous à la vie. Je me jette à vos pieds, je les baigne de mes pleurs ; je vous demande votre bénédiction avec un respect que vos malheurs augmentent. »

– Que c'est beau ! dit Mlle Corneille.

– C'est l'égal du *Cid*, dit la nièce.

– Ce Calas est un écrivain, affirma Tronchin.

Voltaire essuya une larme et murmura : « Merci. »

Comme on regrettait que ce fût déjà fini, il sortit de sa manche une lettre du fils aîné (les bons artistes ont toujours un extra tout prêt en cas de rappel). Pierre Calas, qui était sur les lieux le soir du crime, s'était récemment échappé d'un monastère toulousain où on l'avait relégué.

– « Le préjugé aveugle nous a perdus », disait le fils aîné. « La raison éclairée nous plaint aujourd'hui. Je sens qu'il importe au genre humain d'être instruit jusque dans les derniers détails de tout ce qu'a pu produire le fanatisme, cette peste exécrable de l'humanité. »

– Quelle merveille ! dit Tronchin. Toute la famille pratique le beau style ! Si nos drapiers protestants sont à ce point érudits, je comprends la révocation de l'édit de Nantes.

Voltaire envoya le lot à Choiseul, au garde des Sceaux et à Mme de Pompadour :

– Grâce à moi, les grands du royaume ont toujours de la lecture.

Mlle Corneille aima beaucoup ces textes. Son tuteur y avait découvert un sentiment absent de ses autres œuvres, une vraie générosité. Ce n'était plus tout à fait de la littérature. Moins il était écrivain et plus elle l'admirait.

XX

Il faut que j'achève mes jours auprès de mon lac dans la famille que je me suis faite ; Mme Denis me tient lieu de femme, Mlle Corneille de fille ; et quoique je sois à la tête d'une grosse maison je n'ai point du tout l'air respectable.

VOLTAIRE

En août 1762, le Parlement de Paris ordonna la dissolution de la Compagnie de Jésus. Louis XV ratifia le décret et laissa chasser les Jésuites hors de France.

Voltaire en recueillit un, un peu comme on adopte un chiot pour lui éviter d'être noyé.

— Je vais avoir un jésuite pour aumônier ; cela va être de la première élégance : j'ai un château, un domaine, une demoiselle Corneille et un jésuite !

Après un coup d'œil à Mme Denis, il ajouta avec sagesse :

— Et une nièce qui fait de la peinture.

Le père Adam arriva à Ferney vêtu d'un costume noir à petit col carré d'ecclésiastique, ses cheveux blancs coiffés d'un tricorne.

231

– Je prierai pour vous chaque jour, annonça-t-il à son bienfaiteur.

– Oh merci, c'est trop, répondit ce dernier. Je veux être bon, à l'égal de Dieu.

– Vous croyez donc en Dieu ! dit le prêtre, frappé de voir que sa présence suscitait déjà des miracles.

– Ce que mon tuteur oublie de vous dire, précisa Mlle Corneille, c'est qu'il croit aussi à Allah, à Vishnou, à Mitrah et au grand Bachi-bouzouk. Mon tuteur ne voit aucune raison de choisir entre toutes ces merveilleuses religions qui ont passionné l'humanité depuis les commencements. Bref, il croit, ce qui ne signifie pas qu'il soit plus chrétien qu'autre chose.

Mais le père Adam tenait un fil.

– C'est déjà un début, répondit-il.

On remit entre les mains du père Adam l'éducation religieuse de Mlle Corneille. Fasciné par la Bible, qu'il lisait le crayon à la main, l'écrivain avait établi une sorte de catéchisme voltairien. Conformément à ce programme, la première question que la pupille posa au jésuite concernait l'épisode où Moïse fait exterminer les Madianites, ce peuple qui l'avait recueilli dans le désert, n'épargnant que les petites filles et les vierges ; un massacre difficile à expliquer, même pour un casuiste. Suivait l'errance de quarante ans dans le désert, puis la prostituée Rahab à Jéricho, seule rescapée d'une autre hécatombe. « Vous savez, les temps étaient rudes » ne suffisait pas à justifier de façon satisfaisante la violence des projets divins. Le père Adam se demanda s'il allait devoir ainsi commenter point par point toutes les horreurs de l'Ancien Testament. Venait ensuite le sacrifice de la fille de Jephté, cette espèce de partie de dés sanglante que l'Éternel avait gagnée, puis les combats de Saül et Jonathan, bien sympathiques eux aussi. Le père Adam comprit que Dieu l'avait mis sur terre pour souffrir. Quant au Nouveau Testament, ce furent : la double généalogie de Jésus, incompréhensible, l'eau changée en vin à Cana, la malédiction du figuier stérile et le Messie envoyant des démons dans un troupeau de porcs, qui dénotaient chez Voltaire une prédilection pour les miracles alimentaires. Le jésuite devina qu'il allait connaître des discussions théologiques aussi exaltantes que prolongées.

– Je lis saint Thomas ! déclara son hôte comme s'il s'agissait d'un gage d'honnêteté. D'ailleurs, plus je fréquente les calvinistes d'ici, plus je me sens catholique.

– Commencez par vous sentir chrétien, lui répondit le prêtre.

Le philosophe, qui avait ses propres univers à créer, les laissa à leurs saintes études. Le jésuite se tourna vers son émule :

– Et vous, mademoiselle, croyez-vous en Dieu ?

– Bien sûr, monsieur l'abbé, répondit-elle : j'habite chez lui !

Monsieur l'abbé leva les yeux au ciel.

Ils reçurent des nouvelles du prétendant que leur avaient trouvé les d'Argental. Le pauvre garçon avait mis neuf mois à digérer la lettre par laquelle il était censé faire une profession de foi d'académicien. Ayant

233

lu Virgile ainsi qu'on l'en avait prié, il estimait l'effort suffisant pour réclamer une entrevue.

– Visiblement, on ne se bouscule pas à Paris pour épouser ce garçon, remarqua le tuteur.

– S'il est lettré, c'est peut-être mon nom qui l'attire, supposa Mlle Corneille.

Maman Denis haussa les épaules.

– S'il suffisait d'être parente d'un écrivain célèbre, je le saurais !

Le patriarche n'avait guère envie de se séparer de sa Rodogune. Il goûtait modérément la perspective de devoir compter sur sa seule nièce pour les compresses, tisanes et autres innombrables petites attentions qu'un grand malade est en droit d'attendre. Peut-être aussi refusait-il d'admettre qu'il était la proie d'un sentiment nouveau : l'impossibilité de se passer de quelqu'un. Il fit aux d'Argental une réponse bien pesée : pauvre comme il l'était, il ne pouvait presque rien donner à la jeune fille pour sa dot, tout irait à Mme Denis ; voulait-on épouser Mme Denis ? Si le jeune philosophe l'était assez pour supporter cet état de fait, il ne devait pas non plus croire épouser une femme de son niveau : « Nous commençons à écrire un peu, nous lisons avec peine, nous apprenons les vers par cœur et nous ne les récitons pas mal, ce qui est toujours utile dans un ménage. » À condition que l'époux fît jouer du théâtre à domicile, aurait-il pu préciser. Il ajouta que la santé de sa pupille était déplorable, qu'elle était restée « nouée » longtemps. Il osa même écrire que l'on craignait qu'elle ne fût impropre à la procréation. Bref, elle était pauvre, illettrée, souffreteuse et stérile. Il conclut qu'elle était gaie, douce, calme (comprenez : simple d'esprit), et proposa d'envoyer son portrait par Mme Denis, ce qui eût été le coup de grâce.

Mlle Corneille, une fois encore, échappa au mariage.

Pendant ce temps, la cause des Calas suivait son chemin. L'écrivain faisait face à toutes les dépenses ; il ouvrit à la veuve un compte à la banque Mallet, qui s'alimenta des versements de ses protecteurs. Les secours affluèrent.

Cependant, il arrivait à Mme Calas de faiblir ; l'exécution de son mari, la confiscation de ses biens, l'incarcération de ses enfants, cela lui causait bien du tracas. Son défenseur était exaspéré :

– Je veux qu'elle pleure, qu'elle crie, qu'elle hurle ! Il me semble que si l'on avait roué mon père, je crierais un peu plus fort !

– Si l'on avait roué votre père, lui dit sa nièce, vous auriez été ravi. Rappelez-vous qu'il vous a chassé et déshérité. Il vous connaissait bien.

Son oncle n'écoutait pas, il bouillonnait. Mme Calas voulait tout abandonner. Il lui envoya une description lamentable de ses deux pauvres filles cloîtrées, désespérées, soumises aux tortures morales de religieuses acharnées à les convertir. Sa virulence effraya Marie Corneille :

– On va la retrouver pendue comme son fils !

– Ah..., dit Voltaire. C'est vrai qu'il y a des précédents dans la famille.

Il la fit donc monter à Paris pour l'exhiber ; quand les d'Argental l'eurent vue et lui eurent fait leur rapport, il jugea préférable de la cacher. La décision de revoir le procès devrait beaucoup à l'opinion publique. Si la Calas avait été une femme éloquente, habile, persuasive, Voltaire l'aurait volontiers fait promener dans les salons à la mode ; étant ce qu'elle était, une pauvre femme malheureuse, mieux valait la laisser dans l'ombre.

Un soir de septembre 1762, des voyageurs investirent son salon comme le hall d'une auberge. Voltaire ne cessait de voir confluer vers Ferney tout ce que l'Europe comptait d'admirateurs, de petits curieux, voire de maniaques et de fous. Il envoya sa pupille prévenir qu'il était souffrant.

– D'ailleurs, c'est vrai : je suis toujours souffrant.

Ils insistèrent. Marie accepta de plaider leur cause. Les intrus lui firent le baisemain en lui assurant qu'elle était très *sympathetic*.

Voltaire glapit qu'il se mourait. Mme Denis vint donc annoncer que son oncle était mourant.

– Ce doit être ennuyeux d'être si souvent mourant, dit un Anglais.

– Il suffit d'un peu d'organisation, répondit la nièce.

L'Angleterre, c'était loin : ils le verraient comme il était. Elle prit le message et fut jugée très *sympathetic* elle aussi.

– La vie est un conte plein de bruit et de fureur, se lamenta Voltaire entre ses oreillers. Ciel ! Marie ! je suis vraiment malade ! je régurgite du Shakespeare !

Il fit répondre qu'on pouvait le considérer comme mort. Hélas, il n'est pas de cadavre français qui puisse repousser un Britannique. Ils réclamèrent de se recueillir sur la dépouille.

– Dites-leur que le diable m'a emporté ! couina le mort.

Ils réclamèrent de voir le diable. Le vieux penseur se dit qu'il préférait finalement les maniaques et les fous.

L'Angleterre menaçait de camper dans le salon encore longtemps. Là-bas aussi Voltaire était considéré comme l'intelligence la plus civilisée de son temps.

– Je suis la Pompadour de la pensée, gémit-il.

– À mon avis, suggéra Mlle Corneille, dont c'étaient les premiers Anglais, le plus simple serait de les recevoir.

L'écrivain avait deux reproches capitaux à faire aux Anglais.

– Quelque chose de pire que la guerre de Cent Ans ? demanda Mme Denis.

Son oncle leva les bras au ciel comme si l'on venait de lui voler sa bourse.

– Ils nous ont pris le comptoir de Pondichéry, où j'avais des intérêts !

Comment n'y avait-on pas pensé.

– De plus, ils impriment et diffusent, pour essayer de le faire croire aux honnêtes gens, que leur Shakespeare est plus grand que notre Corneille, en qui j'ai des intérêts aussi.

Peu avant souper, Mlle Corneille vint lui rappeler qu'il avait cinq Anglais occupés à trépigner dans son salon. On les avait distraits un moment en leur montrant les tableaux de Maman Denis, qu'ils avaient beaucoup admirés (les Anglais sont toujours heureux de vérifier l'état de décadence des Barbares qui assiègent leur île depuis deux mille ans). Mais elle menaçait à présent de chanter.

L'écrivain passa derrière un paravent et reparut dans le même appareil, avec en plus une perruque grise à marteaux, sur laquelle il avait posé le même bonnet de nuit en soie brodé d'or. Il prit sa canne et frappa les trois coups

— Levez le rideau !

Le visage des Anglais s'éclaira comme à Covent Garden quand la diva fait son entrée à l'acte II. Le vieux lettré était bien conforme à son image, ratatiné, pétillant, incongru, exotique. Ils exultaient. On fit les présentations, il y eut du *sympathetic* pour tout le monde.

— *How do you do ?* demanda le philosophe.

— Monsieur de Voltaire use de l'anglais !

— Mais oui, c'est fort utile quand l'Angleterre déboule chez soi.

— Vous pratiquez de nombreuses langues, sans doute ?

— Surtout celle-ci. Les autres peuples sont moins patients.

On répartit l'envahisseur le long d'une table où présidaient l'oncle et la nièce.

— Vous ne vous ennuyez pas trop dans votre exil ? demanda un convive.

— Comment m'ennuierais-je ? répondit Voltaire avec un sourire édenté.

— Par bonheur, dit sa nièce, toute l'Europe se relaie

pour nous envoyer du monde. Un peu de sauce sur votre rôti ?

Pygmalion expliqua à ses convives, qui ne lui demandaient rien, que l'Académie française avait le devoir de défendre le patrimoine national (Marie devina qu'il s'agissait des pièces de Voltaire). Il se mit à vilipender « ces indignes bouffonneries dont l'Espagne et l'Angleterre salissaient leur scène tragique », c'est-à-dire le théâtre shakespearien.

– Mais elles expriment la nature même de l'homme, plaida un partisan des bouffonneries.

Le philosophe énonça un axiome :

– Ce n'est pas le naturel qu'il faut viser ; c'est le beau.

L'Anglais avait brûlé Jeanne d'Arc à Rouen, Shakespeare se faisait brûler à Ferney. Cela dit, leur hôte avait pour leur nation un sentiment exactement inverse de celui qu'il éprouvait pour leur théâtre.

– J'ignore en quelle langue pense le Grand Horloger de l'univers, mais Newton pensait en anglais ! L'anglais est la langue de la liberté ! *Liberty ! Democracy !* Je suis anglais !

« Dieu merci, non », murmura l'un des commensaux.

Puis il leur sortit une phrase dans un anglais très particulier, surprenant, philosophique, et de toute façon intraduisible, qui semblait porter sur la religion. L'un de ses interlocuteurs se pencha sur son voisin :

– *Did you get it ?*
– *I prefer not to.*

Après avoir ainsi discuté en anglais avec lui-même,

Voltaire récita un poème. Les convives applaudirent, puis demandèrent :

– C'est de qui ?

– C'est de moi.

Ils eurent l'impression de suivre une conférence sur la modestie des auteurs britanniques. Une fois au dessert, une question sembla préoccuper le patriarche.

– Vous passerez par Paris, demanda-t-il comme on énonce une évidence.

– *Yes*.

– Vous vous y arrêterez quelques jours.

– *Yes*.

– Vous aimeriez rencontrer d'Alembert.

– *Yes !* lui fut-il répondu avec enthousiasme.

– Je vais vous donner une lettre d'introduction.

Il fit un signe. On lui apporta de quoi écrire. Les Anglais étaient ravis.

– C'est trop aimable ! dirent-ils tandis que leur hôte rédigeait avec soin.

– Du tout. Je lui demande de vous faire un prix pour l'Encyclopédie. Ça vous fera un petit souvenir de la France. Il n'y a que vingt-huit tomes.

– Comment vous remercier ?

– C'est très facile. Vous lui remettrez ce petit paquet.

On déposa devant eux un énorme emballage.

– Ce sont quelques exemplaires de mes œuvres. J'ai un peu de mal à les diffuser. Heureusement je reçois tant de visites... Les carrosses qui quittent Ferney font beaucoup pour ma littérature. Voici l'adresse où les déposer.

– Quesquécé ? demanda-t-on d'une voix inquiète.

– Rien que d'anodin. Les Mémoires d'un prêtre qui ne croyait pas en Dieu. Mais il respectait grandement le roi d'Angleterre !

– Ce ne sont pas des choses interdites, je pense...

– Oh non, rassurez-vous, rien qu'un honnête homme ne puisse lire. Il suffira de ne pas les montrer aux douaniers.

– Ah. Ils sont *sympathetic*, ici, les douaniers ?

– Très. Et puis ils ont l'habitude. De toute façon vous êtes sujets de Sa Gracieuse Majesté, ils ne peuvent pas vous retenir plus de dix jours. Il faut bien faire parfois quelque chose pour ses idées, n'est-ce pas ?

Ils étaient perplexes.

– Oui. Ou pour les idées des autres...

Les habitants du château regardèrent la voiture s'éloigner depuis le perron.

– Bon, dit Voltaire. Après tout, les derniers ont réussi à s'échapper à travers champs.

– Vous avez dit trop de mal de Shakespeare, remarqua Mlle Corneille. Ils ne vous le pardonneront pas.

– Peut-être ne reviendront-ils jamais, dans ce cas. Peut-être ne m'enverront-ils pas leurs amis l'été prochain.

– Pour cela, il aurait fallu dire du mal de George III.

– Ils ne venaient pas rencontrer un grand écrivain, dit Mme Denis. Ils venaient voir l'esprit français pour s'en dégoûter. Je crois que c'est pleinement réussi. On accourt de plus en plus loin. Vous finirez par vous mettre à la littérature japonaise.

Les Anglais emportaient un libelle intitulé *Histoire de Calas*, vingt pages édifiantes destinées au grand public. Voltaire réitéra l'opération tout au long du mois. Le scandale envahit la France par les malles-poste, passa les frontières dans les sacs de voyage et sous les banquettes des diligences. Mlle Corneille préparait des paquets grâce auxquels les habitants du château envoyaient du *Calas* à travers toute l'Europe. Née à Ferney, l'horreur de l'injustice se communiqua au monde entier.

XXI

Le mâle n'est mâle qu'en certains instants, la femelle est femelle toute sa vie.

Rousseau, Émile ou De l'éducation

Un vieil ami de Voltaire, le maréchal-duc de Richelieu, qui descendait du cardinal comme Mlle Corneille de l'écrivain, annonça sa visite pour le mois d'octobre. Il fut résolu que l'on donnerait une petite fête en son honneur, et comme le plaisir ne pouvait être complet sans une bonne tragédie, on décida de reprendre *Olympie*.

Dupuits prit l'habitude de venir trouver Marie « pour continuer les leçons de philosophie » – premier mensonge. Voltaire s'étonnait de le voir traîner encore chez lui.

– Il n'est jamais à la guerre, ce dragon ?

– C'est un dragon qui ne fait pas la guerre, répondit sa pupille. Vous êtes bien un philosophe sans philosophie, vous !

Mlle Corneille échappait à Maman Denis pour prodiguer au jeune homme son instruction. Emportée par ses intentions pédagogiques, elle passa plus de temps à discuter avec lui qu'à étudier son texte. Aussi perdit-elle son rôle-titre, on la rétrograda dans des emplois féminins de plus en plus modestes ; à la fin, Maman Denis s'écria :

– Elle jouera un hallebardier !

Il n'y avait pas de hallebardier dans *Olympie*, qui se passait dans le Moyen-Orient hellénistique.

– Elle jouera une prêtresse de Hestia, dans le fond du décor, une muette, ce sera très bien. Ce sont les hallebardiers de l'Antiquité.

Ayant cherché longtemps sa vestale, Mme Denis surprit les jeunes gens au détour d'un bosquet. Mlle Corneille prétendit que le jeune homme était venu s'enrôler dans la troupe – second mensonge. On manquait justement de personnel.

– Allons voir si le costume lui va ! dit l'égérie voltairienne.

Dupuits réapparut en légionnaire romain, engoncé dans une cuirasse de carton, sandales aux pieds. Le brillant cornette de dragons se retrouva à ânonner des alexandrins entortillés devant une dame rougeaude qui n'enfilait pas de gants pour le reprendre. Mlle Corneille découvrit à quelles extrémités pouvait conduire l'amour de la philosophie.

Richelieu arriva le 1er octobre 1762, accompagné du duc de Villars, un autre vieil aristocrate comme les aimait Voltaire, c'est-à-dire pas trop regardants sur la morale chrétienne, voire franchement libertins.

Il venait d'achever de se vêtir quand leurs hôtes s'annoncèrent.

– De quoi ai-je l'air ? demanda-t-il avec sa veste trop longue, sa vieille perruque et son bonnet sur les yeux.

– Vous êtes déguisé en Voltaire, répondit sa pupille.

Les deux hommes étaient venus seuls ou presque, en compagnie d'une quarantaine de personnes qui suffisaient à peu près à l'entretien du maréchal.

– Que de visiteurs ! dit Marie en regardant la cour se remplir de voitures et de gens.

– Que voulez-vous, dit son tuteur ; il n'y a jamais eu de loquet à ma porte.

Il descendit au bras de la jeune fille les quelques marches qui le séparaient de ses invités.

– C'est si gentil de visiter les morts ! lança-t-il.

Le maréchal était un vieux coquet au charme suranné. Chaque matin, son coiffeur tirait la peau de son front pour la ramener sous la perruque et diminuer ses rides.

– Mais vous avez encore rajeuni ! s'esbaudit Voltaire. Vous n'avez plus que trente-quatre ans !

– Qui donc ? demanda Dupuits à part. La vieille dame en culottes, là ?

Le patriarche leur présenta son château (« Je l'ai bâti tout seul ! »), son parc, son église et sa nièce de Corneille. Ils firent semblant de s'étonner :

– Ne vous suffisait-il pas d'avoir déjà la nièce de Voltaire ?

– Je ne me tiens pas en assez haute estime pour

245

n'avoir pas désiré avoir, en plus, celle de Corneille, mentit le bon vieillard.

Comme cette dernière ne savait comment se comporter devant un maréchal, elle ne dit rien de plus que l'indispensable. C'était du reste parfaitement suffisant, le maréchal ayant gardé l'habitude, à soixante ans passés, de tout aimer du beau sexe.

– Ce que j'apprécie le plus chez les femmes, dit-il en lui baisant la main pour la seconde fois, c'est leur timidité. C'est ce qui fait tout leur prix.

Mlle Corneille lui trouva les mimiques d'un Arlequin satisfait. Voltaire rappela qu'il avait fait son éducation.

– Sait-elle jouer de la musique ? demanda le duc de Villars.

– Non.

– Sait-elle chanter ?

– Comme un tromblon.

– Elle peint, peut-être ?

– Absolument pas.

– Que sait-elle, dans ce cas ?

– Elle sait... de la philosophie.

– Ah, tiens. Les jeunes filles à marier font à présent de la philosophie !

– Qu'y a-t-il de plus important ? s'insurgea Pygmalion.

– Rien, certes.

– Elle saura raisonner sur toute chose, je trouve cela fort beau.

– Saura-t-elle en toute occasion discerner le vrai du faux, le bien du mal ? saura-t-elle démasquer les

246

méchants ? saura-t-elle se défendre mieux qu'une autre contre les aléas de l'existence ?

– Non. Mais elle aura... une tête bien faite.

Cette idée d'une tête bien faite sur un corps de jeune fine suscita chez le maréchal un regain d'intérêt. Mlle Corneille, quant à elle, eut le pressentiment qu'elle allait passer sa vie dans ce domaine comme une jolie fleur que l'on montre aux visiteurs, une essence rare, la *Cornelia saporifera negra*, en attendant qu'elle se fane et qu'on l'oublie.

Voltaire avait en commun avec ces descendants de vieilles familles de posséder des armes sculptées au fronton de son château (d'azur à trois flammes d'or), de même que Mme Denis (des grappes de raisin d'argent), ce qui laissa ses invités rêveurs. Il avait fait endosser à ses domestiques une livrée de bon gros drap vert à doublures jaunes, mais d'un jaune foncé pour être moins tachant. Il demanda son opinion sur le tout à Richelieu, qui se garda bien de la lui donner.

– C'est un petit château tout simple... aux lignes pures... J'ai dessiné moi-même les plans.

– Oh, que c'est beau, fit Villars.

Le maréchal s'étonna qu'on eût aussi bâti une église.

– Pour mes paysans, lâcha Voltaire. Je vais vous montrer mon potager.

– Oui, pourquoi pas ? dit Villars, surpris. Je suis sûr que vous avez de beaux choux.

Ils furent rejoints par Maman Denis à qui sa toilette avait pris deux heures de plus que d'ordinaire. Revêtue de sa plus belle robe, c'est-à-dire la plus ample et la plus chargée, elle avançait d'une démarche chaloupée évoquant irrésistiblement le roulis d'un navire par gros temps. À trop la regarder, on avait envie de s'accrocher au bastingage. Rouge de confusion, elle assura leurs hôtes de son « attachement le plus inviolable », ce qui laissait perplexe sur ses pensées intimes.

– J'ai de la chance dans ma vieillesse, dit Voltaire, j'ai une nièce qui aime tous les beaux-arts et qui réussit dans quelques-uns.

Mieux valait ne pas préciser lesquels. On leur montra les tableaux.

– C'est joli, commenta Richelieu. Mais que font ces cardinaux dans une prairie ?

Mme Denis rougit presque autant que son coucher de soleil.

– Ce sont des moissonneurs au crépuscule, expliqua-t-elle.

Le maréchal se contint juste assez pour demander, devant un paysage nocturne :

– Et là, ce sont des abbés ?

Puis il éclata de rire.

En début de soirée, pour continuer sur cette belle lancée, le patriarche accepta sans se faire prier de lire à haute voix quelques nouveaux textes.

On l'informa que le maréchal ne pourrait y assister. Comme sa présence faisait tout le sel de l'opération, la compagnie partit à sa recherche pour tâcher de le convaincre. Ayant ouvert la mauvaise porte, Voltaire l'aperçut aux pieds de sa pupille.

– En effet, il a mieux à faire, dit-il après avoir refermé sans bruit.

Son visiteur était en train de supplier Marie de se laisser enlever :

– Vous me plaisez. Rentrez à Paris avec moi !

– En tant que quatrième épouse, ou comptez-vous fonder un harem ?

– Je ne connais personne qui vous ressemble.

– Je suis sûre que vous avez de bonnes amies plus belles que moi.

– Certes oui.

– Pardon ?

– Mais pas de plus fine, ni de plus savante. Votre esprit vaut celui d'un homme.

– Que n'épousez-vous un homme, en ce cas ?

– Vous avez l'esprit d'un homme dans le corps d'une femme. Vous êtes un homme !

– Je vous remercie. Ainsi donc, vous voyez en moi une personne exceptionnelle, et, pour faire mon bonheur, vous désirez m'élever à la dignité de femme de mauvaise vie. Heureusement, l'esprit dont vous me créditez me donne au moins l'intelligence de refuser une si belle offre. Je resterai pauvre et honnête.

– Quel dommage ! Il n'y a pas d'avenir dans ce domaine, savez-vous ? Après être passée dans mon lit, vous pourriez passer dans celui du roi !

– Jolie preuve d'amour !

– Je ferai de vous une nouvelle Pompadour !

– Monsieur le maréchal m'honore.

– Enfin, vous ne souhaitez pas rester une demoiselle Corneille toute votre vie !

– Vous et moi, monsieur le maréchal, avons pourtant en commun de devoir la célébrité à l'un de nos ancêtres. Le mien écrivait des comédies et le vôtre les signait. Un grand auteur vaut bien un cardinal.

– Je baisse les bras. Vous avez de l'intelligence, mais cette intelligence vous condamne à n'en rien faire. De toute façon, avec ces idées-là, vous ne feriez pas carrière à la cour. Restons bons amis !

Il eut un élan pour l'embrasser. Elle lui tendit sa main.

– Restons bons amis, monseigneur.

Il prit la main qu'on lui offrait et la baisa longuement, ce qui n'était jamais que la quatrième fois.

– De près, vous sentez l'amande douce, remarqua-t-elle. C'est naturel ?

– Certes ! répondit le maréchal qui prenait chaque jour un bain à la pâte d'amande pour conserver une peau immaculée. Vous admettrez, reprit-il, que ce siècle est celui de la démocratie, où il est offert à une roturière d'être la maîtresse d'un roi.

– Oui, répondit-elle, cela est fort beau, mais seulement parce que la roturière se permet de refuser ce roi.

Mme Denis avait accepté par mesure d'économie de renoncer aux nouvelles tendances culinaires, mais s'était effrayée à l'idée de ne pas faire bonne figure comme maîtresse de maison devant nos seigneurs.

Voltaire, qui s'attendait à une série de plats aux lentilles, vit arriver des ris de veau nageant dans une sauce crémeuse, un hachis de dinde, des pigeons à la crapaudine, du pain de mie, tout l'éventail de cette cuisine onéreuse qu'il ne digérait pas. Ayant considéré un bon moment son assiette sans y toucher, il se pencha sur celle de son voisin.

– Comment pouvez-vous manger des plats sans voir ce qu'il y a dedans ?

– C'est fort bon, répondit Villars qui s'empiffrait, et puis, nous savons que nous sommes chez vous.

– Vous avez de la chance, moi j'ignore si je suis chez moi.

On discuta des sujets littéraires qui occupaient les salons. Les pamphlets de Voltaire étaient si méchants qu'il ne les signait pas, et si mauvais qu'on ne les croyait pas de lui.

– Que pensez-vous des *Lettres sur Jean-Jacques Rousseau* ? demanda-t-il. Savez-vous qu'il y a de mauvais plaisants pour me les attribuer ?

– Ce sont des coquins, répondit le maréchal. Ce texte est bien trop mal écrit pour être de votre main.

Il est impossible à l'auteur du présent ouvrage de décrire quelle fut la figure du philosophe.

On parla de l'Encyclopédie, qui visait à répandre le savoir dans le peuple. Cette idée faisait bondir le patriarche.

– On ne doit pas donner au peuple le savoir avant le pouvoir ! Si l'on supprime l'ignorance, les gens vont ouvrir les yeux sur leur misère, et si l'on supprime en même temps la superstition, comment supporteront-ils leur sort ? Un pauvre qui se sait pauvre est deux fois plus malheureux. Vive l'ignorance, vive la religion, vive la bêtise !

Mlle Corneille regarda l'intelligence du siècle faire l'éloge de la stupidité.

Voltaire n'oublia pas de parler du procès Calas pour les faire agir sur le ministre, sur le roi, sur le Parlement de Paris et sur Dieu le Père s'ils Le rencontraient.

– Calas est mort en protestant de son innocence !

– C'est ce qui s'appelle mourir en protestant ! plaisanta Villars qui ne croyait pas un instant à cette innocence, quoiqu'il eût soutenu les démarches du philosophe.

Richelieu avait justement une bonne nouvelle à ce propos : sur l'intervention de Maurepas, les deux sœurs Calas incarcérées dans des couvents de Toulouse avaient été libérées et s'apprêtaient à rejoindre leur mère à Paris.

Voltaire répondit que c'était merveilleux, tout en pensant : « De quoi se mêle-t-on ? » C'était un dénouement heureux qu'il n'espérait pas si rapide. Il craignait que la veuve, ayant récupéré ses filles, ne cessât le combat. En privé, il explosa :

– On essaie d'étouffer l'affaire ! On me vole mes victimes ! C'est une manœuvre détournée !

– Vous devriez vous réjouir de voir, grâce à vous, un peu plus de justice en ce monde, dit Mlle Corneille.

– Oui, certes... Nous allons les montrer ! J'espère qu'elles seront plus démonstratives que leur mère. Sont-elles bien faites, au moins ? Comment sont leurs dents ? Il me faut leur portrait. Si elles sont vilaines, qu'on les renvoie se faire torturer par les bonnes sœurs.

À la première occasion, messieurs les ducs se moquèrent un peu de la malheureuse nièce, pourtant si fière de les recevoir. Ils le firent quand le maître avait le dos tourné.

Grosse et ronde, ses cheveux en chignon ondulés et poudrés à blanc, elle ressemblait à une brioche meringuée dans un emballage de Noël. Elle fit l'éloge de son oncle, de ses textes, de son génie ; elle s'exerçait à admirer toujours, croyant que cette admiration la protégeait de la médiocrité. Puis elle leur joua un morceau.

– Vous touchez du clavecin, mademoiselle ? demanda tout bas Villars.

– Non, je regrette, répondit Marie.

– Quelle chance.

Ayant vanté les efforts de sa nièce, Voltaire constata les mines dubitatives de ses invités.

– Oui, je sais, je la flatte, ça lui fait plaisir et ça me coûte si peu... Le mensonge n'est-il pas le cadeau qui coûte le moins ?

Mme Denis jouait *pianissimo* à ce moment. Il est à croire qu'elle avait entendu, car elle interrompit le récital.

Une heure plus tard, Mlle Corneille partit à sa recherche pour s'assurer qu'elle pourrait rencontrer Dupuits sans risque d'être dérangée. Elle la trouva dans un état de délabrement avancé ; ses cheveux étaient défaits, son maquillage avait coulé. La nièce posa l'une de ses mains épaisses sur l'épaule de la jeune fille. Son haleine sentait l'eau-de-vie.

– Je sais que je suis pleine de défauts..., dit-elle en bafouillant. J'aurais tort de me contraindre. De toute façon, on dénigre toujours les compagnes des grands

253

hommes. Aucun de ses admirateurs ne me jugera ni belle, ni fine, ni intelligente ; autant me montrer franchement laide, sotte et grossière !

Mlle Corneille lui découvrit une lucidité d'écorchée vive.

– Vous me jugez ridicule, mes beaux messieurs ? Mais *heureusement* que je suis ridicule : quand je cesse de l'être, je deviens pathétique.

Marie comprit qu'elle était soûle. Peut-être, comme l'avait dit son tuteur, les compliments ne coûtent-ils rien à ceux qui les prodiguent, mais les bons mots peuvent coûter beaucoup à ceux qui en sont la cible. Elle l'aida à s'allonger, puis attendit de l'entendre ronfler pour s'en aller.

Elle rejoignit son élève dans le labyrinthe de verdure pour la leçon de philosophie. Dupuits, qui avait fait des progrès en rhétorique, disputa avec elle sur le sujet de sa virginité.

– Je voudrais me livrer avec vous à une activité que la morale réprouve, annonça-t-il.

– La morale réprouve le fait même que nous nous entretenions seul à seule comme nous le faisons depuis des mois, répondit-elle. Même s'il ne s'agit que de comparer les systèmes respectifs de Descartes et d'Aristote !

– Je voudrais t'embrasser, chuchota-t-il.

– Je suppose qu'une femme qui se laisse tutoyer par un homme n'a plus rien à lui refuser.

Néanmoins, ce passage au tutoiement ne sembla pas mériter davantage qu'un très chaste baiser sur la joue.

– Rousseau prône le retour à la nature, dit-il. Cette robe m'empêche d'admirer ton état naturel.

– Tu joues sur les mots, Rousseau n'aimerait pas ça, tu pervertis leur sens pour leur faire exprimer des idées... des idées qui n'appartiennent qu'à toi !

– Raisonnons clairement..., dit-il.

Il ressortait de son clair raisonnement qu'elle remporterait une victoire philosophique sur elle-même si elle montrait assez de liberté pour disposer à son gré de son corps, et donc coucher avec lui. Elle lui opposa les arguments du même Rousseau en faveur de la vertu. Il combattit cet obstacle avec les doutes exprimés par Voltaire :

– Aristote prétend que l'incrédulité est le début de la sagesse, et Descartes qu'il faut commencer par ne pas croire tout ce qu'enseignent les philosophes.

Deux citations d'un seul coup valaient bien un nouveau baiser.

– Monsieur Descartes est bien sûr de son fait quand il se trompe en physique, remarqua-t-elle.

– Certes, sa théorie des tourbillons est ridicule, admit-il.

Plus il se rapprochait d'elle, plus il se sentait d'accord pour réfuter toutes les théories depuis Platon. Elle le repoussa :

– Ah ! ne critique pas les tourbillons : mon cousin Fontenelle a passé sa vie à les défendre.

– Loin de moi cette idée, je me sens moi-même parfois des tourbillons...

Il lui vanta les sens physiques comme moyen de

connaissance aussi bien que de plaisir. Pouvait-on comprendre sans avoir ressenti ?

Ce bel énoncé fut fatal au premier bouton du corsage. Elle fut si ravie des succès de son enseignement qu'elle s'aperçut à peine qu'il la dégrafait.

– Monsieur Bayle, dans son dictionnaire, a écrit que l'amour était une source inépuisable de malheurs et de désordres.

– Il a bien raison, approuva Dupuits tout en la bécotant.

– D'un autre côté, il ajoute que c'est une passion très nécessaire sur la Terre pour y conserver les animaux.

– C'est un saint homme.

Il fit tant et si bien, à force de concepts, qu'il gagna la partie. C'était pour Mlle Corneille l'instant de son triomphe : elle avait émancipé un pauvre cornette de dragons de l'obscurantisme bourgeois dans lequel il baignait. Elle avait vaincu, et paya cette victoire de sa virginité.

Un peu plus tard, après une étreinte échevelée, le sentiment de la jeune fille avait évolué. Elle connut tout d'abord un moment de grand calme. Petit à petit, une sourde culpabilité l'envahit. Elle craignit d'avoir cédé par goût et non par un choix de la raison ; l'action avait pris le pas sur la réflexion. En réalité, elle se sentait coupable de ce qu'elle venait de faire. Elle avait usé de sa prétendue liberté jusqu'au plus haut degré qu'elle pût concevoir, et cela lui faisait peur. Tenir son séducteur pour responsable était une échappatoire commode.

Elle ne put s'empêcher de lui en faire le reproche. Dupuits eut la maladresse de se défendre. Il répondit qu'après tout, son tuteur non plus n'était pas insensible à la chair : il était de notoriété publique qu'il avait vécu avec Mme du Châtelet un adultère de quinze ans, puis avec Mme Denis...

Marie prit très mal ces allusions sans fondement et le quitta précipitamment.

Elle avait de la peine à jeter un pont entre son idéal et la réalité. Elle était la jeune fille la plus heureuse du monde et ne parvenait pas à s'en rendre compte. Sans doute portait-elle encore à son insu le deuil de son beau Crassy, éternellement inaccessible. Dans sa chambre, en proie à des émotions contradictoires, elle relut les passages les plus émouvants du *Cid* et se mit à pleurer. Elle établissait un parallèle entre les amours contrariées de Rodrigue et ce qu'elle ressentait pour l'affreux petit militaire pervers qui venait d'abuser d'elle. Et puis il y avait ce doute, l'affreux doute qu'elle eût pu faire exprès de perdre, guidée inconsciemment par cette partie d'elle-même qu'elle n'avait jamais pu plier aux beaux principes de messieurs les penseurs. Et c'était là peut-être le plus humiliant.

Depuis le corridor, l'oncle et la nièce l'entendirent déclamer tout haut entre ses larmes.

– Quel est ce bruit ? demanda l'écrivain.

Ils tendirent l'oreille.

– Elle pleure en lisant les répliques de l'Infante, constata Maman Denis. Quelle drôle d'idée !

Cela réjouit Voltaire. Ils entrèrent pour l'embrasser.

– Je suis bien récompensé de mes efforts ! dit le

vieux philosophe. Quand on est capable de pleurer au *Cid*, c'est que l'on a atteint le sommet de la sensibilité !

Il ne soupçonnait pas qu'elle pût lire un livre et pleurer pour autre chose. Sa pupille sauta sur l'occasion :

– C'est terminé, alors ? Plus d'éducation ? Plus d'intelligence ? Plus de philosophie ?

– Mon enfant, aucune éducation n'est jamais terminée.

– On ne finit d'apprendre qu'en rencontrant Notre Seigneur, renchérit la nièce.

Voltaire lui lança un regard surpris.

– Dites-moi, Maman Denis, ces discussions avec le père Adam, sur quoi portent-elles au juste ?

L'amour charnel avait fait son entrée dans la vie de Mlle Corneille ; elle n'avait pourtant pas l'impression d'avoir fait autre chose que philosopher. On lui avait tant vanté, ces dernières années, la primauté de l'esprit sur la chair qu'elle se trouvait dans une totale incapacité de porter un jugement sur son aventure. Dès qu'elle fut seule avec son tuteur, elle lui fit part des médisances qu'elle venait d'entendre à son sujet, ce qui lui semblait une façon d'entrer en matière. L'écrivain répondit avec un grand naturel que Maman Denis et lui ne couchaient pas ensemble. Elle s'en vit soulagée.

– Tout est fini depuis longtemps, ajouta-t-il.

La jeune fille fut atterrée.

– Mais... mais... vous n'avez rien d'un soldat !

– Il lui est arrivé d'avoir bon goût.

Elle avait une mine horrifiée.

– Parce que je suis un grand homme, on s'attendrait à ce que je sois un saint ! s'offusqua-t-il. Eh bien, je suis un saint qui couche, qui bouffe et qui jure !

– Mais... avec votre nièce... ?

– Ça n'était pas destiné à la publicité, dit-il, de nouveau indifférent. À propos, d'où le tenez-vous ?

– D'un petit malin bien informé.

Elle lut dans son regard que tous les petits malins de la maison allaient subir un interrogatoire serré.

N'ayant rien obtenu sur les bonnes mœurs de ce côté, elle voulut se tourner vers le père Adam qui, lui au moins, ne vivait pas dans les turpitudes. Hélas, Barbara se chargea de l'avertir que le brave homme entretenait une liaison au village, ce que chacun savait.

– Comment un aumônier peut-il concilier la chair et la dévotion ? s'étonna Marie.

Le prélat conciliait la chair et les sous. La jeune innocente atteignit le fond lorsqu'elle s'avisa de demander à la servante comment elle l'avait appris ; elle le tenait de première main : c'était elle qui occupait la place auparavant.

Le petit univers propret de Mlle Corneille, où tout occupait la bonne place, venait de voler en éclats. Elle ressentit l'émotion des enfants qui découvrent que leurs parents ont un jour couché ensemble et le font peut-être encore. Du moins Voltaire et Maman Denis avaient-ils vécu une grande passion, tandis qu'elle-même se creusait la tête sans parvenir à définir ce qu'elle éprouvait pour son dragon.

Le maréchal et sa suite encombrèrent le domaine quatre jours durant.

– Mon cher, dit Richelieu en prenant congé, vous devriez épouser cette jeune Corneille et nous donner quelques enfants qui tiennent de vous, sans quoi il va manquer quelque chose à l'humanité en cette fin de siècle.

Le vieil écrivain s'était depuis longtemps résigné à laisser l'humanité à ses lacunes. Il répondit qu'à son âge, il avait moins besoin d'une épouse que d'une infirmière, et disposait déjà pour cet office d'une... Mme Denis ayant paru, il changea la fin de sa phrase : « ... d'une bonne adresse ».

XXII

Il y a une providence pour les filles.

VOLTAIRE

Mlle Corneille eut en novembre avec Dupuits une discussion d'où il ressortit qu'ils étaient amis, rien d'autre. Elle fut incapable de lui dire qu'elle l'aimait, peut-être parce qu'elle l'ignorait encore elle-même. Plus elle était instruite, plus elle se sentait stupide. Le jeune homme réveillait en elle des instincts qui n'avaient rien à voir avec le savoir et la raison. La philosophe humiliée qui gouvernait sa tête lui disait : « Chasse-le ! », son cœur lui disait le contraire ; elle employa toute l'énergie de sa jeunesse à lui assener ses contradictions.

Persuadé qu'il n'est rien d'irréfragable comme les convictions sentimentales d'une demoiselle, Dupuits se résigna à aller noyer sa douleur au bout du monde, à Dijon, dans le canton voisin.

– Fort bien, dit-elle, les voyages forment les jeunes gens. À ton retour, tu me comprendras.

– Oui, dans vingt ou trente ans, répondit-il. Nous

nous assiérons au coin du feu pour larmoyer sur nos vies gâchées.

Sur ces entrefaites, ceux que Voltaire nommait ses divins anges, les d'Argental, remirent en selle leur lecteur de Virgile estampillé « demi-philosophe ». Leur correspondant, en lisant la lettre, se demanda ce que pouvait être un demi-philosophe. Était-il possible d'être à moitié intelligent ? de réfléchir à demi ? Quoi qu'il en fût, ce jeune homme demandait toujours la main de Cornélie.

– Ah, le brave garçon ! laissa échapper Mme Denis.

– C'est un obstiné, remarqua son oncle.

Le prétendant, un capitaine de vingt-six ans, se nommait Henri-Camille de Colmont-Vaugrenant.

– Merveilleux ! dit la nièce. Rien qu'à entendre ce nom, on a envie d'épouser.

Au reste, deux ans après son arrivée, Marie savait un peu d'orthographe, elle était bonne à marier. Son tuteur avait souhaité un gendre philosophe, il le tenait et ne pouvait espérer mieux.

– Et puis, il a lu Virgile, vous lui devez bien quelque chose, conclut-il.

On décida de rapetasser Marie Chiffon, de la parer, bref, de mettre en valeur la marchandise.

Le patriarche haussa les épaules à l'idée qu'il existait des gens pour épouser des jeunes filles qui ne sont point académiciennes. En fait, il refusait de croire qu'elle conviendrait... par peur qu'elle ne convînt. Plus le temps passait, moins il pouvait envisager de laisser partir sa Rodogune, non pour le café qu'elle tenait au chaud lorsqu'il écrivait, ni même parce qu'il croyait en avoir fait sa créature, sa petite fiancée des Lumières, mais simplement parce qu'il était incapable d'imaginer sa demeure sans éclats de rire, sans cavalcade, dans l'escalier, sans la fraîcheur et la gaieté qui faisaient désormais tout le sel de son exil.

– C'est déjà quelque chose, pour un demi-philosophe, qu'une femme qui sait écrire, dit-il. Enfin, j'espère qu'il s'en contentera.

Mlle Corneille fut charmée de son optimisme. On ne savait s'ils préparaient une entrevue ou un piège à étourneaux.

Étant donné son état, elle prit néanmoins l'arrivée du capitaine pour un signe du Ciel ou du Grand Horloger : trois jours après avoir chassé son dragon, elle s'était rendue à l'évidence que son retard de règles se muait en disparition pure et simple.

Ils reçurent le 13 décembre 1762 une lettre de Dijon. Marie s'y intéressa vivement et fut elle-même surprise de cet intérêt. Elle espéra qu'il s'agissait d'une demande en mariage envoyée par Dupuits. C'était un mot du prétendant annonçant son arrivée imminente.

On se prépara à le recevoir. Marie appréhendait un peu.

– Vous qui croyez aux contes de fées, lui souffla Barbara en l'habillant, il vient de nulle part, sur son cheval, pour vous enlever... c'est votre prince charmant !

Elle fut vêtue, coiffée et fardée comme une poupée de biscuit : ses joues blafardes portaient deux grosses taches roses tout juste convenables à la cour vers deux heures du matin, à la chandelle, quand tout le monde est gris ; ses cheveux étaient frisottés à la dernière mode des maisons closes du faubourg ; ses ongles étaient peints dans le même rose bonbon que la robe, ce qui n'est pas vulgaire quand on est une figurine de collection. Elle descendit sous la conduite de Maman Denis, elle-même surmontée d'un chapeau propre à marier tout un village de pupilles.

– Par saint Corneille ! s'écria Voltaire. Je l'avais faite et vous l'avez défaite !

L'artiste n'était d'ailleurs pas entièrement comblée

– Nous avons tâché de lui donner un teint de lait, mais la pauvre est désespérément réfractaire à tous les artifices.

– Et tant mieux ! C'est pour cela qu'on l'aime ! Si Yahvé vous avait eue pour nièce, vous vous seriez arrogé un huitième jour, toutes les femmes ressembleraient à Mme de Pompadour et les agneaux naîtraient avec des rubans autour du cou !

Maman Denis se pencha sur son oncle et lui glissa à l'oreille :

– En plus elle a forci, nous avons eu toutes les peines du monde à la faire entrer dans sa robe.

Mlle Corneille était inquiète, son nouveau genre la troublait, elle aurait volontiers tout laissé choir.

– Comment ! s'écria la nièce. Un monsieur qui a lu Virgile pour être présenté vaut bien la peine qu'on le reçoive, fût-ce par curiosité ; il a payé d'avance.

Un cavalier et trois chevaux entrèrent dans la cour. On se colla aux fenêtres. Le prince charmant n'était pas très beau, mais il avait fière allure dans son uniforme. Son visage était long et osseux, et par la pâleur de sa peau c'était le parfait complément de sa promise.

Les salutations faites, il tendit un papier à Voltaire. Ce dernier s'attendait à un mot des d'Argental ou du beau-père. C'était une lettre de lui-même qu'on lui remettait, une copie de sa correspondance avec ses divins anges. Il fut flatté de constater que ses missives couraient Paris.

– Oh, mais vous avez de bonnes lectures !

C'était un gage de moralité. Vaugrenant senior était commissaire des guerres à Châlons.

– Ah, fort bien ! dit poliment Voltaire comme si on lui avait appris qu'il s'agissait d'un gros banquier.

Le fiancé s'était fait attendre, il s'en excusa : il avait tâché jusqu'au dernier moment d'obtenir l'accord de son papa, qui désapprouvait cette union.

– Bravo, dit le philosophe, il faut savoir désavouer ses parents !

Celui de Voltaire n'avait jamais accepté que son fils ne devînt pas notaire et l'avait déshérité.

– Regardez-moi aujourd'hui : je suis plus riche qu'aucun notaire de France !

Cette assertion trouva immédiatement son écho en Vaugrenant :

– C'est pour cela que j'ai décidé de venir, je vais faire comme vous, contrarier papa et m'enrichir.

Une fois que Voltaire eut repris conscience, il renoua le fil de la discussion avec son sourire le plus affable :

– Ainsi, vous êtes envoyé par nos chers amis d'Argental ?

– Ils m'adorent.

Vaugrenant le jeune s'avoua pressé de conclure, c'était le souhait des d'Argental. Il n'attendait qu'une lettre paternelle qui viendrait dans trois jours, dès que sa mère aurait arraché l'indispensable consentement. Au premier trou dans la conversation, il se frappa le front, dit « Ah oui ! » et servit à Mme Denis un compliment qui d'évidence n'était pas pour elle.

– Ah non, le coupa Voltaire, celle-ci, c'est ma nièce, je la garde !

C'était le moment de lui faire passer en revue les talents de la promise (la journée était bien organisée), ce qui lui permit de s'apercevoir qu'il y avait une promise.

– Cette jeune personne assise là, au fond, lui indiqua aimablement le père Adam.

Le fiancé découvrit sa future sans marquer ni surprise ni soulagement, ce qui laissa penser qu'on s'était fatigué pour rien. Une démonstration complète figurait au programme : musique, danse et tous les beaux-arts pratiqués à Ferney, qui étaient nombreux. On s'efforçait de séduire ce capitaine ainsi qu'il aurait fallu s'y prendre pour attraper un Voltaire. Le fiancé n'avait pas la fibre artistique, ce qui était peut-être une chance ; il ne dansait ni ne jouait et se fichait que la demoiselle eût fait peu de progrès dans ces matières.

– C'est un veau, nota le père Adam à l'oreille de la nièce.

– Oui, répondit-elle, c'est miraculeux !

Si la musique et la danse n'avaient éveillé en lui que de l'ennui, la peinture, en revanche, lui causa de l'inquiétude. Mme Denis, pour rattraper les ratages précédents, lui présenta ses meilleures toiles comme étant l'œuvre de son élève. Il faillit prendre la porte, songea à la dot, déclara « Tant pis », demanda si la jeune fille tenait beaucoup à persévérer dans ce domaine, et manqua cette fois d'être jeté dehors par la nièce.

Il ne chantait pas non plus.

– C'est un gai compagnon, remarqua le père Adam.

Il préférait la conversation et se piquait de penser.

– Quel sujet vous plairait-il d'aborder ? demanda Voltaire avec courtoisie.

– À combien se monte la souscription ?

Son hôte lui demanda de quelle somme lui-même disposait pour assurer l'avenir de son épouse. Vaugrenant se dit certain d'hériter un jour de ses vieux parents une rente de cinq mille livres.

– La souscription ne va-t-elle pas déjà à quarante mille ? ajouta-t-il dans la foulée.

– Peut-on savoir l'âge de ces vieux parents ? s'enquit l'écrivain.

– Beaucoup plus que vous ! affirma Vaugrenant qui avait trouvé tout seul la bonne réponse, preuve qu'il n'était pas si bête qu'il en avait l'air.

– Donc, vous êtes philosophe..., reprit Voltaire.

Tout était dans les points de suspension.

– Je ne suis pas à cheval sur l'argent ! déclara le fiancé avec l'empressement de qui a bien appris sa leçon.

Ses amis l'ayant prévenu qu'il faudrait « se montrer

philosophe », il en avait déduit qu'être philosophe consistait à ne pas se préoccuper de dot.

– Je lui ferai une dot, ne vous inquiétez pas, se récria Voltaire. Mais quelle importance ! Épouse-t-on pour la dot ?

L'expression du jeune homme fit deviner que les idées nouvelles n'avaient pas encore pénétré le Champenois. L'écrivain s'en montra quelque peu dépité : il n'avait pas forgé la femme idéale pour l'emballer dans des lettres de change, c'était une insulte à son art, il fallait la prendre pour elle-même, C'est-à-dire pour le talent de son éducateur.

Le fiancé s'absenta afin de prodiguer ses conseils au palefrenier : en attendant la missive de son géniteur, il comptait s'installer confortablement, ainsi que ses trois chevaux, au grand dam de l'écrivain.

– Je ne tiens pas une échoppe de fiancées ! s'insurgea ce dernier quand ils furent seuls.

Mlle Corneille ne semblait pas transportée d'enthousiasme.

– Que diriez-vous si je vous mariais à ce capitaine ? lui demanda son bienfaiteur.

– Que je préfère les histoires qui se terminent bien.

– Voilà pourquoi vous goûtez mal mes tragédies ! dit Voltaire.

Il y avait de toute façon plus important que la danse ou la musique : il était résolu à infliger au nouveau venu l'examen de philosophie qui avait déjà desservi M. de Crassy. L'espoir renaquit.

Vaugrenant reparut après avoir fait attribuer à ses bêtes la moitié des réserves d'avoine.

– Alors ? demanda Mme Denis à l'issue de l'examen. C'est bien un demi-philosophe ?

– Oui, mais c'est aussi un demi-imbécile, répondit son oncle.

Au reste, l'homme de goût perçait sous l'urbanité du prétendant.

– Mais à quelle heure mange-t-on dans cette maison ? finit-il par lancer à la cantonade.

On lui dit que c'était à deux heures. Il fut moins sûr de rester.

Le déjeuner fut suivi d'un entretien en tête à tête sur les questions financières. Voltaire, qui ne faisait jamais que grappiller dans les plats, pensait que la digestion lui accorderait un avantage décisif sur son adversaire. C'était mésestimer les capacités gastriques du futur gendre.

Barbara surgissait régulièrement dans le cabinet sous prétexte de service, et délivrait aux habitants du château les nouvelles du front, pour ce qu'elle pouvait en comprendre : on parlait chiffres, on faisait des additions, on tempêtait, on pleurnichait.

– De quoi disposez-vous ? avait demandé Voltaire.

– Mon père me donne... son approbation.

– C'est un bon début. Et quoi d'autre ?

Au bout d'une heure, Barbara annonça que le maître avait commandé sa bénédictine : donc, l'affaire était conclue, le jeune homme agréé. Toute à sa joie, Mme Denis sauta au cou de la promise et l'on s'embrassa.

– Vous êtes ravie pour elle, lui dit Barbara.

– Oui, pour elle aussi, répondit la nièce.

L'armistice était ainsi rédigé : Vaugrenant père voulait bien céder au couple mille livres de pension, de quoi mourir de faim, à condition que Voltaire donnât de son côté bien davantage. Ce dernier leur réservait vingt mille livres à récupérer chez M. de La Marche, à qui cette somme était prêtée. Le fiancé s'étonna de voir son beau-père faire office de prêteur, ce qui sonnait un peu comme de l'usure ; on lui répondit que ce ne pouvait en être, puisque tous les emprunteurs étaient des personnes de qualité. Comme il n'a jamais été établi que l'argent eût une odeur, cette réponse suffit à la vertu du prétendant. L'écrivain donnait encore mille quatre cents livres de rentes viagères (à toucher après sa mort, qui ne pouvait tarder, et il ne fallait pas le prier longtemps pour qu'il dressât la liste de ses maux innombrables ; Vaugrenant trouva d'ailleurs qu'il régnait dans la pièce un relent de médicaments). Il y avait aussi les fameuses quarante mille livres de la souscription. En outre, les mariés seraient nourris, chauffés, désaltérés, transportés et leurs chevaux soignés...

– Comme c'est déjà le cas, souligna l'écrivain.

Pour le gros du capital, il fallait se reposer sur l'assurance que Vaugrenant, conformément à ses dires, hériterait un jour une belle terre dans la Bresse. En somme, on s'était arrangé de part et d'autre pour doter le ménage sans débourser un sou.

Pour finir, Voltaire s'était posé la grande question : se sentait-il d'épouser ? L'épouseur était plus ou moins philosophe, il y avait cet espoir d'un domaine... Cela pouvait se faire, à la rigueur. L'écrivain avait bien ramené ses ambitions, et sa philosophie s'accommodait d'une telle alliance. Le jeune homme avait des titres, il était capitaine... De retour au salon, c'est en lui ouvrant les bras que le patriarche rendit son verdict :

– J'épouse !

Il fallut expliquer au lauréat les subtilités de la rhétorique voltairienne.

– À vrai dire, reprit l'écrivain, comme vous n'êtes que demi-philosophe, je devrais ne vous donner ma pupille qu'à demi.

En réalité, il ne l'entendait pas autrement.

– Bon. Eh bien voilà, conclut-il. Elle est mariée. Qu'y a-t-il au souper ?

L'affaire l'avais mis en appétit.

– Marier une nièce de Corneille est une plaisanterie que j'adore.

Mlle Corneille goûtait beaucoup moins ladite plaisanterie.

– Mademoiselle, déclara le fiancé, je suis navré de ne pas vous apporter davantage de fortune.

– Monsieur, répondit-elle, être heureuse sera la première de mes richesses.

On eût dit la poignée de mains d'ambassadeurs venant de ratifier un traité de paix sous la menace. Sur ce, le capitaine s'installa à Ferney comme si les fiançailles n'avaient été qu'une formalité ouvrant droit à la pension complète.

La vie avec Vaugrenant se révéla pleine d'agréables surprises. Lorsqu'il entendit Mlle Corneille prononcer « Maman Denis », il renifla une naissance scandaleuse.

Il s'en ouvrit à mots couverts à la jeune fille qui crut son secret découvert. Une fois le malentendu éclairci, il resta au jeune homme un sentiment déplaisant au souvenir de ce « Comment avez-vous deviné ? » que rien n'expliquait.

Il se montra si passionné par la dot qu'il en oublia de faire sa cour. Il était surtout fiancé à la souscription, il la regardait engraisser jour après jour, se renseignait sur sa santé, était toujours là pour recevoir le courrier, caresser ces lettres venues des quatre coins de l'Europe et dont la plupart lui promettaient des jours heureux en monnaie sonnante. Voltaire était émerveillé de son œuvre.

– C'est extraordinaire : Rodogune ne possède rien et n'en attire pas moins les coureurs de dot !

Mlle Corneille trouvait cela moins merveilleux. Elle tâchait de s'habituer à son époux par petites doses en ne le rencontrant jamais.

– Vous verrez, avait dit l'écrivain, elle est un peu simple, mais gentille. Vous prendrez ma relève dans son éducation.

Vaugrenant, qui ne faisait guère de différence entre son hôte et lui, croyait pouvoir s'autoriser la même condescendance bonhomme dont usait le vieil académicien envers sa protégée.

À la première occasion, Marie prit son courage à deux mains pour lui glisser un mot d'un sujet qui le touchait de près. Le soupirant ne lui laissa pas le loisir de s'expliquer : chaque fois qu'elle ouvrait la bouche, il était trop pressé de la lui fermer. Elle s'obstina par honnêteté ; cette insistance déplut au jeune homme.

Elle ne tarda pas à comprendre que Vaugrenant la prenait pour une sorte de cousine pauvre qu'il situait juste au-dessus de la femme de chambre. Il l'appelait « ma fille », lui donnait des ordres sur un ton qu'on n'emploierait pas envers une enfant de huit ans, et croyait lui faire beaucoup d'honneur en l'épousant. Barbara en fut outrée :

– Vous ne croyez pas que la petite maîtresse va faire vos quatre volontés, tout de même ?

Vaugrenant parut sincèrement étonné :

– Je rêve, ou cette fille m'a parlé ?

Barbara se lança aussitôt dans l'un de ces discours véhéments en patois savoyard dont elle les gratifiait dans ses bons jours.

– Mais elle m'apostrophe ! s'écria le prétendu. Cette fille a perdu l'esprit !

– Non, non, elle se domine, indiqua Mlle Corneille. Vous n'avez encore rien reçu de lourd.

– Je vois qu'il va falloir réaffirmer quelques règles simples dans cette maison, dit-il.

Barbara reprit sa logorrhée.

– Est-ce que je m'occupe de vos fourneaux ? la coupa le fiancé.

Mme Denis interrompit une séance de peinture qui s'annonçait magistrale pour venir identifier l'origine des cris. Il apparut que Vaugrenant, accusé d'avoir manqué de respect à sa promise, avait cru cette dernière recueillie par charité, ce qui ne témoignait guère de sa part d'un grand amour-propre. Marie eut la surprise d'entendre la nièce déclarer qu'elle était au contraire considérée comme une demoiselle de la première distinction, Barbara ponctuant chaque phrase d'un hochement de tête et d'un « Oui, monsieur » catégoriques. Elle était la fille que le maître n'avait pas eue.

– Et vous ? demanda le capitaine.

– Moi, je suis la nièce qu'il a eue.

Pour la première fois, Mlle Corneille éprouva de la gratitude envers ce gros sergent vitupérant. Il ne restait plus au fiancé qu'à s'excuser de nouveau, puisqu'il semblait que les excuses et le pardon dussent être leur seul mode de communication durant ces fiançailles.

Il ne suffisait pas au capitaine d'être le meilleur parti du siècle, doublé d'un galant homme, il nourrissait de surcroît d'intéressantes velléités d'écriture. Voltaire entreprit de lui exposer le *Traité sur la tolérance* qu'il était lui-même en train de composer.

– C'est passionnant, dit le jeune lettré. Qu'y a-t-il à dîner ? Pas des lentilles, j'espère.

Comme il subodorait chez sa promise de vagues prétentions à la culture, il voulut mettre les choses au point tout en exerçant ses dons naturels, et composa un traité sur le mariage, œuvre aussi impressionnante que son créateur.

Lorsque ses remords eurent suffisamment tourmenté Marie, elle se prépara de nouveau à l'informer de ce qu'il fallait bien appeler sa grossesse. S'étant répété cent fois : « Je suis une honnête fille », elle attendit au salon son demi-philosophe, bien décidée à le laisser choisir en connaissance de cause ; et, s'il renonçait, elle savait qu'elle n'en aurait qu'un demi-chagrin.

Il arriva en compagnie de Mme Denis, son propre

traité sous le bras, dont il commença à leur lire les premiers chapitres.

Cela ressemblait au catéchisme d'Arnolphe dans *L'École des femmes*. Le génial pédagogue y réglait la vie de son épouse pour le demi-siècle à venir. Le principal mérite de cette œuvre était, afin d'éviter à la future une mauvaise surprise après les noces, de les lui servir toutes en bloc avant. Mme Denis fut si horrifiée qu'elle ordonna de brûler ce torchon. Voltaire entra alors que sa nièce s'apprêtait à bouter le feu à une liasse chiffonnée devant un Vaugrenant aux abois.

– Que faites-vous, malheureuse ! s'écria le vieil écrivain.

Il s'inquiétait de tout papier détruit sous son toit, de peur que ce ne fût l'une de ses œuvres. Vaugrenant crut voir paraître le serpent d'airain :

– Ah, beau-papa ! Venez arbitrer un différend !

« Beau-papa » mettait déjà fort bien en bouche. Vaugrenant s'en remit à son jugement, sûr de l'indéfectible solidarité de la culotte. Maman Denis le dénonça comme esclavagiste.

– Taisons-nous, écoutons, dit son oncle.

Le jeune théoricien riche de certitudes lut quelques extraits choisis à côté desquels le code Napoléon aurait paru un modèle de tolérance.

– Alors ? demanda-t-il.

– Brûlez-le, répondit beau-papa.

Voltaire fournit la pierre à briquet et regarda l'invité incendier son propre texte comme préambule à son mariage.

– Voyez-vous, monsieur, expliqua le maître, quand

une œuvre est mauvaise, quand le public la déteste, il faut avoir le courage de l'immoler sur l'autel du bon goût.

Il ne jugea pas utile de préciser que lui-même en était incapable. Ayant reçu en une fois la quintessence de tout enseignement littéraire, le postulant à la pédagogie s'en fut coucher dans son journal intime une expérience à laquelle la profondeur de son désarroi conférerait peut-être un intérêt.

Une fois seule, sa nouvelle famille résolut qu'on l'obligerait à abjurer ses opinions rétrogrades par un addendum au contrat. Voltaire continuait de croire que l'on pourrait faire de ce demi-philosophe un philosophe entier en rabotant un peu ici et là.

– Le plus sûr serait de commencer par lui couper la tête, suggéra Barbara.

– C'est un beau cadeau que nous fait Mme d'Argental, dit le père Adam. Vous avez eu des mots ?

– C'est affreux, dit la nièce, nous voilà à espérer qu'il sera riche un jour ! Comme les derniers bourgeois... Faut-il qu'il soit peu plaisant !

Quant à la principale intéressée, elle restait figée, comme assommée, tandis que l'on se battait pour ses droits à venir, et songeait qu'elle avait dans son ventre de quoi rire toute sa vie d'un imbécile.

La lettre du vieux papa n'arrivait pas. C'était l'homme de France qui dépensait le moins en papier et en encre.

– Il y a des gens qui craignent de s'user les doigts à tenir une plume, constata Voltaire qui s'était usé les doigts pour un bon quart du genre humain à lui tout seul.

Ils finirent par apprendre qu'après lui avoir acheté sa compagnie de cavalerie (les trois chevaux qui s'empiffraient dans l'écurie aux frais de « beau-papa »), son père avait supprimé la pension de mille livres qu'il lui avait assurée jusqu'alors. Or la compagnie était sur le point d'être perdue, l'intendant aux armées désirant la dissoudre.

– Ce n'est pas la petite maîtresse qui est acculée ! remarqua Barbara. Il la traite en pauvresse, et le pauvre c'est lui !

On la renvoya dans ses cuisines.

Il était certes indéniable que le prétendu n'avait plus de quoi vivre. Il disposait en revanche du consentement de sa maman qui le poussait à conclure cette union au plus vite, bien consciente qu'il serait difficile à caser.

C'était pathétique. Vaugrenant apitoyait à force de malheurs. Ces dames eurent l'impression d'avoir recueilli un toutou errant ; le jeune homme imitait très bien le regard affectueux des animaux perdus.

– Je crois que l'on confond ici charité et mariage, nota le patriarche.

Il se fit un consensus pour prier Voltaire d'intriguer auprès du ministre Choiseul en faveur de la compagnie (les trois chevaux), afin d'éviter qu'elle fût réformée, et son propriétaire ruiné. L'écrivain se demanda si l'on était venu épouser ou solliciter des services. Il refit les comptes du mariage, où ne figurait plus guère que le bénéfice qu'auraient les mariés d'être logés pour rien tant qu'il serait en vie ; et il était mourant.

– Ce garçon n'est pas gai, admit Mme Denis, pourtant bien disposée envers l'uniforme.

– Et puis, si l'on songe qu'il deviendra comme son père, nota le jésuite, c'est à faire peur !

Marie n'arrivait pas à briser cette chape d'obéissance, ce carcan de bonne éducation qui l'empêchait de renvoyer un fiancé qu'elle n'aimait pas. Elle ne lui opposait que son silence, mais le silence ne constituait pas une réponse.

Le capitaine aux trois montures prit de plus belle ses aises à Ferney comme si l'aveu de ses déboires avait scellé les fiançailles. Il se conduisait comme le font les fils prodigues, que l'on ne choisit pas non plus mais que les liens du sang aident au moins à supporter.

Voltaire s'aperçut qu'être à demi philosophe signifiait surtout n'aller guère à la messe. Il ne suffisait pas d'être un mauvais chrétien pour faire un bon athée. À tout prendre, il eût préféré un dévot intelligent qui lui eût donné de l'exercice.

Quant à sa nièce, elle ne put bientôt plus souffrir le nouveau membre de la famille.

– Ce Vaugrenant est un vil gredin ! clama-t-elle en investissant le cabinet de son oncle.

Avec le temps, le prétendu se révélait aussi avare que son géniteur. Ses petits calculs de dot et de souscription étaient revenus à l'oreille de Maman Denis à qui cette arithmétique donnait de l'urticaire. Étant donné son absence de charme, de politesse, de complaisance et sa tristesse naturelle, il mettait peu en valeur les qualités qu'on aurait aimé lui découvrir.

– Je ne peux m'empêcher de la plaindre, c'est un comble !

– Vous avez toujours eu bon fond, dit son oncle.

– La promise ne goûte guère son promis.

– C'est contrariant.

– Et moi non plus !

– Ça, c'est rédhibitoire.

– Il n'est ni passionné ni passionnant.

– Il a pourtant lu Virgile. Faudrait-il qu'elle épouse Virgile en personne ?

À chaud, l'argument ne portait plus.

– Et alors ? dit la nièce. C'est très surfait, Virgile ! Sérieusement : elle s'en est dégoûtée en trois jours ! Peut-on lui demander de lui consacrer trente ans ? C'est un peu long comme session de rattrapage ! À moi, en tout cas, on ne peut pas.

– Si l'on était sûr qu'il mourût au premier combat avec sa compagnie de trois chevaux...

– Lui ? Lâche comme il est ? Ça repousse tout seul, cette engeance-là !

– Vous n'êtes guère charitable avec les hommes.

– Je vous supporte, c'est ma charité.

Il se demanda en ronchonnant si la bonne idée n'aurait pas plutôt été de lui payer, à elle aussi, une compagnie.

Le courrier affluait de toute l'Europe, sauf de Châlons. On supposa que les Colmont-Vaugrenant n'avaient que faire d'une fille de vannier. De son côté, leur fils continuait de mettre tous ses défauts à l'étalage. Depuis l'autodafé, il promenait un air sombre tout le long du jour et poursuivait des réflexions sinistres qui se reflétaient sur sa figure. Certaines femmes trouvant à ce genre d'homme un charme qu'elles seules comprennent, l'une d'elles aurait pu en être folle. Hélas, Mlle Corneille n'était pas cette femme. Couver un petit bâtard ne lui semblait plus une revanche suffisante pour endurer ce supplice. Elle s'en ouvrit au vieux lutin qui organisait son bonheur.

– Enfin, s'étonna ce dernier, qu'est-ce qui vous déplaît tant chez ce garçon ?

– Il n'est pas beau.

– Ah. Il faut donc qu'il soit jeune, noble, fortuné, agréable, éduqué, qu'il vous aime et qu'en plus il ait un joli minois... C'est beaucoup, même pour une princesse du sang.

– N'est-il pas écrit dans *Candide* que chacun peut aspirer à ce qu'il y a de meilleur sur cette terre ?

– On y lit surtout qu'il faut savoir se contenter de ce qu'on peut avoir. Il va falloir que je vous donne de nouvelles leçons de philosophie : j'ai le sentiment que vous avez compris mes œuvres de travers.

Elle se mit à pleurer. Voltaire vit sa petite poupée de chiffon sangloter avec de légers soubresauts. Comme la philosophie n'enseignait nullement à supporter les larmes des jeunes filles, il fallut bien céder.

– Ne pleurez pas : nous le renverrons, puisqu'il ne suffit plus de lire Virgile. Ce sera toujours ça de gagné pour lui.

Mlle Corneille lui expliqua qu'il valait peut-être mieux n'en rien faire, ayant misé sa pureté dans une joute philosophique malencontreuse qui risquait de connaître d'ici quelques mois un épilogue embarrassant.

Voltaire en resta tout saisi. Jamais il n'avait imaginé que la philosophie pût faire perdre leur fleur aux demoiselles ; c'était un effet imprévu.

– Et voilà ! On leur apprend à se servir de leur tête, et elles se servent du reste !

Elle se refusait à nommer le père, ce qui incitait aux pires conjectures.

– Vous avez raison, dit-il ; à moins qu'il ne s'agisse du roi, mieux vaut taire les détails de ce genre d'affaire.

S'étant fait répéter la fameuse dispute philosophique, il lui indiqua les réponses qu'elle aurait dû fournir pour emporter la partie, étant bien entendu qu'il aurait fallu avoir lu et digéré Pascal et Hume.

– Vous êtes tombée enceinte pour n'avoir pas retenu vos lectures ! Cela vous servira de leçon !

– Je vous remercie. Je saurai en faire usage la prochaine fois que l'on voudra me déflorer. Avez-vous maintenant quelque raisonnement pour convaincre mon fruit de ne pas mûrir ?

Il apparut que Voltaire n'avait pas plus d'argument à l'usage des bébés que des rosières. Il fallait donc se résoudre à lancer un élevage de corneilles.

– Si j'étais un barbare, je vous dirais d'essayer la méthode Rousseau : orphelinat pour les uns, bordel pour la mère.

Restait la solution du mariage, si possible avec le fauteur d'enfant.

– Cela m'a bien effleuré l'esprit..., reconnut

281

Mlle Corneille. Mais puis-je épouser une personne qui mélange à ce point Leibniz avec Descartes ?

Voltaire réfléchit un instant.

– Certes non, et moi non plus.

Il lui était difficile de lui conseiller de convoler avec une personne qu'il n'épouserait pas lui-même. Voltaire constata que toutes ses descriptions de l'esprit des jeunes filles n'avaient été que spéculations. Des années de recherches littéraires s'envolaient en fumée.

– Quant au capitaine, je ne l'aime guère, répéta-t-elle.

– Prenez les choses du bon côté, dit-il ; quand vous serez veuve, vous en aurez moins de peine. On survit mieux aux personnes que l'on n'a pas aimées.

Elle préférait survivre dans la peine à un époux qu'elle aurait aimé.

– Vous n'êtes pas raisonnable.

Elle n'avait que faire de la raison.

– Enfin, considérez les arguments en faveur de cette union : votre état, un beau nom, ma parole donnée...

– Et pourquoi pas me suicider la veille de mes noces, comme dans certaines tragédies que je connais ?

Il perçut de l'aigreur. Les jeunes filles modernes n'avaient plus le sens du sacrifice.

Ils tenaient un mari, ce n'était pas le moment de le lâcher. Mieux valait faire quelque chose de cet homme-là. Le promis voulait quitter les armes, tuer du monde n'était pas un métier de philosophe. Qu'en était-il de la diplomatie ? Il avait su s'introduire dans la maison : Voltaire le vit dans la Carrière. Il rêva d'en faire un négociateur de France auprès de la république de Genève, un résident :

– Et puis c'est bien, la diplomatie : on ne voit pas son mari trop souvent.

– Fort bien, dit Maman Denis. Nous aurons le plaisir de voir ce monsieur dépenser notre argent à Genève ou Paris, et revenir chaque mois vous réclamer la pension de sa femme.

Cette idée fit son chemin dans l'esprit du patriarche. Renfrogné, mal embouché, le promis serait parfait pour servir d'intermédiaire avec les Genevois. Il écrivit aux d'Argental de prier leur ami le ministre Praslin de compter désormais leur cher prétendant au nombre de ses diplomates.

– Après tout, ils nous doivent bien quelque chose ! Nous ne sommes pas une décharge pour fils de famille !

Si, dans l'avenir, Vaugrenant se révélait habile, les Suisses permettraient peut-être aux exilés de Ferney de retourner passer les hivers à Genève où ils n'étaient plus les bienvenus (le Conseil avait cru remarquer une coïncidence entre l'installation de l'écrivain à ses frontières et la soudaine prolifération de libelles anonymes dans leur bonne ville). Voltaire entrevit la possibilité de changer finalement ce mariage en bienfait pour sa santé. En outre, ce projet apaiserait les dames qui supportaient moins bien que lui le fiancé, éprouvant peu d'intérêt pour ses qualités demi-philosophiques. Vaugrenant aimait les autodafés ; il serait très bien.

– Il est bouché, raisonneur, il plaira beaucoup aux calvinistes.

Il fallait que Praslin les aidât au nom de *Cinna* et de *Pompée*. Voltaire fatiguait déjà Son Excellence en faveur des Calas, il se retrouva à le faire pour dénicher un emploi à un abruti.

Vaugrenant, quant à lui, n'était venu que pour épouser ; c'était « gendre de Voltaire », le métier qu'il visait ; il ne voyait pas l'urgence de changer de domaine, et se laissait vivre.

– Si vous n'êtes pas résident, je ne vois pas ce que vous pourrez faire ! lui reprocha « beau-papa ».

– Gendre abusif, suggéra sa nièce.

Vaugrenant reçut la visite d'un compatriote, M. Micaut, aide-major, venu à Genève consulter le célèbre Tronchin.

– Ainsi tu as réglé tes dettes ! laissa maladroitement échapper le visiteur.

C'était une information.

– Donc, vous avez des dettes, dit Voltaire. C'est déjà quelque chose, cela signifie que vous avez eu de l'argent.

Depuis qu'il savait qu'on ne pouvait plus reculer, il trouvait tout très bien. Vaugrenant sortit en claquant la porte.

Ayant assuré qu'il s'agissait d'un bon garçon, Micaut concéda qu'il était renfermé, colérique et difficile à vivre.

– C'est un claqueur de portes.

Puis il leur parla de ses parents, qui n'avaient pas l'intention de faire verser à leur fils des larmes de reconnaissance sur leur cercueil : d'après Micaut, ils s'étaient donné mutuellement tout leur bien par contrat. Ils avaient de surcroît une fille qui avait la chance d'être aimée d'eux, elle. Il fallait donc attendre que le dernier d'entre eux mourût, ce qui était gracieux, pour hériter de quelque chose, si ce quelque chose n'était pas passé au préalable dans la bourse de la sœur. Micaut semblait bien connaître la belle-famille.

– Certes, oui ! J'ai été de la même promotion que son père.

Il avait quarante-sept ans ! On risquait d'attendre longtemps. Vaugrenant avait sous-entendu être issu d'un Crésus d'âge canonique. On fut tenté de le prier de revenir dans trente ans, quand ses géniteurs auraient l'âge et la fortune annoncés. Voltaire était déçu.

– Ils nous envoient un peu n'importe quoi, les d'Argental. Pensent-ils que nous sommes en peine de trouver un fiancé dans nos montagnes ? Il suffirait que je dise que je l'ai élevée !

– Il faut avouer qu'on ne se bouscule guère, soupira sa nièce.

– C'est parce que vous lui faites de l'ombre ! Avec vos robes, vos chapeaux, vos rubans ! À vos côtés, on ne la voit plus !

Mme Denis manqua de s'évanouir. Elle fut prise d'une bouffée de reconnaissance et dut rassembler toute sa force de caractère pour ne pas avouer comment trois mille livres avaient disparu de leur compte en banque le mois précédent.

Ils reçurent le 5 janvier 1763 une lettre où les divins anges reniaient Vaugrenant pour leur protégé : ils ne l'avaient recommandé que pour être aimables et rendre service. « Mais alors, d'où vient-il ? » se demanda Voltaire, effaré.

Ils ajoutaient que le garçon leur avait paru honnête homme, quoiqu'un peu dur, entier, bizarre.

– Beau compliment, ils savent vanter la marchandise ! Que ne nous ont-ils prévenu tout de suite qu'ils l'avaient trouvé aux petites maisons !

L'écrivain eut le sentiment d'avoir introduit chez lui un espion à la solde de ses ennemis. La sombre silhouette du fiancé lui provoquait des frissons d'angoisse quand il la croisait. C'était Calvin en personne qui rôdait dans ses corridors. Ils le convoquèrent pour le sommer de s'expliquer ou de sortir de céans. Acculé, Vaugrenant avoua être venu sur le conseil de Mlle Clairon, l'une de ces sociétaires de la Comédie-Française qui avaient joué *Rodogune* au profit des Corneille.

– C'est complet !

On comprit que la dame avait formé ce prétendant de toutes pièces afin qu'il passât pour philosophe et mît la main sur la recette des souscriptions. C'était un leurre, une plaisanterie, un pari, un piège. L'aventure, si elle s'ébruitait – et elle s'ébruiterait –, serait tournée en ridicule par de mauvais esprits, Voltaire s'y connaissait. Avoir toute sa vie ri des autres et se trouver un jour à leur place était trop moral pour être supportable.

– Non seulement nous n'avons pas l'argent des souscriptions, mais il y a déjà des gens pour tenter de nous le voler ! Croit-on que je travaille pour engraisser des actrices et des Vaugrenant ?

Voltaire lui reprocha son imposture, et aussi d'avoir menti sur l'âge et la richesse de ses parents.

– Vous aurez mal compris, se défendit l'inculpé.

– Je ne suis pas sourd. J'ai compris ce qu'on voulait me faire comprendre. Il n'est pas nécessaire de m'écrire un traité !

Vaugrenant n'avait pas l'intention d'importuner longtemps « beau-papa » de sa présence : son dessein était de consacrer la souscription à faire un grand voyage en Italie. Voltaire lui proposa une liste d'adresses où demander à loger de sa part : il lui recommanda les Plombs de Venise, le château Saint-Ange à Rome, et lui conseilla de demander sa route à tous les *banditi* qu'il rencontrerait sur son chemin.

Ils attendaient toujours le consentement.

– J'ai fait des réflexions, dit Maman Denis. Il faut qu'elle l'épouse. Il est soldat, c'est un bon point pour lui. Il n'est pas beau : tant mieux ! On cherchera moins à le lui voler.

– Elle préférerait qu'il fût beau et qu'on tentât de le lui voler.

– Elle est difficile.

– C'est ce que je lui ai dit. Une femme dans son état doit moins faire la bêcheuse.

Mme Denis venait de croiser le regard de Méduse : elle se pétrifia.

– Un enfant ? Elle attend un enfant ? Une petite chose braillarde, qui hurle à tout propos, qui s'exprime par borborygmes, qui empêche tout le monde de dormir, qui fait ses besoins sous elle, qui a des boutons tous les trois jours ?

– Quelque chose comme ça, je le crains.

– C'est merveilleux ! je cours préparer la layette !

Elle se ravisa :

– Vous n'êtes pas le père, au moins ?

Il se récria.

– C'est égal, dit-elle. Tout le monde le croira.

Il se rendit compte avec horreur que sa nièce avait raison. Il lui déconseilla de trop se consacrer à la layette, Vaugrenant nourrissant le projet d'emmener en Italie sa femme, l'argent de sa femme et tout ce qui s'ensuivait. Maman Denis se mit à scander :

– Chassez-le ! Chassez-le !

Elle sortit méditer des idées de meurtre et de couffin.

– Ma chère enfant ! dit-elle lorsqu'elle rencontra Mlle Corneille. Qu'est-ce que j'apprends ! On ne me prévient jamais de rien !

« Ma chère enfant » était une nouveauté dans son vocabulaire. Elle fondait, s'attendrissait sans raison, s'enthousiasmait subitement et traitait Mlle Corneille en petite fée. Elle se mit à préparer le trousseau du bambin et ne pensa plus qu'à lui. Elle vérifiait que la jeune femme ne commettait pas d'imprudences, ce qui ne facilitait pas la vie de Marie. Son oncle en vint à se demander si son habituelle mauvaise humeur n'avait pas un lien avec le fait qu'elle n'avait pas eu de progéniture. L'idée d'être mère par procuration la transformait, du moins dans ses rapports avec la pupille. Le père Adam crut qu'elle s'était ramollie, il fut assez rudement détrompé.

288

Même Vaugrenant, du fond de sa morosité, perçut la modification : il la trouva volubile, agitée, indécente. Il la soupçonna d'attendre un heureux événement. Voltaire se garda de le tirer d'erreur et lui demanda d'un air finaud :

– Que pensez-vous que je doive faire ?

Le fiancé réfléchit peu.

– C'est simple, beau-papa. Il faut l'enfermer dans un couvent éloigné et discret.

« Beau-papa » sut à quoi s'en tenir.

Vaugrenant avait perdu tout soutien, y compris celui de sa future qui avait pourtant motif à déployer des efforts. Voltaire décida qu'il fallait prendre un parti et brusquer le dénouement. L'oncle et la nièce lui annoncèrent qu'il n'était plus le bienvenu.

Vaugrenant ne savait que faire de sa personne.

– Faites-vous mercenaire, dit la nièce, vous avez trois chevaux, engagez-vous chez les Turcs !

Au regard du capitaine, on devina que la première expédition des Turcs passerait par Ferney. Il réclama un délai. Soulagé qu'il ne fît pas davantage de complications, on le lui accorda, à condition que cela fût bref.

Dès le lendemain, Voltaire commença à recevoir des congratulations pour ce mariage alors même qu'il n'y voulait plus penser. Il apparut que Vaugrenant s'était empressé de répandre en ville qu'il épousait la pupille et séjournait à Ferney depuis deux semaines. Il s'était fait en un moment plusieurs amis à qui il avait révélé les fiançailles sous le sceau du secret ; ces personnes l'avaient répété de même à quelques dames : dès ce moment, l'affaire avait été publique. Une telle floraison d'amitiés chez un être si taciturne fit s'interroger sur le caractère involontaire de la maladresse.

– Une longue cohabitation dans un château qui ne compte que quinze pièces ! gémit Voltaire. Cela se nomme de la promiscuité scandaleuse ! Elle sera compromise !

– C'est comme les moutons, dit Barbara ; toucher, c'est acheter.

C'était d'autant moins juste que Mlle Corneille se conduisait très sagement, elle évitait de se trouver seule avec son fiancé, sortait en général de la pièce lorsqu'il y entrait, prenait bien garde de n'être pas amenée à le toucher et s'arrangeait pour ne jamais lui adresser la parole : c'était merveilleux de sagesse, on eût dit qu'elle côtoyait un lépreux.

Voltaire déclara à Vaugrenant que la réputation de sa pupille exigeait son départ immédiat. En réalité, rien de pire ne pouvait arriver à la réputation d'une jeune fille que d'habiter chez Voltaire. Sans doute y avait-il des dévots pour la soupçonner de se rendre à des messes noires, à cheval sur un balai, les nuits de pleine lune.

Il ne suffisait pas de refuser Vaugrenant, il fallait aussi le faire sortir. Quand il posa ses sacoches dans le vestibule le lendemain matin, on s'aperçut que le domaine était cerné par les neiges ; le promis, bien que mal léché, n'était pas un ours polaire. Il aurait fallu le pousser dehors (certes, l'idée n'arrêtait pas tout le monde) ; il aurait été embarrassant de retrouver au printemps son corps gelé. On allait peut-être devoir le garder en pension jusqu'au dégel.

– C'est l'enfer ! dit la nièce. Dieu nous punit !

Pour le faire déloger, Mme Denis, qui avait déjà affamé le père Adam pour moins que ça, fit servir à chaque repas un plat unique de lentilles au lard susceptible de décourager le plus acharné des pique-assiette. Les dîners devinrent tristes, il y eut affluence à la cuisine.

– Il partira, prédit le jésuite en se goinfrant de tartines, mais il ne laissera derrière lui que des cadavres squelettiques.

Vaugrenant abattit sa dernière carte : à la première occasion, il pénétra dans la chambre de la jeune fille et lui fit des propositions irrévérencieuses.

– Nous devrions coucher, dit-il en ôtant son pourpoint : tout bien pesé, vous n'êtes pas belle, vous êtes pauvre, donnez-vous au moins du bon temps quand ça se présente !

Elle fut soufflée, ne sut que répondre. Barbara, qui lui servait de chaperon ces temps-ci, surgit dans la pièce et le jeta dans le couloir.

– Vous faire de telles avances, à vous, une honnête demoiselle ! Quelle horreur !

– Quelle horreur, répéta tout bas Mlle Corneille.

Le 10 janvier, Voltaire, le père Adam et Vaugrenant étaient dans la cour, en train de discuter du temps, c'est-à-dire des chutes de neige, emmitouflés dans plusieurs couches d'épais manteaux, quand ils virent arriver Dupuits qui avait bravé les frimas pour parvenir jusque-là.

– J'épouse ! leur lança-t-il après avoir sauté de son cheval.

Il était en costume de voyage et arrivait directement de Dijon d'où il était accouru quand lui était parvenue la rumeur des fiançailles.

– Mais moi aussi j'épouse ! s'insurgea le promis.

Dupuits s'approcha tout près de Vaugrenant.

– Savez-vous que votre fiancée n'est plus vierge et que j'en suis la cause ?

– Monsieur, il n'était pas nécessaire d'attaquer l'honneur d'une jeune fille pour me faire partir. Si je respectais moins notre hôte, je vous tuerais sur-le-champ. Je préfère vous laisser la place.

Il monta faire ses bagages.

– Ah ! Notre sauveur ! s'écria Voltaire, bien disposé. Demandez-moi n'importe quoi, à part la main de Mlle Corneille !

– Mais j'épouse vraiment !

Le patriarche se mit à rire, de ce couinement spasmodique qui ressemblait au jappement d'un petit chien.

– Bravo, cher ami, vous imitez parfaitement cet idiot, on s'y croirait ! Vous me le referez après souper ! Ah, si j'avais une fille à marier, je vous la donnerais sans hésiter !

Il était débarrassé d'un prétendant, ce n'était pas pour s'en mettre un autre sur les bras. Dépité, Dupuits remonta sur son cheval et poursuivit sa route jusque chez lui.

Par la fenêtre, Marie le regarda s'éloigner en se

demandant pourquoi il s'en retournait déjà après un si dur chemin. Elle ignorait que le jeune homme s'était heurté à un obstacle bien plus retors que la neige.

Ces dames étaient assises au salon et peignaient quand Vaugrenant vint annoncer avec embarras à Mlle Corneille que « le mariage n'aurait pas lieu à cause de toutes les raisons qui l'empêchaient ».

– Oh, quel malheur, dit-elle avec autant d'émotion que s'il s'était mis à pleuvoir.

Puis elle s'évanouit, probablement en raison de son état. Vaugrenant fut ébahi de constater l'effet qu'il lui faisait. Mme Denis le bouscula pour qu'il se rendît utile. La grossesse commençait à se voir, il n'était que temps de les marier ou de le faire sortir. Il n'était bon à rien. Elle la lui confia et alla chercher de l'eau elle-même.

Marie ouvrit un œil et vit cette longue figure à la mine coupable qui la contemplait. Elle était entre ses bras. Il voulut s'excuser de la peine qu'il croyait lui avoir causé. Elle posa un doigt sur ses lèvres. Il n'y avait plus de dédain sur le visage d'aucun d'eux. Il s'aperçut qu'il avait fini par s'attacher à elle du fond de sa misanthropie. Et puis le gouffre de la solitude s'ouvrait à la porte du domaine. Leurs bouches se rapprochèrent.

– Maintenant que je vous ai compromise, souffla-t-il, le mieux que je puisse faire est de vous emmener avec mes trois chevaux.

– Le mieux que vous puissiez faire, répondit-elle doucement, c'est de vous enfuir très vite.

Mme Denis revint avec de l'eau, suivie de Barbara

et de Voltaire, qui la croyaient morte, et du père Adam pour l'extrême-onction. Ils surprirent le baiser et se figèrent de stupéfaction. Le capitaine sortit avec ses sacoches sans saluer personne.

Voltaire souhaitait maintenant la donner à un neveu de Racine, s'il y en avait.

– Hors là, je ne vois guère ce que nous pourrions faire d'elle. Encore faudrait-il qu'il acceptât le lot.

Vaugrenant s'en fut braver la neige avec ses trois chevaux. « Beau-papa » et Marie le regardèrent s'éloigner tristement.

– Pas trop déçue ? demanda-t-il à la jeune fille.

– Moi ? Pas du tout. Je ne pouvais pas le souffrir.

– C'est amusant, s'étonna Voltaire, il vous aimait bien alors que vous alliez le tromper horriblement ; moi qui vous en ai empêchée, il m'en veut ! Le monde n'a pas de sens.

– Que vous importe ? demanda-t-elle.

– C'est contrariant, je n'aime pas me faire des ennemis, même chez les imbéciles.

Elle haussa les sourcils bien au-dessus de ses beaux yeux noirs :

– Vous comptez abandonner la littérature ?

XXIII

Nous marions Mlle Corneille à un gentilhomme du voisinage. Je les loge tous les deux. Nous sommes tous heureux. Je finis en patriarche.

VOLTAIRE

– Je vais faire des contes, dit Voltaire qui avait envie de se remettre aux textes courts.

On comprit qu'il allait « faire les comptes », Mme Denis s'effraya, elle répondit qu'il n'avait pas lieu de s'alarmer, qu'elle avait le ménage bien en main. Son oncle jugea donc opportun de se pencher sur les dépenses. Il commença par faire vérifier les quantités de marchandises commandées pendant l'année écoulée. Mme Denis s'approcha du comptable et lui glissa tout bas :

– Si vous trouvez, je vous tue.

Deux jours plus tard, l'écrivain s'indignait :

– Mon comptable n'arrive à rien, il est nul !

Sa nièce, au contraire, l'estimait très compétent.

Mlle Corneille profita de ce que tout le monde était occupé pour aller prendre l'air. Dans l'entrée, elle rencontra Dupuits. Ayant pris goût à la philosophie, il venait lui proposer de faire d'elle une femme honnête.

Il avait paru de bon ton au jeune homme d'arborer pour l'occasion sa tenue de dragon, bien qu'il n'eût plus suivi l'armée depuis longtemps : il était serré dans un uniforme étriqué, froissé, poussiéreux, endossé à la hâte et sentant le renfermé. On était loin du prince charmant.

Si elle acceptait, Marie épouserait un brave garçon qui l'aimait. L'idée sembla un peu simple à son esprit nourri d'idéalisme. En revanche, ce qu'il y avait en elle de réfractaire à toute éducation bondit de joie. Sa part de folie l'emporta sur la raison voltairienne et sur les grands principes : au lieu de répondre, elle l'embrassa. « Enfin ! » pensèrent-ils l'un comme l'autre.

– Après tout, je t'ai gagnée au jeu, plaisanta-t-il.

Elle se garda de lui dire qu'elle avait la conviction, à présent, d'avoir perdu exprès leur joute philosophique. Il y avait en elle une sauvageonne éprise de liberté qui les avait roulés tous deux, la philosophe et lui.

Restait le plus difficile : convaincre papa Voltaire. Aurait-il envie d'épouser Dupuits ? Marie conseilla au jeune homme de se munir d'un sac de lentilles. Comme on n'en avait pas sous la main, elle remplit une petite bourse de perles à collier non encore percées. Puis elle corrigea tout ce que le prétendant pourrait dire de maladroit.

– Évidemment, l'idéal serait de ne rien dire du tout, mais jamais il ne me laisserait épouser un sourd-muet, il a trop de goût pour la conversation.

Elle passa en revue les différents domaines sur lesquels il risquait d'être interrogé. Il lui fit remarquer qu'elle-même n'aurait jamais été admise dans cette maison s'il lui avait fallu subir le même examen.

Mlle Corneille alla déranger Voltaire dans son travail. Dupuits doutait que ce fût le bon moment.

– Si, si, dit-elle. S'il a bien travaillé, il sera de bonne humeur, et s'il a du mal, il sera content que je l'en sorte.

– Que désire ma princesse porphyrogénète ? demanda l'écrivain.

Sa princesse porphyrogénète désirait lui présenter un fiancé.

– Encore !

Il était las de se voir demander cette jeune fille et d'assister chez lui à un défilé de prétendants peu plaisants dont il fallait nourrir les chevaux. La dernière expérience s'était révélée douloureuse.

– Je pense que vous devriez renoncer une bonne fois à cette idée, et vous consacrer à soigner ma vieillesse.

– Rester demoiselle, m'aigrir jour après jour, vous accabler de remarques acerbes, me disputer avec vos hôtes et peindre toute la journée des toiles incandescentes ?

La prédiction donnait à réfléchir. Il possédait déjà un exemplaire de l'espèce décrite. La perspective de voir grossir le bataillon des vieilles filles et de leurs tableaux rebutants l'angoissa.

Le postulant du jour appartenait au régiment du duc de Chevreuse, gouverneur de Paris.

– Encore un cavalier ! Vous êtes enragée d'équitation, ma foi !

– J'aurais bien cherché dans la marine, mais la Savoie offre un choix réduit en ce domaine.

– Il est étonnant qu'on ne nous propose que des militaires. N'y a-t-il que cela à faire en ce monde : la guerre ?

Il accepta de donner audience et vit entrer le petit emprunteur du mois d'avril.

– Je le connais ! Il est endetté ! Vous venez m'apporter mes dividendes ?

– Ainsi vous saurez quoi nous offrir en cadeau de noces, répondit la future.

– Ce n'est pas parce que vous me devez de l'argent qu'il faut épouser ma pupille ! J'ai acheté une compagnie de dragons, je ne pensais pas que c'était un élevage !

Le dragon s'inclina.

– Pierre Jacques Claude Dupuits de La Chaux, vingt-trois ans, gentilhomme.

Voltaire eut un geste d'impatience :

– Et débiteur de gnagna mille livres, je sais cela.

Mlle Corneille crut nécessaire de faire l'article :

– De mœurs charmantes, jolie figure, amoureux, aimé, assez riche.

– Tant mieux, répondit l'écrivain qui avait l'habitude des emballages trompeurs. Je ne vous cache pas que j'aurais préféré un descendant de Racine.

Dupuits le remercia d'avoir bien voulu le recevoir malgré sa maladie.

– Hein ? quoi ? Ah oui. J'ai toujours une minute dans mon agonie pour les affaires importantes.

Le prétendant eut le bon goût de déclarer qu'il n'avait pas pensé le trouver si mal en point, et raconta comment il venait d'enterrer deux cousins qui avaient meilleure mine que lui.

– Il est très bien, ce petit, souffla Voltaire à sa pupille.

Dupuits lui tendit le sac de graines perlières.

– Quelques lentilles...

– Des lentilles nacrées ? s'étonna l'écrivain.

Le jeune homme expliqua qu'il s'agissait d'une espèce de l'île Bourbon[1] rapportée par un oncle navigateur. L'écrivain contempla les légumineuses d'un air impressionné. Il se tourna vers le prétendant et demanda d'un ton insidieux :

– Dites-moi... combien de chevaux avez-vous ? Tous bien nourris ? Aucun dans mon écurie ? Vous êtes agréé !

Restait à réussir l'examen de philosophie. Dupuits se souvint d'avoir lu dans son enfance un récit du même genre, où les prétendants d'une princesse devaient résoudre des énigmes ou finir sur l'échafaud.

Ce que voulait surtout vérifier le philosophe, c'étaient les convictions religieuses du jeune homme, qu'il ne fût pas intransigeant comme un protestant ni

_____

1. Ancien nom de la Réunion.

superstitieux comme un catholique. La marge était étroite.

— L'intolérance ! Voilà le grand mal de notre époque !

— Que faut-il tolérer ? demanda prudemment le jeune dragon.

Il fallait tolérer Voltaire. L'écrivain fut fort surpris, et se réjouit, d'apprendre que le prétendant ne croyait pas du tout en Dieu. C'était même trop beau pour être vrai. Il posa quelques questions de théorie. Mlle Corneille surveillait le candidat et lui faisait des signes discrets.

— Le titre d'une œuvre : Socrate et Aristote sont dans un bateau. Socrate tombe à l'eau. Que reste-t-il ?

Mlle Corneille faisait des signes dans le dos du patriarche : main coupée, grimace porcine...

— Les morceaux... non, les parties... des bêtes... *Les Parties des animaux* !

— Non. Un ennui profond.

L'écrivain fit sortir sa pupille pour discuter seul à seul avec le jeune homme. La dernière chose qu'elle entendit en voyant la porte se refermer fut une question si difficile qu'elle-même n'avait aucune idée de la réponse, ce qu'elle interpréta comme une façon de le décourager. Mais Voltaire plaisantait.

— Laissons là l'examen philosophique, je crois que Cornélie vous l'a déjà fait passer avec succès en session privée.

L'essentiel était ailleurs. Le postulant était tellement au point que l'examinateur, une fois qu'il eut bien profité des flatteries qu'on lui dispensait, lui dit en confidence :

– Cornélie doit beaucoup vous aimer.

Si elle l'appréciait assez pour l'aider à tricher, c'était le dragon qu'il lui fallait : le tuteur déclara que c'était là tout ce qu'il voulait savoir. Ils se mirent d'accord en un tournemain. Dupuits avait huit mille livres de rentes en fonds de terre et une compagnie de dragons. En revanche, il ne possédait plus ni père ni mère.

– Gros avantage ! dit Voltaire qui ne goûtait pas la concurrence dans le patriarcat.

S'étant repris, il ajouta :

– Pauvre orphelin !

Les terres touchaient à celles de Ferney.

– Tout cela est merveilleux !

L'écrivain se fit préciser la position exacte du domaine, qui n'était pas grand-chose en soi, mais lui permettrait d'agrandir ses perspectives et de développer ses expériences agricoles. Il y avait là des marais très intéressants.

– Je dois à la vérité de dire qu'il s'agit d'un cloaque, confessa Dupuits.

– C'est parfait pour mes théories sur les assèchements ! Rien ne vaut un beau marigot bien fangeux, bourbeux, grouillant de vermine.

– En revanche, j'ai un beau verger...

– Rien à en faire, m'intéresse pas.

– J'ai une forêt du côté de Châtelaine...

– Je connais ! Un bosquet hideux ! Nous l'abattrons, ça me fera une trouée de vingt lieues.

– C'est que j'y tiens, à mon bosquet, il est giboyeux...

Voltaire le prit par le bras.

– Mon cher fils, je suis ravi de voir votre bosquet entrer dans la famille, il est comme vous, il sera parfait après une petite coupe. Vous n'avez rien contre les perruques à marteau ?

Voltaire crut honnête de le prévenir qu'il y avait un ver dans le fruit.

– Je vais être père ? s'écria le fiancé.

– Oui, enfin, par procuration, dit l'écrivain, gêné.

Le jeune homme passa sur ce détail, ce qui impressionna le tuteur : c'était une attitude vraiment philosophique, d'une philosophie un peu rousseauiste, mais néanmoins estimable.

– Venez que je vous embrasse, mon garçon ! Vous êtes un héros !

Il l'aurait jugé moins héroïque s'il avait su quelle part il avait prise dans cette affaire. Puis Voltaire fit rentrer Mlle Corneille, qui n'était pas loin.

– J'épouse ! proclama-t-il. Alors ? Est-on content ?

Dupuits se dit fort content d'épouser Voltaire.

Il fallait que le roi signât au contrat et donnât huit mille livres pour la dot, cela aurait dans la province un écho retentissant. On ferait bien signer aussi l'Académie.

– Hein ! dit Voltaire avec enthousiasme. Ce sera beau pour un dragon !

Il allait obtenir pour eux ce qu'il aurait fait pour lui-même s'il s'était marié : de la publicité. Cela tournait à la propagande, et ils se demandèrent si leur mariage était autre chose dans tout cela qu'un détail accessoire.

Dans le couloir, ils rencontrèrent Barbara à qui Mlle Corneille présenta son futur.

– Encore ! La petite maîtresse a la fureur du mariage depuis quelque temps !

– Bonjour, madame, dit Dupuits.

– Madame ? Il me plaît mieux que l'autre, c'est dejà ça. Est-il aussi pouilleux ?

– Monsieur Dupuits a dix mille livres de rentes.

– Ah ! Enfin quelqu'un de convenable !

– À peu près dix mille, rectifia le fiancé.

– À combien près ? demanda la servante.

La trinité du mariage entra au salon et y trouva Maman Denis en plein effort créateur. Son oncle lui annonça que leur pupille épousait « un jeune homme infiniment aimable, qui était l'un de leurs adeptes, car il avait du bon sens ». Vu sous cet angle, Rodogune épousait Candide. Mme Denis n'avait pas bougé de son chevalet.

– On vous dit que ce jeune homme nous épouse, répéta Voltaire.

– Non, lâcha-t-elle en continuant à tartiner sa toile de vermillon.

– Comment, non ? glapit son oncle.

– On veut m'enlever mon enfant ? demanda-t-elle.

– Il lui faut bien un père.

– Eh bien ? et moi ? répondit-elle. Je serai un très bon père pour ce petit !

Voltaire tenta un mensonge.

– Il se trouve justement que monsieur Dupuits est à l'origine de cette conception.

– Oh, personne n'en sait rien ! rétorqua la nièce.

– Si, moi, tout de même ! protesta Mlle Corneille.

– Il n'y a pas de preuve.

– Voici la preuve, dit la jeune femme en indiquant son ventre.

Mme Denis vint agiter son pinceau sous le nez du dragon.

– Ce n'est pas parce qu'on a réussi à placer sa petite graine qu'on a gagné une pension à vie chez papa Voltaire !

Mlle Corneille déclara qu'elle rentrait chez ses parents.

– Mais... et la layette ? dit Maman Denis en sortant une barboteuse d'un panier.

– Faites-vous-en un bonnet, je n'ai que trop reçu de vous, je me débrouillerai.

Elle était déjà sur le perron.

– C'est susceptible, une femme enceinte, remarqua Voltaire qui s'initiait aux mystères de la gravidité.

Mme Denis était désemparée. Elle restait immobile, ses langes dans les mains.

– Mais que fait-elle ?

– Elle s'en va, il me semble, dit son oncle.

– Avec mon enfant ?

Elle parut sur le point de défaillir, regarda chacun sans savoir que dire. Barbara la poussa à la fenêtre.

– Faites des excuses, lui enjoignit la servante.

– J'ai peur de ne pas savoir.

Barbara prit Voltaire par le bras et le poussa dans le dos de sa nièce.

– Not'bon maître, il paraît que vot'philosophie sert à que'que chose, c'est l'moment de l'prouver.

Elle ouvrit la fenêtre.

L'écrivain commença à dicter phrase par phrase le discours sur l'amour et sur la tolérance qu'il était temps de réciter à la future mère pour la retenir.

– Je veux que vous restiez, bredouilla Maman Denis. Vous me manqueriez. Je vous aime... infiniment. Comme c'est à ceux qu'on aime le plus qu'on en dit le moins, jugez de mon attachement par mon silence. J'aime votre habitude de ne jamais nouer vos rubans, j'aime vos cheveux défaits, le matin, lorsque vous descendez prendre votre chicorée, j'aime ce grain de beauté que vous avez à la base du cou...

Horrifiée tout à coup de ce qu'elle disait, elle donna un coup de pied derrière elle en murmurant : « Bon, ça suffit ! » Son oncle poussait le compliment un peu plus loin qu'elle n'aurait souhaité.

– Vous êtes belle, fine, spirituelle, gracieuse... vous m'êtes tellement supérieure. Quoi ?

– Si, si, soufflèrent plusieurs voix dans son dos.

Elle aurait volontiers abandonné, mais son public sur le perron semblant conquis, la comédienne en elle ne pouvait renoncer à séduire un auditoire qui buvait ses paroles.

– Je ne suis qu'une grosse femme malheureuse que votre départ rendrait encore plus triste, récita-t-elle d'un seul trait.

Ces derniers mots eurent du mal à passer. Elle

manqua de s'évanouir. Il fallut la pincer. « Pensez au petit », lui souffla Barbara.

Mlle Corneille revint l'embrasser. Elle était émue :

– C'était très beau, ce que vous avez dit. Je vous avais mésestimée. Pardonnez-moi.

Mme Denis essuyait ses larmes dans la layette à dentelles.

– Je vous pardonne. À quel point, « mésestimée » ?

Elles passèrent l'après-midi à tricoter de concert.

– Je vais faire un mariage de raison, finalement, remarqua Mlle Corneille.

– Cela me semble raisonnable, en effet, dit Mme Denis. Sachez d'avance qu'il vous trompera un jour.

– Cela s'appelle la vie, je crois ?

– Certes, soupira la nièce, il est un peu vulgaire d'épouser le père de son enfant, mais les événements nous réduisent parfois à de telles extrémités.

L'écrivain signa le contrat de mariage pour toute l'Académie, bien qu'il n'y eût plus mis les pieds depuis des années. Quand ses collègues apprirent que Voltaire signait pour eux, ils redoutèrent qu'il n'en fît une habitude. Il eut aussi la signature du maréchal de Richelieu. C'était comme pour la souscription, cela allait de pair avec le remboursement des prêts : quand on devait à Voltaire, on achetait du Corneille et on mariait Rodogune.

Il s'assura qu'elle poursuivrait, en dépit du mariage, sa formation dans les matières importantes : la grammaire, le calcul et le voltairianisme. Il s'obstinait par ailleurs à croire que le fiancé n'était pas le père de l'enfant.

– Je suis le seul mari qui s'est fait un bâtard à lui-même ! se plaignait Dupuits.

Mlle Corneille découvrit le bonheur d'être aimée. Ils s'enlaçaient dès qu'ils le pouvaient, dans les embrasures de portes et derrière les bosquets couverts de neige. Un jour, au cours de sa promenade, l'écrivain surprit leur tête-à-tête et les regarda s'embrasser longuement. Ayant entendu un bruissement dans le taillis, Dupuits annonça qu'il allait attraper un lièvre des montagnes. Il attrapa Voltaire.

– Qui est là ? demanda ce dernier en avançant les mains comme un aveugle.

– Ce n'est que nous, dirent les jeunes gens.

– Hélas, je n'y vois plus du tout ! gémit-il.

Une nouvelle fluxion des yeux s'était déclarée « à force de contempler leur bonheur », ou peut-être à cause de la luminosité des neiges, « comme cela arrive aux lièvres des montagnes », précisa-t-il avec intention. Ils le raccompagnèrent à l'intérieur tout en l'écoutant attribuer cette brusque cécité aux interminables lectures de Corneille qu'il s'était imposées pour constituer la dot.

Quoi qu'il en fût, l'écrivain ne put bientôt plus lire ni écrire, et dut dicter son abondant courrier. Il se crut menacé d'une cécité complète avec laquelle il n'aurait su vivre. Il se remit aux contes.

– Ainsi, je cours moins de risque de laisser une œuvre inachevée..., disait-il en affectant un détachement héroïque.

307

Il comparait ses petits récits aux litanies dont les aveugles usaient pour attirer la charité des passants.

– Les aveugles s'amusent comme ils peuvent...

– Oui, c'est bien, dit Barbara, vous allez faire pleurer tout Genève.

– Et puis, on ne s'acharnera pas sur un pauvre infirme.

C'était moins sûr.

– J'écrirai désormais des contes à dormir debout.

– Voilà qui va nous changer, répliqua sa pupille.

Elle songea que Dieu avait tiré l'homme de la boue, et Voltaire de la porcelaine.

XXIV

Hier il parut que les deux parties s'aimaient. Si nous avions le consentement je ferais le mariage demain. Ce n'est pas la peine de traîner, la vie est trop courte.

VOLTAIRE

Les habitants du château se réunissaient souvent autour du lit où Voltaire cultivait ses infirmités. Le maître demanda si sa pupille avait écrit à ses parents.

– Pourquoi cela ?

– Cela se fait, ma chère enfant, dit Maman Denis. Il est d'usage de prévenir ses parents quand on se marie.

– Cela ne pourrait-il se faire après le mariage ?

L'innovation était d'un modernisme outré, même pour des philosophes de Ferney. De plus, étant mineure, elle avait besoin de l'autorisation parentale, puisqu'elle avait la chance de n'être pas orpheline.

Elle douta que cela fût une chance en l'occasion, et dut répéter les propos tenus par son père avant de la quitter : qu'elle ne devait pas se marier, qu'il n'y consentirait jamais.

– Voilà un drôle d'homme qui ne veut pas être grand-père ! s'exclama la nièce. De quoi se mêle-t-il ? Est-ce qu'on lui demande son avis ?

Dupuits était soucieux.

– Il faudra bien le lui demander.

– Ouvrons les yeux, dit le père Adam : si nous différons par trop la cérémonie, la silhouette de notre jolie fiancée prêtera à médisance.

– Il faudrait être aveugle, observa Barbara.

– Croyez-vous ? dit Voltaire, agacé.

– Cela saute aux yeux, fit le prêtre.

– C'est clair, renchérit Dupuits.

– À y regarder de plus près, vous n'avez pas tort, dit la nièce.

Le pauvre infirme se mit à s'agiter sur ses oreillers.

– Cessez vos allusions ! On croirait que vous cherchez à me contrister ! Ah, que je souffre !

Mme Denis soupira :

– Oh oui, vous êtes bien malheureux !

Le souffrant n'était pas niais, son cerveau fonctionnait encore très bien.

– Vous, vous avez quelque chose à me demander, dit-il avec suspicion.

Sa nièce, qui ne vivait pas dans la mesquinerie, avait fait venir de Paris un tailleur pour couper la robe de la mariée. Le pauvre aveugle s'effraya :

– Un tailleur de Paris ! N'y en avait-il pas de moins cher ?

– Si, mais c'était moins bien. C'est comme pour votre nièce : vous avez le premier choix.

– Il n'y a pas de tailleur à Genève, peut-être ?

– Voudriez-vous la marier en robe noire de calviniste, avec un bonnet sur la tête ? Que vous a-t-elle fait ?

On se résigna à installer monsieur le tailleur à Ferney avec ses ouvrières.

La voiture envoyée à Lyon arriva bientôt. Dès l'ouverture de la portière, ils furent environnés d'un halo de senteurs des prés comme la campagne n'en a jamais produit, ou alors dans un pays tropical, un soir d'éclipse. Apparut un petit homme poudré, maquillé, surmonté d'une épaisse perruque blanche, vêtu d'un brocart rose à fleurs bleues qui aurait été fort élégant comme robe de baptême.

– Vous l'avez fait venir pour la layette ? demanda Voltaire dont la cécité connaissait des rémissions quand il y avait quelque chose à voir.

Sa nièce haussa les épaules et marcha au-devant de l'artiste, les mains tendues, en l'appelant « cher maître » comme elle l'eût fait d'un académicien ou d'un grand musicien. Elle l'introduisit avec une cérémonieuse déférence :

– Roberto Pomponi, *le* Pomponi. Quel honneur ! gloussa-t-elle.

– De quelle région d'Italie ? demanda le vieil écrivain en étreignant un gros tas de dentelles au milieu duquel devait se trouver la main de son invité.

– Du Berry, répondit Pomponi

Le petit homme au front bas, qui avait dû être charmant dans une autre vie, subit le reste des salutations comme si on le présentait aux vêtements, et non à ceux qui les portaient. On devinait d'ailleurs à sa mine que ces étoffes et lui n'étaient pas du même monde. Il n'eut d'égards que pour les manchettes du patriarche, un ouvrage devenu introuvable.

On lui demanda comment il se faisait qu'on trouvât des Italiens dans le Berry.

– Ma tâche est de modeler l'apparence que Dieu a donnée aux femmes, expliqua Robert Pompon ; je pouvais bien refaire le nom légué par mes ancêtres.

– Certes, dit Barbara : il n'y a pas de raison qu'elles soient les seules à être ridicules.

– Et vos ouvrières ? s'enquit tout à coup Mme Denis.

– Vous savez coudre ? répondit le tailleur.

Ayant reçu avant de partir le montant de ses émoluments, il s'était résigné à venir seul. Il fallut recruter dans la domesticité. « Vous savez coudre ? » devint son leitmotiv.

– C'est moi qui ai fait cette robe, monsieur ! répondit Barbara d'un air offensé.

– Bon. Je vous prends quand même.

Il n'était pas question pour Mme Denis de manquer une si belle occasion de renouveler sa garde-robe. Elle présenta l'idée à son oncle de la manière adéquate :

– Nous allons tous en profiter et faire une grande économie ! D'ailleurs, je vous ai fait passer en premier.

Elle sortit de derrière son dos un bonnet mou et informe.

– Je vous ai fait coudre un des ces affreux couvre-chef que vous adorez. Il est doublé avec une chute de mon mantelet.

– Je reconnais bien là votre générosité, ma chère,

répondit l'oncle en remplaçant son vilain bonnet usé par ce vilain bonnet neuf.

Maman Denis choisit les dentelles de la mariée en fonction de leur réutilisation dans la layette. Elle l'aurait volontiers mariée en bleu si elle avait été sûre qu'on attendît un garçon.

Bien sûr, le refus du consentement aurait annulé bien des choses. La nièce s'attendit à devoir se battre pour maintenir le mariage aussi bien que sa garde-robe.

Première difficulté : on avait perdu la trace du père Corneille, nul ne savait où il logeait. On chargea les d'Argental de le retrouver. Quand ce fut fait, les divins anges envoyèrent un courrier alarmant : Jean-François se révélait aussi têtu qu'imbécile, conformément aux craintes de la nièce.

– C'est étonnant, ce trou dans la filiation entre Corneille et vous, remarqua Voltaire.

On lui envoya Mlles Félix et Vilgenou avec mission de le bousculer. Jean-François crut ouvrir la porte à une bonne grosse flanquée d'une bonne maigre, mais ce fut une tornade qui pénétra dans son logis. Elles assaillirent de questions le mauvais père sans lui laisser aucune chance de répondre, et l'assommèrent de reproches qui étaient des condamnations sans appel. La terre trembla, la voix de Yahvé se fit entendre, c'était l'Apocalypse. Les archanges du dernier jour sortirent furieux, sans avoir rien obtenu puisqu'ils ne venaient rien chercher, laissant un Jean-François abruti et dégoûté de la gent à jupons. Il avait refusé de se mettre à genoux devant l'idéal philosophique comme devant celui de l'hyménée. Le rapport qu'elles transmirent à Ferney était une longue liste d'adjectifs réprobateurs dont la conclusion tenait en une phrase : qu'il aille aux Enfers, c'est un âne bâté, il ne veut rien entendre et sa femme vous embrasse.

Le prétexte invoqué par Jean-François pour refuser le mariage était la modeste fortune du prétendu (c'est-à-dire que l'époux ne pourrait subvenir aux besoins de son beau-père). Il aurait fallu lui cacher cet état de fait ; c'était donc la vérité qui empêchait leur union, un mensonge aurait été plus utile. Voilà qui heurtait la philosophie. La philosophie pouvait-elle les tirer de là ? L'écrivain nomma cela « la malédiction Vaugrenant ». Il s'étonna d'avoir eu moins de mal à trouver un bon parti pour une jeune fille pauvre qu'à convaincre le papa de donner sa fille.

Sans autorisation paternelle, impossible de se marier. Son beau dragon accepterait-il de l'attendre jusqu'à sa majorité ? Cette question occupait Marie toute la journée, à lui donner le tournis. Qu'adviendrait-il de son enfant si elle le mettait au monde sans aucun homme pour lui donner son nom ? Était-elle destinée à toujours vivre au bord du gouffre ? Elle songeait avec horreur que son père, qui n'avait jamais cherché à faire son bonheur, s'acharnait maintenant à faire son malheur. Elle aurait voulu se jeter à ses pieds, mais il était absent. Plus que la distance, le temps avait creusé entre eux un abîme. L'éducation de Voltaire, en lui ouvrant les yeux, l'avait à jamais coupée des siens.

Pour Maman Denis, il importait que le consentement

314

leur parvînt avant le carême, car tous les invités de la noce n'étaient pas d'honnêtes mécréants, il s'y trouvait même d'excellents catholiques auxquels on ne pourrait servir les perdrix de Valais et les coqs de bruyère prévus au menu. La perspective de devoir remplacer ces agapes par du poisson irritait la maîtresse de maison.

– S'il y a une occasion de manger dans la vie, c'est bien le mariage !

– Vous semblez y tenir énormément, remarqua Dupuits.

– Un mariage sans viande grasse, ça porte malheur !

– Il y aura toujours vous, ma chère, dit le père Adam.

Elle rougit à l'évocation des rondeurs d'un corps sculpté à table en un temps où d'harmonieux bourrelets n'étaient pas une disgrâce.

– Hou, hou ! couina-t-elle. Mais je ne suis pas comestible, mon père.

– Mais si, mais si, ma fille, dit le prélat en posant sur elle le regard du renard sur la poularde.

– Je ne suis pas une dinde..., reprit-elle sans cesser de glousser.

– Mais si, mais si ! dit à son tour le fiancé.

Elle envoya de son propre chef un modèle de consentement à Jean-Francois, sans le faire viser par son oncle. La réponse, transmise par les demoiselles, fut cinglante. Mme Denis avait cité au récalcitrant des raisons tirées de Platon et de Leibniz. Cela lui avait fait horreur.

Voltaire dut répondre lui-même. « Je ne sais quel

est l'âne qui a donné à ma nièce ce beau modèle de consentement », dicta-t-il à un père Adam dans ses petits souliers. La théorie philosophique fut abandonnée pour le métal doré.

– Je vais lui en donner, de la philosophie ! dit le patriarche. Argument philosophique numéro un : afin que le brave homme participe à la joie commune, on lui fera parvenir vingt-cinq louis. Argument philosophique numéro deux : cet argent transitera chez nos amis d'Argental, qui lâcheront la somme lorsque notre cher beau-père aura donné son consentement. Argument philosophique numéro trois : s'il refuse de signer, il ne tâtera jamais un sou des souscriptions que je m'efforce de récolter pour sa famille. Argument philosophique numéro quatre : il ne faut pas les lui lâcher en une fois, pour éviter qu'il ne dépense tout le premier jour.

L'écrivain conclut qu'il avait déjà fiancé les promis et fit prier le père qu'il se pressât.

– Et qu'il envoie l'extrait baptistaire ! ajouta le patriarche. Et dites-lui bien qu'on pourrait s'en passer ! Ou ça me coûtera encore vingt livres !

Barbara s'émerveilla de commencer à comprendre la philosophie.

Tout retard se fût révélé fâcheux à la naissance de l'enfant. Il était possible de faire passer un bébé à terme pour un bébé de sept mois, mais de cinq ?

– Ce serait un miracle, dit le prêtre.

– Hélas, mon père, dit Voltaire, Jésus pourrait apparaître en personne à Ferney, personne n'y croirait et la parousie aurait lieu dans l'anonymat le plus complet.

– Pas tant que vous serez là pour raconter votre vie à l'Europe entière, mon fils, répondit le jésuite.

La volée d'arguments philosophiques porta, et même au-delà des espérances. Comme on ne peut résister éternellement au bon sens, le père Corneille finit par admettre qu'il avait plus à gagner qu'à perdre à ce mariage, et le consentement arriva. Il annonça d'ailleurs son intention de consacrer une partie des vingt-cinq livres à sa venue. Les derniers cheveux de Voltaire se dressèrent sous son bonnet. Son sens de l'équité n'allait pas jusqu'à présenter le mouleur de bois au duc de Villars ou au comte d'Harcourt. Il n'avait pas cultivé toute sa vie les personnes de condition pour se ridiculiser aux côtés d'un dégénéré cupide et pataud. Il comptait présenter sa perle des Lumières dans un écrin digne de lui, non dans le laid emballage où il l'avait trouvée.

Mlle Corneille ne comprit pas. Toute à sa reconnaissance pour ce consentement tardif, elle se réjouissait de voir son père contempler son bonheur. Voltaire lui fit entendre qu'il se montrerait gauche, déplacé et surtout désarmé : messeigneurs se moqueraient de lui devant elle comme ils s'étaient gaussés de Maman Denis, ce serait une exécution publique. Il redoutait en outre la mauvaise impression sur les gentilshommes Dupuits.

– Comment ! Je leur lance deux barons et trois comtes à la figure pour leur montrer qu'ils épousent une princesse, et vous seriez conduite à l'autel par le portier du château ?

Son parrain le lutin avait bien l'intention de l'y conduire lui-même.

— Il n'avait qu'à vous marier le premier ! je ne laisserai pas ma place !

— Mais... c'est mon père !

— C'est surtout un enquiquineur de profession qui trouve de l'intérêt à s'exhiber devant des personnes en vue.

Il venait de tracer son propre portrait.

— Car enfin, ce n'est pas tous les jours qu'on se marie ! reprit-il. Non, non, je n'en veux pas à mes noces !

Il écrivit aux divins anges de ficeler le papa sur une chaise : il avait modelé la demoiselle idéale et ne désirait pas voir exposer la boue dont il avait tiré son chef-d'œuvre. On ne lui demandait que d'écrire en une fois tout son savoir, c'est-à-dire son nom. S'il persistait à vouloir venir, on annulerait tout, on le laisserait mourir de faim et on marierait sa fille dès sa majorité. Les consignes étaient de moins en moins philosophiques.

— Si Jean-Francois vient à Ferney, grommela-t-il, je l'enferme dans une armoire.

Voltaire gardait une dent contre lui : on pardonne difficilement à ceux qui nous forcent à briser notre vernis de douceur et d'urbanité. Sous prétexte de ne pas désobliger les Dupuits, il fut décidé d'enterrer ce papa Corneille rebelle et insortable. Il fallait que les d'Argental s'arrangeassent pour que Jean-Francois quittât Paris et retournât à Évreux, attiré par l'octroi d'un dépôt de tabac ou autre chose de semblable. Le patriarche écrivit en ce sens aux fermiers généraux susceptibles de lui accorder cette grâce. Il se dépensa beaucoup pour faire jeter un monceau de terre sur cette tombe.

On réactiva dans le même temps les La Tour du Pin, ces parents des Corneille qui avaient essayé de faire interner leur petite-cousine dans un couvent par lettre de cachet : leur nom ferait bien au bas du contrat.

– Il faut impressionner le bourgeois, expliqua l'écrivain qui rameutait les lointains cousins après avoir écarté le papa.

On fit signer Pindare Le Brun, Mlles Félix et de Vilgenou, enfin toutes les personnes qui avaient eu trait à cette destinée. Une fois tous les éléments du tableau en place, on pourrait organiser le vernissage.

– La famille, dit le marieur, c'est très bien, à condition de la choisir soi-même.

Le tailleur avait une pièce à disposition dans l'aile droite. Mme Denis et lui s'entendaient comme larrons pour échanger des ragots sur Paris ou sur Versailles tant qu'il n'était pas question de couture. La minute suivante ils s'envoyaient les étoffes à la tête. Les couleurs surtout posaient problème : les carmins de l'une éteignaient les doux camaïeux de rose de l'autre.

– Bon, dit le tailleur. La mariée, en blanc.

– Ah non, protesta Maman Denis avec un geste évocateur : le blanc, elle ne peut pas !

– Ah. Des rayures, alors. Cela affine. En rose pâle.

La nièce s'obstinait à affirmer que ses rouges sanglants étaient à la mode.

319

– Dans les boucheries, oui, répliqua le couturier avec dégoût.

Il est vrai que, pour l'extravagance, aucun des deux ne prenait le pas sur l'autre. Pendant un mois, ce fut chez Voltaire une volière piaillarde ; chaque jour les dames, y compris Pomponi, avaient les nerfs brisés.

Enfin l'on put présenter aux yeux émerveillés du patriarche une robe blanche traversée de rayures écarlates propre à donner des envies de mariage à n'importe quel demoiselle ou philosophe. On avait agrafé sur le devant un gros nœud de taffetas susceptible de dissimuler un éventuel embonpoint au regard des médisants.

– Bonne idée, Pompon, dit Voltaire. Vous avez de présence d'esprit.

– Oh, c'est un modèle qui sert beaucoup, monsieur Arouet, fit le tailleur.

Ayant accompli son œuvre, ainsi qu'une dizaine d'autres dont il ne fallait pas parler au maître, il ne vit aucune raison de retarder son retour vers des contrées où l'élégance ne le disputait pas aux abattoirs.

Mme Denis le regarda s'éloigner avec de gros soupirs. Elle avait dit adieu à Pomponi et regrettait Pompon.

XXV

*Avouez que Corneille a eu une étoile bien singu-
lière, si tant est qu'on ait une étoile.*

VOLTAIRE

En février 1763, Dupuits annonça la visite de son
oncle et parrain, aîné d'une vaste fratrie, chef de la
famille, qui profitait d'une escale pour leur porter en
personne sa bénédiction.

– Une escale ? s'étonna Maman Denis. Votre oncle
commande-t-il une flotte de galions des montagnes ?

L'oncle pratiquait le commerce de la banane pour
une compagnie maltaise. Il s'agissait d'un gentilhomme savoyard de vieille noblesse. Voltaire soupira.

– Encore un pauvre.

Bien que l'on se réjouît d'avance des anecdotes exo-
tiques dont le bananier savoyard ne manquerait pas de
les régaler, on se demanda comment un montagnard
avait pu finir capitaine d'un vaisseau de commerce
maltais.

– Une vocation, sans doute, dit Voltaire.

Dupuits était moins enthousiaste. Il évoqua la forte

personnalité du vieux marin, un sourdaud d'à peu près l'âge de Voltaire, mais non moins âpre en affaires. Restait donc un écueil : séduire le parrain qui pouvait s'opposer à l'union, la retarder, ou même déshériter son neveu, ce qui eût été dommage.

– Ne vous inquiétez pas, dit Mme Denis, sereine ; nous nous y connaissons en oncles.

On décida de déployer un peu de faste pour impressionner le loup de mer, ce qu'on pensa n'être pas difficile.

On vit paraître un beau matin un petit barbu sec et buriné, répondant au doux patronyme de Monsieur de l'Échelle, que l'on reçut comme un vieux parent en visite, avec un curieux mélange de poudre aux yeux et de bonhomie. De fait, Voltaire tenait son accord pour une formalité :

– J'ai bien accepté cette union, moi !

C'était un aveugle qui rencontrait un sourd. Le capitaine avait apporté en cadeau des bananes fort à point choisies dans ses cales. C'était déjà très exotique, surtout par l'odeur.

On caressa le vieux matelot dans le sens des vagues. Mme Denis lui montra par ses ouvrages d'art dans quel environnement raffiné avait été élevée la promise. Le parrain répondit qu'il n'était pas venu se faire réciter la carte du Tendre. Le neveu trouva opportun de lui servir une sentence philosophique qui mit l'oncle hors de lui. Il déclara qu'une maison où l'on changeait les cornettes de dragons en philosophes de comédie, où les dames se mêlaient d'enseigner aux hommes, ou, qui sait, on finirait par semer des lentilles dans des marécages... et n'osa pas terminer sa phrase, ce qui fut heureux, car il était en bon chemin pour citer toutes les excentricités effectivement commises par Voltaire.

– Parlons net, dit le vieux marin ; je viens voir quelle sorte d'alliance fait mon neveu et si je peux donner mon accord à cette affaire-là.

Mlle Corneille avait été pomponnée : peau poudrée à blanc, joues rosées comme seuls les portraitistes mondains arrivent à en imaginer, longs cils ourlés l'empêchant de regarder quiconque sans donner l'air de l'aguicher. Elle était féminine jusqu'à l'écœurement. Dupuits, estomaqué, put constater qu'il s'était bien fiancé à ce qu'on appelle communément une femme. Le parrain jeta à peine un regard à ce tableau ambulant.

– C'est donc la fille..., dit-il.

Mlle Corneille fit la révérence. M. de L'Échelle s'inclina imperceptiblement.

– Je suis très honoré de cette union et, pour l'être encore plus, j'aimerais savoir quel avantage nous y trouverons.

– Mais... l'amour ! répondit Cramer, convoqué en renfort.

Il y eut un silence.

– Laissons là les thèmes littéraires, reprit le visiteur ; et passons à la vie réelle.

Ils comprirent que la malédiction Vaugrenant frappait à nouveau. Voltaire se lança dans une grande tirade sur le nom illustre qu'elle portait. Le marin interrompit ces envolées : il avait eu connaissance des paniers en osier et des méandres de la filiation qui la reliait au grand tragique. Apparemment, la gazette où Fréron avait imprimé ses horreurs était lue jusque sur les bananiers maltais.

– Vous comptiez lui donner une marquise, sans doute ? siffla Mme Denis.

– Pardon ? dit le matelot en tendant l'oreille.

On lui montra le contrat de mariage, superbe pièce où figuraient les paraphes des duc et duchesse de Choiseul, duchesse de Gramont, duc de Chevreuse, maréchal de Richelieu, comte et comtesse d'Argental, et de l'Académie française en corps constitué.

– Regardez, dit Voltaire ; il y a même la signature de Ponce Denis Écouchard Le Brun, surnommé Pindare, homme de lettres, qui nous aime.

– Connais pas.

Il haussa les épaules tel Diogène devant les trésors d'Alexandre.

– Si ces hauts personnages trouvent si bon de marier votre pupille, que ne s'avisent-ils de le faire dans leur famille plutôt que dans la mienne !

On exhiba le nom du roi. Il daigna y jeter un coup d'œil, signala que lui aussi pouvait écrire « Louis, roi de France » sur n'importe quel papier. Il ne recherchait pas l'admiration des grands au point de marier son neveu à la demande.

Le contrôleur général de la Couronne avait promis que Sa Majesté donnerait dix mille livres aux jeunes mariés. Le parrain répondit que Sa Majesté était célèbre pour sa mauvaise mémoire autant que pour ses dettes, et qu'il se voyait mal en mesure d'aller à

Versailles lui rappeler sa promesse ; tout comme Voltaire, d'après ce qu'il s'était laissé dire.

Il semblait s'être laissé dire beaucoup de choses.

– Bref, elle n'a rien, conclut-il, et mon neveu, lui, a une très jolie terre à la porte de votre domaine. Vous ne faites pas une mauvaise affaire en l'épousant !

Voltaire fut pris de suffocations.

– J'épouse parce que je le veux bien ! glapit-il d'une voix indignée.

Pour ce qui était de la souscription, ils eurent beaucoup de mal à faire considérer l'espérance de la vente d'un livre comme une dot. Le capitaine avait l'habitude des bateaux qui n'arrivent jamais. Bien qu'il y eût peu de chances, à vrai dire, pour que les pièces de Corneille périssent dans un naufrage, il se montra imperméable à toutes leurs raisons.

– Mais il est sourd, cet âne ! murmura l'écrivain.

On insista en vain sur le partage des recettes, que le parrain regardait comme un objet fort mince : il n'avait jamais vu quiconque s'enrichir avec de vieux livres.

L'écrivain quitta le salon en répétant pour lui-même :

– Nous allons lui montrer comment on s'enrichit avec de vieux livres !

Quand on eut fini de se regarder en chiens de faïence, le capitaine reprit l'abordage :

– Maintenant que le petit vieux est parti, parlons net. Qui paie la dot ?

– C'est Pierre Corneille, dit Cramer.

– Je croyais qu'il était mort.

On lui expliqua que c'était l'apanage des génies de

laisser derrière eux des œuvres impérissables, ou même de ne jamais mourir. Le parrain n'entendait pas ce langage, n'ayant jamais vu un banquier renaître de ses cendres. L'imprimeur offrit d'ajouter au produit des souscriptions un intéressement sur la vente publique. Le marin dodelina du chef comme devant un fruit tapé.

— Je me suis laissé dire que les libraires parisiens ont déjà dans leurs magasins deux éditions de Corneille qui pourrissent. Comment vendrez-vous la vôtre ?

— Monsieur, il suffit que monsieur de Voltaire souhaite, et Corneille sera à la mode !

On en doutait.

— Dans mon pays, on dit aux enfants : « Mange ta soupe, sinon Voltaire viendra te prendre ! »

— Ah oui ? Et ça se vend comment, la banane pourrie ? lâcha la nièce.

— Plaît-il ? fit le capitaine.

— Madame dit que février est un bon mois pour qu'on s'y marie, répondit le neveu qui gardait l'espoir de sauver ses noces.

— Enfin, reprit Cramer, c'est tout de même autre chose, une Corneille, qu'un Dupuits, fût-il de La Chaux !

— Oh, moi, je ne vais pas au théâtre, répondit l'oncle. En revanche, je soigne nos intérêts.

Mme Denis explosa :

— Non, elle n'est pas noble, oui, elle est pauvre, et cela est fort bien, car sans cela elle aurait conclu voici deux ans un mariage beaucoup moins avantageux que celui-ci ! Aussi : vive la roture !

– Qu'a-t-elle dit ? demanda le vieux marin, qui décidément n'était sourd qu'aux propos des dames.

– Ce que vous avez entendu, répondit son neveu, ayant baissé les bras.

Comme plus personne ne disait mot, le parrain se mit enfin à jauger la promise.

– Elle est grosse, grogna-t-il dans sa barbe.

On fit semblant de n'avoir pas saisi. Il insista :

– Je vois bien qu'elle est grosse.

On lui demanda comment il l'entendait, bien que Mlle Corneille fût trop peu grasse pour que plusieurs sens fussent possibles.

Son neveu était tombé dans un piège, telle était sa thèse : la jeune fille s'était laissé culbuter pour le forcer à une union disproportionnée.

– Encore heureux s'il est de lui ! lança-t-il en homme connaissant bien ses semblables pour avoir beaucoup fréquenté les poissons.

On fut atterré.

– Je vous dirais bien : Gardez votre vache, considérez que nous vous l'avons engrossée pour rien.

Mme Denis bouillait.

– Vous jugez toutes les femmes à l'aune des filles de port, rugit-elle.

– Pas vous, madame, répondit l'amateur du beau sexe. Des comme vous, je n'en ai jamais vu.

Elle se dressa de toute sa corpulence, réfléchit un instant et lui lança en plein visage l'insulte définitive :

– Savoyard !

Sur ce, elle sortit en claquant la porte.

Le capitaine, qui avait essuyé d'autres tempêtes,

jugea que la donzelle donnait de la houle quand elle était démontée.

Son neveu le pria d'excuser la mauvaise humeur de Maman Denis, frappée d'un érésipèle. Le parrain répondit qu'il avait déjà ouï parler des rumeurs d'hérésie touchant cette maison.

Les jeunes gens résolurent de plaider leur cause eux-mêmes. Mlle Corneille commença par lui sortir des raisons philosophiques, comme l'aurait fait Mme Denis.

– Et raisonneuse, avec ça ! Tu as pêché un condensé de tous les défauts possibles, mon petit.

Marie lui expliqua que son refus n'empêcherait pas leur enfant de naître ni eux de se marier. Ils seraient tristes d'être fâchés avec lui, bien que ce ne fût pas de leur fait. Ils auraient eu plaisir à voir revenir chaque année leur oncle navigateur, dont les récits auraient fait rêver leurs enfants. Elle se tut. Il éructa. Il était flatté, ce qui est le premier degré de l'émotion. Il se dit qu'il valait peut-être mieux, après tout, que son neveu épousât une finaude qu'une idiote. Quant à le déshériter, on verrait par la suite.

Voltaire revint chargé de papiers.

– Vous le savez, je ne donne pas dans les romans à la mode, dit le capitaine.

On avait remarqué cela.

– Pourtant, quand le cœur parle, il faut s'effacer ; il n'y a plus rien à dire et la plus grande misère est justifiée.

Documents à l'appui, l'écrivain fit observer que « la plus grande misère » se montait tout de même à treize mille livres de rente, plus une autre de vingt mille, plus les fameux bénéfices de l'édition, dont la seule mention donnait de l'urticaire à leur cher hôte. Il se vanta d'avoir fait en sorte que sa pupille n'eût aucun souci d'argent.

– Maintenant, si vous refusez votre agrément, cela n'empêchera pas le mariage : cela ternira la fête, c'est tout, nous nous marierons en catimini. C'est à vous de choisir.

Le vieux marin soupira.

– Ah, l'argent fait passer bien des choses, dit-il – ce que l'on espéra être un lapsus.

On invita Harpagon à passer à table. Puisque enfin les familles pauvres acceptaient les nobles prétendants, et que les familles anonymes acceptaient l'alliance de noms illustres, on allait pouvoir conclure ces noces si le sol ne s'ouvrait pas sous leurs pieds entre le château et la chapelle.

– Jamais je n'aurais pensé qu'il fût si pénible de marier sa fille, dit Voltaire. J'ai de l'admiration pour tous les parents du monde.

M. de l'Échelle leur conta à dîner de sympathiques histoires de pirates, de mutineries et de cannibalisme. On s'aperçut que ce capitaine de bananier maltais avait vécu les aventures prêtées à Candide et que, le vin aidant, il devenait le contraire de lui-même, ce qu'on s'accorda à juger rassurant pour le genre humain.

XXVI

Je voudrais que le bonhomme Corneille revînt au monde pour voir cela : le bonhomme Voltaire menant à l'église la seule personne de son nom. Dieu m'envoie Mlle Corneille, je me fais deux enfants que la nature ne m'avait point donnés, ma famille loin d'en murmurer en est charmée ; tout cela tient un peu du roman.

Voltaire

On était toujours, le 12 février 1763, dans la neige jusqu'au cou, et Voltaire dans le brouillard. Ayant eu des désagréments, il s'alita. Les fiancés le trouvèrent étayé par trois gros oreillers.

— Ah, un peu de joie au milieu de nos malheurs ! murmura-t-il. Mariez-vous ce soir, j'attendrai bien à demain pour mourir.

Mlle Corneille se souvint d'avoir lu quelque chose là-dessus dans les œuvres de Molière.

— Voilà un temps parfait pour un mariage, ajouta l'hypocondriaque.

C'est-à-dire qu'il faisait si vilain que l'on manquait de distraction. Il prit un air de bon vieillard à ses derniers instants pour déclarer, une main sur la tête du promis

– Elle est votre épouse, mais elle reste ma fille...

Il la donnait avec un élastique. Suivit un silence qui appelait une réponse, voire une promesse. Ce petit plaisir ne lui fut pas refusé : l'heureux gendre avait reçu consigne de dire oui à tout et d'en faire à sa guise, unique façon de survivre dans cette maison.

– Prenez soin d'elle, dit le patriarche, c'est une petite fille.

Comme Dupuits restait perplexe, il le tira à lui et ajouta plus bas cette remarque définitive : « Elle aime Rousseau. » C'était la situer, dans l'échelle voltairienne de l'intelligence, en toute bonté, juste au-dessus de la grenouille verte, qui n'est pas douée de parole, mais en dessous du perroquet, qui présente cet avantage de rarement donner son avis sur *La Nouvelle Héloïse*.

Le moribond fit appeler sa nièce pour dicter une lettre. Mme Denis qui, la veille, avait noté quinze missives du même moribond, se sentait mourir elle-même. Elle fit répondre qu'elle avait eu un malaise, d'ailleurs cette omniprésence du mariage lui donnait la nausée. Elle se vit mieux au lit qu'à la cérémonie. Et puis elle en avait assez de servir de secrétaire à cet oncle qui n'avait pas noirci moins de papier depuis sa cécité. Elle trouva équitable d'être un peu mourante à son tour.

Malgré son ventre, Mlle Corneille dut faire la navette entre les deux catafalques. Avec cela, Voltaire, qui se disait aveugle « comme Dieu », avait choisi de faire célébrer les noces de nuit, à la chandelle : c'était original et, surtout, les autres convives n'y verraient guère mieux que lui.

– Nous allons pratiquer la belle égalité selon Jean-Jacques ! déclara-t-il.

Peu avant minuit, tout le monde était réuni dans le hall, impatient et paré, pour attendre le maître. Son apparition fut saluée d'un grand « ah » comme s'il s'était agi de la mariée qui, elle, faisait antichambre avec les autres depuis une demi-heure. L'écrivain avait revêtu son suaire du dimanche. Avec sa doublure d'hermine et son bonnet grand siècle, il ressemblait à la momie de Louis XIV.

– Laissez passer les Quinze-Vingts[1] ! clama-t-il en balançant sa canne de part et d'autre.

Comme il affectait d'y voir encore moins que d'habitude, on le conduisit avec précautions aux invités.

– Ne me dites rien, je vais deviner, dit-il en avançant deux mains décharnées.

Il entreprit de faire courir ses doigts secs sur le premier visage à sa portée, comme à colin-maillard : en l'occurrence, celui de Son Excellence le duc de Villars qui eut le privilège de se faire tripoter les joues et palper les oreilles.

– Ne vous offusquez pas, dit l'écrivain ; nous

---

1. Hospice fondé par Saint Louis en 1260 pour abriter les aveugles démunis.

autres, les grands aveugles, n'avons que ce moyen pour voir.

On n'osa protester, malgré le déplaisir. Quand il tourna le dos, il y eut des naïfs pour murmurer :

– Quelle perte pour les belles-lettres !

Ayant palpé un peu plus loin, il reconnut le comte d'Harcourt, excellent catholique, et le remercia d'avoir répondu à l'invitation.

– C'est très aimable à vous d'être venu malgré les fâcheux bruits qui courent sur mon compte.

– C'est bien normal.

– Je sais que l'on répand à mon sujet des rumeurs infamantes.

– Je me garde bien d'y porter foi, répondit le comte, de plus en plus pincé.

Le vieux mécréant s'obstina cinq bonnes minutes à rappeler au bon chrétien qu'il s'apprêtait à dîner chez un déiste par pur désir de se montrer. Même à Ferney, tout péché avait sa pénitence.

Il palpa ensuite la belle demoiselle Dupuits, sœur du marié, qu'il eut beaucoup de mal à reconnaître, même après avoir passé plusieurs fois les doigts sur sa poitrine rebondie.

– Ne cherchez pas, dit le jeune époux, n'y tenant plus. Vous ne connaissez pas Mademoiselle : c'est ma sœur.

– Vous me l'enverrez, dit-il, enthousiasmé par les ouvertures philosophiques de la plastique familiale. Je l'éduquerai, puis je la marierai.

Mlle Dupuits montrant d'étonnantes prédispositions

333

à l'enseignement voltairien, l'écrivain sentit renaître sa vocation de pédagogue.

Mme Denis parut à son tour dans la robe mauve et bleu rehaussée de velours et de fleurs que lui avait concoctée Pomponi. Il y eut un « oh ! »

— Quelle splendeur ! dit son oncle.

— Comment savez-vous que cette robe est belle ? lui demanda le duc.

— Je l'ai payée.

— Tiens ! chuchota un invité. Un buisson qui marche !

Sur le point de rejoindre la mariée, la nièce eut une faiblesse. Ses jambes ne la portaient plus. Elle dut renoncer à aller plus loin ; on la raccompagna dans sa chambre.

À minuit, sous la lune, au milieu des montagnes enneigées qui semblaient faire de Ferney un monde à part, on se rendit en l'église reconstruite où la cérémonie fut célébrée par le père Adam entre les plâtres non encore secs et les échafaudages menaçant d'écraser les invités. Voltaire y entrait pour la première fois depuis longtemps ; il fut surtout intéressé par les aménagements qu'il n'avait guère eu l'occasion d'examiner. On s'étonna qu'il pût les voir. Dieu étendait ses faveurs aux déistes.

Le patriarche mena la mariée jusqu'à l'autel et l'y laissa presque à regret. Elle était radieuse ; le satin rouge et blanc dont elle était vêtue n'était pas aussi lumineux que son visage, que ses dents, que ses yeux. Il était évident que la cérémonie du mariage avait été instituée pour faire de chaque demoiselle, l'espace d'une journée, la plus belle femme du monde.

Sous son Christ doré au sourire voltairien, le prêtre éprouva un certain vertige en découvrant devant lui un parterre d'athées et d'hypocrites où se perdaient de rares îlots catholiques. Il crut célébrer la noce pour les murs et les stucs, et ne prolongea pas son supplice au-delà du minimum requis.

— Ce mariage n'est qu'une formalité, l'essentiel a déjà été fait, dit gracieusement le duc en montrant le ventre de la mariée.

Marie ne ressentait plus aucun de ces doutes qui l'avaient tourmentée depuis qu'elle étudiait la philosophie : elle était sûre à présent que ses déboires n'étaient survenus que pour la conduire à cette église voltairienne où elle allait s'unir au plus joli dragon dont une philosophe pût rêver.

L'officiant s'apprêtait à prononcer devant tout ce beau monde un petit sermon salutaire et bien senti, quand il eut la surprise de se voir souffler la parole par Voltaire lui-même, contre tous les usages. Le châtelain estimait avoir fait, en venant à l'église, un effort assez méritoire pour se payer d'un petit discours. Sa voix chevrotante mais sonore s'éleva sous les voûtes pour déclamer sur un ton de tragédie :

— Mon ami, cette jeune femme doit vous être doublement précieuse : premièrement parce qu'elle descend de Corneille, secondement parce que Corneille, c'est moi.

Devant ce dévoiement du rite, le père Adam eut

l'affreux sentiment d'être tombé aux mains d'une secte protestante. L'écrivain poursuivit en larmoyant :

– Je vous confie la meilleure part de moi-même : je vous confie ma muse. Faites-en bon usage... et n'écrivez jamais de tragédies !

Dupuits songea qu'il préférerait de beaucoup écrire sur le corps de son épouse avec ses doigts.

– Je vous donne sa chair, conclut Voltaire, mais je garde son âme.

Un notaire aurait dit qu'il cédait l'usufruit et se réservait la nue-propriété.

Depuis son lit, Maman Denis entendit sonner les cloches, qui lui rappelèrent l'époque où elle aussi convolait avec de beaux officiers. Feu monsieur Denis lui manquait encore parfois. Elle l'avait à vrai dire peu fréquenté, il avait employé les six années de leur union à courir des champs de bataille qui, finalement, avaient eu raison de lui. Elle avait toujours déploré que leur mariage n'eût pas été une occasion de faire connaissance. La nièce de l'écrivain avait cinquante ans, elle songea qu'elle allait être grand-mère sans avoir eu d'enfant : un vrai miracle de la philosophie.

Il y eut un banquet au château. Comme Mme Denis était absente, la pauvre, son oncle put s'adonner sans retenue à l'adulation de tout ce qui porte le nom de Corneille. Il récita un bel épithalame de sa composition, qui fit au sermon de l'église une sorte de second volet. C'était moins un éloge des mariés qu'un hymne à tous les beaux-pères abusifs du monde :

Puisqu'enfin il faut qu'on s'allie
Pour m'enlever ma Cornélie,
Il me faut voir sans rage aucune
Partir au loin ma Rodogune.
Ainsi que les jours se défont
Je dois quitter Marie-Chiffon,
Plus belle aujourd'hui que la veille,
Fille de Voltaire et Corneille.
Pardonnez-moi si je sanglote,
j'ai trop aimé Marie-Marmotte
Et ne crois pas qu'un jour je puis
La nommer « Madame Dupuits ».

On avait bien noté l'insistance qu'il mettait à lui donner encore son nom de jeune fille, comme s'il était impossible qu'elle fût de sa vie autre chose que Mlle Corneille. La conversation avait peine à quitter ce sujet.

– Vous avez des ennuis avec vos terres ? dit-il au marié. J'arrange vos affaires, je vous garde chez moi !

– Où iront-ils en voyage de noce ? demanda le duc.

– À Ferney, répondit Voltaire. L'air y est bon et l'aubergiste aimable.

« Ils seront tous deux très heureux chez moi », annonçait-il à qui voulait l'entendre, cela posé au cas où ils auraient souhaité l'être ailleurs.

Une vision un peu floue inquiéta le patriarche : les jeunes époux se lutinaient avec la plus charmante absence de tact. Lui, qui n'en regorgeait pas non plus, saisit le bras de sa pupille et réclama des assurances :

– Chère enfant, préférez-vous suivre votre mari ou rester auprès de nous ?

Mlle Corneille fut interloquée comme les gamins à qui l'on demande s'ils préfèrent leur papa ou leur maman. Au reste, il était de l'intérêt de son tuteur de ne pas trop creuser ce point.

– Oui, je sais, dit-il, c'est cruel. Groupons la chose pour tout arranger : restez tous les deux !

On leur offrait une cage dorée. La jeune mariée comprit qu'elle était entrée à Ferney pour n'en sortir jamais.

– Vous vivrez au château, dit-il au dragon ; je vous la donne, mais je la garde. C'est un prêt, en quelque sorte : la nuit pour vous, le jour pour moi. Voilà qui est équitable, je pense. Je ne vous propose pas d'échanger ?

En fait de se partager entre le jour et la nuit, sa demoiselle Corneille disparaissait toute la journée en compagnie du bel époux. Elle en était folle, trottinait du matin au soir malgré son ventre et se disait la plus heureuse du monde, ce qui sans doute était exact. Aucune mauvaise surprise ne venait troubler son idylle, elle aimait à chaque minute avec plus de sincérité l'homme qu'elle venait d'épouser, et commençait à connaître de surcroît cette sorte de béatitude des femmes dont la grossesse se déroule bien. C'était beaucoup pour une seule personne. Il suffisait de la regarder pour se sentir apaisé. Voltaire constata qu'il se pouvait après tout, dans le plus laid des mondes possibles, que

Candide vécût en paix avec sa Cunégonde au château de Thunder-ten-tronckh.

Marie annonça officiellement son état à toute la maisonnée le lendemain des noces ; elle aurait pu le faire au sortir de l'église. On félicita le jeune homme de la fulgurante réussite de ses entreprises.

– Mlle Corneille vient de révéler son secret de Polichinelle, dit le père Adam.

– C'était inutile, répondit Barbara avec son accent savoyard ; tout le monde savait qu'il y avait un polichinelle.

Mme Denis continuait d'ouvrer à la layette depuis son lit.

– Cette jeune fille est la consolation de ma vieillesse, lui dit son oncle.

La voyant lever le nez de son ouvrage, un petit maillot très inspiré, il ajouta :

– Après vous, bien sûr.

Il employa les jours suivants à apprendre à toutes les margravines d'Europe le beau mariage qu'il venait de conclure pour sa protégée : « Je garde les mariés », « Mes deux petits demeureront toujours avec moi », et déclina les mille et une façons de dire qu'ils allaient rester.

Malgré cela, il se sentit un peu plus seul dans sa maison cernée par les neiges.

339

XXVII

Le travail, qui était ma consolation, m'est interdit.
Je ne peux plus me moquer de quiconque. Je
baisse sensiblement. Les petits mariés s'aiment
encore à la folie, quoique au bout de huit jours.
Mlle Corneille, à la rigueur, n'est rien à Pierre
Corneille. Comme Marie, sœur de Marthe, elle a
pris la meilleure part. Tout cela me fait croire
plus que jamais à la destinée.

VOLTAIRE

Le 5 mars 1763, le père Adam salua sans le voir un homme dépenaillé qui traversait le corridor, Dupuits l'aperçut depuis l'escalier, Mme Denis poussa un cri en le découvrant derrière une porte, et Barbara le chassa à coups de balai de sa cuisine. C'était un pauvre hère entré dans la maison après avoir attendu en vain à la porte. Il demandait à boire et à manger. Il était famélique, épuisé d'avoir marché depuis Grenoble où il n'avait rien reçu, sinon le conseil d'aller frapper à Ferney.

La nièce allait le faire jeter dehors quand l'inconnu déclara qu'il était soldat. Il avait trouvé le sésame. Elle

340

posa sur lui un œil nouveau, s'attendrit de le voir affamé, se dit que c'était son jour de bonté et lui fit servir de la soupe, du fromage et du pain.

Quand il fut un peu remis, il demanda à embrasser sa cousine.

– Certainement, dit la nièce. Qui est-ce ?

C'était Mlle Corneille.

La nouvelle plongea ces dames dans la perplexité.

– Vous êtes cousin de la petite maîtresse ? s'étonna Barbara.

Il dit son nom. Ce fut la consternation.

– Il faut le débarbouiller, dit la servante en empoignant un torchon et une bassine.

– Attendez, dit Mme Denis, je veux que mon oncle le voie.

L'écrivain, occupé à versifier un épisode tortueux de sa nouvelle pièce, vit surgir devant lui une nièce franche comme un chat cachant une souris sous sa patte.

– Vouez-vous toujours un culte à tout ce qui s'appelle Corneille ? demanda-t-elle.

Elle l'arracha à ses alexandrins et l'entraîna dehors pour lui montrer dans l'entrebâillement d'une porte un clochard attablé dans sa cuisine. Voltaire, qui ce jour-là n'était que borgne, vit le vagabond attaquer un cinquième bol de soupe dans lequel il trempait du pain avec de grands « sploch ! », tandis que Barbara cherchait à le convaincre de la laisser lui passer de l'eau sur la figure. Maman Denis expliqua à son oncle de qui il s'agissait. Ce dernier fut atterré. Sa nièce rayonnait.

– C'est un Corneille : pourquoi ne l'aimez-vous pas ?

– Je l'aime beaucoup et l'aimerai plus encore quand il sera sorti de chez moi, dit-il en faisant mine de retourner à ses écritures.

Il ne voulait pas en savoir davantage, et n'aspirait même qu'à oublier son nom. C'était un soldat en déroute, il le surnomma Pertharite[1].

– Quelle idée de venir me voir !

Sa nièce le rattrapa par le pan de sa robe de chambre.

– Vous avez écrit : « Nous traiterons de même tous les enfants de Corneille, les bossus comme les mieux faits. » Il l'aura pris pour lui.

– Je parlais des tragédies !

Pertharite engloutissait le contenu d'une cruche de vin pendant que la servante lui taillait la crinière à coups de ciseaux.

– N'est-il pas mignon ? dit la nièce. Vous avez la paire.

– Je n'en veux pas ! Dites-lui que j'ai déjà les rejetons de Boileau, de Molière, et que nous sommes complets !

Ayant réussi à se dégager, Voltaire se hâtait vers sa bibliothèque, les mains sur les oreilles, poursuivi par sa nièce qui l'assommait de questions : « Descend-elle vraiment des Corneille ? Ils y prétendent tous deux sans se connaître, c'est étrange : qui ment ? »

Ils rencontrèrent Marie. Maman Denis lui demanda si elle se connaissait un cousin du nom de

1. Héros de Corneille.

Claude-Étienne. La jeune fille répondit que non, voulut savoir pourquoi ; on refusa de lui répondre et de lui montrer qui l'on cachait dans la cuisine.

Le philosophe avait cru trouver refuge dans la littérature lorsqu'il vit entrer dans son cabinet de travail ce débris des Corneille propulsé par sa nièce.

– Devinez qui je vous amène. Un monument vivant ! De la famille de notre chère Cornélie !

Malgré l'immense intérêt qu'elle portait depuis peu à leur protégée, elle était ravie de railler son oncle qui lui avait imposé pendant deux ans la présence d'une étrangère sous prétexte qu'elle portait un nom d'écrivain. Voltaire comprit ce qu'avait dû ressentir Fontenelle à se voir poursuivi par des parents inconnus. Sa nièce profita de ses cogitations pour lui présenter son Corneille sous toutes les coutures.

– Claude-Étienne est le véritable arrière-petit-fils du grand tragique ! N'est-ce pas touchant ? Il a trente-cinq ans, il est lui aussi terriblement déchu, le pauvre, on ne peut le nier...

– Vous faites des paniers en osier ? s'enquit l'écrivain.

Le premier choc passé, il se montra aussi sceptique que Calvin devant le miracle de la transsubstantiation. Sa nièce, de son côté, affichait une conviction inébranlable :

– Pourquoi doutez-vous ? Monsieur s'intègre fort bien au paysage familial !

Elle avait décidé de lui faire manger du Corneille jusqu'à plus faim.

Pertharite leur conta son histoire : la mort de sa mère quand il avait deux ans, comment son père, remarié, l'avait abandonné à une institution de Nevers où on le maltraitait, comment ce père avait fait de mauvaises affaires, perdu des procès et presque toute la fortune de la famille...

– Vous êtes donc bien un Corneille ! constata Voltaire à regret.

Il s'était enfui de sa pension, engagé dans l'armée, avait tué un adversaire en duel...

– Dites donc, vous attirez les malheurs, vous !

Ayant pris le parti de déserter, il s'était réfugié dans le Comtat-Venaissin, terre pontificale enclavée dans le royaume et accueillante aux repris de justice. C'était affligeant. Il avait parcouru à pied ce long chemin dans l'espoir que l'on ferait pour lui ce qu'on avait fait pour Marie. Voltaire lui répondit qu'il l'aurait volontiers marié à M. Dupuits de La Chaux, mais qu'il arrivait trop tard.

À Grenoble, un président du parlement, plutôt que de lui accorder la moindre obole, l'avait aimablement dirigé vers le généreux patriarche de Ferney dont le passe-temps consistait, disait-on, à recueillir sa parentèle. Claude-Étienne demanda de nouveau à embrasser sa cousine.

– Votre cousine n'est pas du tout votre cousine, rectifia Voltaire ; c'est ma pupille !

Pertharite sortit de sa besace un extrait baptistaire du 15 avril 1727 où les étapes de sa filiation étaient énumérées avec précision. Il promenait son arbre généalogique comme on brandit un drapeau. Ces papiers étaient du reste en très bonne forme. C'était le genre de document que Marie eût été bien en peine de fournir.

– Je suis réellement l'arrière-petit-fils de Pierre Corneille, et par conséquent très bon gentilhomme !

– Fort bien, cela devrait suffire à vous réjouir, dit Voltaire en lui trouvant quelque chose du toutou qui exhibe son pedigree.

– Je n'ai pas passé mon enfance à tresser des paniers ! Je suis né avec soixante livres de rente !

– Vous m'en direz tant ! dit l'écrivain qui avait fait à Mlle Corneille une rente infiniment supérieure.

– J'ai été soldat, déserteur et ouvrier, quoique fort honnête homme !

– J'en suis persuadé, pourquoi pas, on voit des choses plus incroyables...

On demandait au philosophe de s'émouvoir pour un mendiant prétentieux muni d'un bout de papier. Il fit copier le document pour ses archives et décida de mettre le mendiant à la porte.

Le visiteur expliqua qu'il occupait l'emploi de sergent papal, mélange d'huissier et d'agent de police, deux professions peu prisées par Voltaire.

– Décidément, vous m'êtes très sympathique, dit ce dernier d'un ton pénétré.

Pertharite leur fit comprendre qu'il comptait sur ce document pour attester qu'il avait plus de droits que Mlle Corneille aux privilèges dus aux Corneille. Voltaire avait rameuté les souscripteurs en leur vantant « la dernière descendante du nom ». Descendant lui aussi et portant lui aussi le nom, il voulait recevoir sa part. Mme Denis s'indigna :

– Voudrait-il pas accaparer le bien que nous faisons à notre pupille !

Elle regrettait ses largesses, et de l'avoir si généreusement introduit auprès de son oncle. Voltaire tâcha d'expliquer que ce n'était pas le nom de Corneille qui avait fait souscrire à l'édition, mais son propre travail en faveur de la jeune fille. La part du nouveau venu se montait à un casse-croûte.

Pertharite, qui décidément se portait mieux, lui fit remarquer qu'il avait menti à tout le monde, bien qu'en toute bonne foi, en prétendant agir pour l'unique héritière du nom. Il ne manquait plus que de les assigner pour détournement de fonds et escroquerie : ils avaient vendu à l'Europe entière du Corneille frelaté. Ils jugèrent l'original bien peu comestible.

Le philosophe se sentit las de donner asile aux rejetons de grands auteurs. Peut-être aussi Claude-Étienne, avec ses airs de renégat, sa saleté et son malheur, n'engageait-il pas à la même générosité qu'envers une fraîche et gaie demoiselle. On assura le malheureux qu'il avait bien fait de venir, qu'il avait frappé à la bonne porte et qu'on n'abandonnerait aucun Corneille. Son visage s'éclaira.

– C'est ma sœur qui va être heureuse !

Stupéfaction. Ils étaient donc maudits ! Cette sœur aînée se nommait Marie-Anne Corneille.

– Encore une ? s'écria le bienfaiteur des héritiers.

Pertharite s'était imaginé dans un premier temps que cette célèbre demoiselle Corneille mariée par Voltaire était précisément sa sœur, qu'il avait perdue de vue Mme Denis prit son oncle à part.

– Il va donc falloir le marier, lui aussi ?

– Je ne crois pas qu'il ait besoin de moi. Il se trouvera bien une gueuse de bonne famille comme lui, descendante d'un X ou d'un Y, intrigante et stupide, pour l'épouser sans que j'aie à m'en mêler.

S'avisant que son hôte était soldat, il ajouta :

– Vous ne voudriez pas l'épouser, vous ?

Du regard qu'elle lui lança il déduisit qu'elle ne voulait pas.

– J'ai pris Rodogune, dit-il. Pertharite n'a qu'à aller voir quelqu'un d'autre.

Il lui demanda s'il avait entendu parler de Jean-Jacques Rousseau.

Mme Denis s'étonna qu'on pût ignorer où vivait sa propre sœur.

– Vous semez vos parents de par le monde ?

Marie-Anne était partie quelque part en province s'employer comme cuisinière. Monsieur le gentilhomme était frère d'une cuisinière. Plein d'espérance, Claude-Étienne se fit volubile :

– Je vais dire à toute la parentèle comme vous avez été bon pour moi !

Justement, Voltaire aurait aimé qu'on lui dise combien il y avait encore de cornillons dans ce pays. Il s'imagina poursuivi par des hordes affamées se disputant ses robes de chambre, ses bonnets et ses manuscrits. Claude-Étienne demanda une nouvelle fois à voir sa cousine. Cette obstination jetait l'écrivain dans des soupçons abyssaux.

– Qu'est-ce qui lui prend ? glissa-t-il à sa nièce.

– Il a la fibre familiale, sans doute.

– C'est de la curiosité mal placée !

On ne jugeait pas à propos de le laisser rencontrer la « cousine ». Mme Denis dévisagea le malheureux.

– Enceinte comme elle est, elle va nous faire une fausse couche.

Un cri les tira subitement de leur conciliabule.

– Je vais me jeter ! clama Pertharite en grimpant sur l'appui de la fenêtre.

Ils restèrent tétanisés.

Mlle Corneille, à qui l'on n'avait encore rien dit, vit depuis le jardin ce personnage hirsute et hurlant sur le point de sauter dans le vide.

– Qui est-ce ? demanda-t-elle.

– Personne ! cria Maman Denis depuis la fenêtre.

– Votre cousin, répondit Barbara en accourant.

À l'étage, la famille Voltaire retenait le suicidaire par les chevilles malgré une incoercible envie de se débarrasser de lui.

– Ce n'est pas Pertharite, souffla l'écrivain, c'est Prête-à-rire !

La plaisanterie avait atteint ses bornes. Maman Denis pria son oncle de lui lâcher quelque argent pour qu'il s'en allât.

On lui lâcha quelque argent. Mme Denis songea que si Marie avait été un homme, elle n'aurait jamais passé deux ans à Ferney. L'écrivain déboursa vingt-cinq livres, la somme qu'avait reçue Jean-François pour consentir au mariage : c'était le tarif Corneille.

– Il ne s'en contentera jamais ! dit la nièce.

Il s'en contenta. Après avoir vidé une bouteille presque d'un trait, Pertharite se laissa pousser vers la porte, on l'engouffra dans une voiture dont le cocher avait mission de lui faire attraper coûte que coûte la malle de Lyon. Il était même de bonne humeur. Il lança en partant qu'il allait leur envoyer sa sœur. Mme Denis était moins inquiète que son oncle.

– Avec un peu de chance, il ne la retrouvera pas.

Mlle Corneille voulut lui parler.

– Pas question ! clama Barbara en s'interposant.

– Dans votre état, ce n'est pas le moment d'attraper des maladies, renchérit la nièce en fermant la portière sur le soldat errant.

La jeune fille parvint tout de même jusqu'à la fenêtre. Elle eut l'impression de contempler ce qu'elle aurait pu devenir si elle avait eu moins de chance. Elle comprit qu'il était à demi soûl. Leurs regards se croisèrent.

– Madame, dit-il en la saluant d'un mouvement de tête.

Elle crut d'abord qu'il n'avait pas deviné qui elle était. Puis elle se dit qu'il le savait très bien. Il y avait dans ses yeux de la lassitude et du renoncement.

En regardant s'éloigner son cousin, Mlle Corneille frémit à la pensée qu'elle aurait pu tout aussi bien descendre en droite ligne de Pierre Corneille et s'appeler Dupont. Elle traîna son gros ventre jusqu'à la cuisine pour noyer son angoisse dans une orgie de pain trempé.

Le 7 mars 1763 fut une grande journée pour Versailles. Mme Calas et ses amis se rendirent à la prison comme il était d'usage. Les geôliers, au lieu d'enfermer la veuve, convièrent tout le monde à dîner. Au palais, cent personnes, dont trois évêques et tous les ministres, siégèrent trois heures durant, au bout desquelles le Conseil d'État, à l'unanimité, somma le parlement de Toulouse de lui transmettre la procédure et les motifs ayant amené la condamnation à mort de Jean Calas. Une profonde émotion parcourut la galerie à cette annonce. On cria « Vive le roi ! ».

– J'ai fait applaudir Louis XV ! bougonna Voltaire. On aura tout vu !

Marie Corneille s'émerveillait de voir la vérité commencer de triompher.

– C'est fort beau, dit l'écrivain, mais on va m'oublier.

C'était le moment de faire diffuser son *Traité sur la tolérance* imprimé par Cramer trois mois plus tôt.

– Et c'est ainsi que Voltaire est grand ! dit le libraire en apportant trois caisses de l'ouvrage.

À Paris, Mme Calas avait pris de l'assurance. Elle jouait à présent avec naturel son personnage de « victime qui en impose par sa dignité ».

– Ah ! Elle a fini par entrer dans son rôle ! Je devrais ouvrir un cours !

Devenue un objet d'attention, une personnalité parisienne, elle volait de succès en succès, on se bousculait pour lui rendre visite, rien n'était apparemment plus chic que d'avoir eu son mari roué à Toulouse.

– C'est le bouquet ! Il faudra bientôt que je demande à Mme Calas sa recommandation dans mes affaires !

350

Enfin la reine la reçut en audience privée avec ses filles. Marie Leszczynska, la Polonaise la plus catholique de France, témoigna aux trois petites protestantes sa compassion et son soutien. Voltaire faillit mourir de jalousie.

– Elle a vu la reine ! Sait-on depuis combien de temps je n'ai pas vu la reine, moi ?

Il fallait reprendre la main. Il eut l'idée de faire graver un portrait de la famille Calas qu'il pourrait dédicacer à tous ses admirateurs. Mme Denis levait déjà le crayon.

– Nous allons demander à Carmontelle[1], dit son oncle.

Puis il s'attela à répandre le plus largement son *Traité*, quoique sans signature. Il en fit la publicité dans sa correspondance, sur le mode : « Vous allez voir paraître un fort bon livre qui n'est pas de moi, contrairement à ce que tout le monde dira. » Il était convenu que cela passerait pour l'œuvre d'un bon prêtre. Le bon prêtre y réglait l'affaire Calas une fois pour toutes. C'était un texte magnifique d'intelligence et d'humanité. Le petit livre bouleversa l'opinion et gagna par avance le procès en réhabilitation.

Voltaire fit copier à Marie un petit mot de remerciement à tous les signataires de son contrat, y compris les quarante membres de l'Académie.

– Avec vos fautes, si, si : il faut bien, pour les récompenser, que vous les amusiez un peu.

1. Célèbre portraitiste de l'époque.

Mais, de fautes, elle n'en faisait presque plus, lui seul l'ignorait encore. Il ne pensait pas que sa pupille, avec toute sa gentillesse et le meilleur cœur du monde, pût être jamais davantage qu'une charmante enfant, bonne et douce comme les veulent les esprits sages et les gens sensés.

— Et ceux qui ne sont pas sensés, demanda-t-elle, que veulent-ils ?

— Ils veulent des Mme Denis... qui ont toutes les grâces et toutes les vertus.

Le parangon des grâces et des vertus rougit et baissa les yeux en triturant ses doigts boudinés.

Mme Denis appréhendait ce moment depuis long-temps. Elle attendait son élève sur « cacochyme ». « Cacochyme » passa. Puis ce fut « antédiluvien », sans encombre. Avec « Mathusalem », elle jouait son va-tout. Elle perdit. Elle sut alors que l'éducation de Mlle Corneille était terminée, et commença d'en craindre les résultats. Elle se prépara à un esclandre qui ne vint pas tout de suite.

XXVIII

Mlle Corneille, c'est la naïveté, l'enfance, la vérité même. Je rends grâce à Fontenelle de n'avoir pas voulu connaître cette enfant-là.

VOLTAIRE

Soucieuse de faire profiter autrui du vent matrimonial qui soufflait sur Ferney, Mlle Corneille prit l'habitude de convier sa belle-sœur dès qu'il se présentait un célibataire susceptible de se changer en prétendant. Elle lui montra tous les jeunes et vieux ducs de passage. De fait, la demoiselle était fort jolie, il y avait même dans la maison des philosophes pour regretter de n'être ni jeunes ni ducs.

Ils eurent à l'été la visite du prince de Ligne, brillant causeur, pas du tout insensible aux charmes de Mlle Dupuits. Voltaire, qui avait parlé dans le vide pendant cinq minutes, s'écria, exaspéré :

– Jeune homme, je suis comme les huîtres : si je me referme, on pourra toujours chanter pour que je rouvre à nouveau !

Le prince répondit sans quitter des yeux la demoiselle :

– On vient voir une vieille huître et on trouve une perle !

– Bon. Je vais la marier vite fait, celle-là, résolut l'écrivain. Un tour à l'église et on ne la verra plus.

Voltaire sortit un jour de sa bibliothèque en criant :

– Ça y est ! Ça y est !

Mme Denis déboula dans le corridor à demi coiffée, suivie de Barbara.

– Marie va accoucher ?

– Non, c'est moi ! J'ai accouché de mon *Commentaire* !

Il brandissait une liasse de feuillets noirs de ratures.

– C'est merveilleux, dit la nièce avec une moue de déception.

L'écrivain se hâta de faire porter tout cela à l'imprimeur, et ces dames de retourner à leur toilette avec un haussement d'épaules.

– Je me demande parfois comment fait Madame pour supporter Monsieur, dit la Savoyarde.

– C'est un enfant, il serait perdu sans moi, répondit Maman Denis en tâchant de choisir entre les six parures de son coffre à bijoux. Cela me fait penser que les émeraudes ne sont plus du tout à la mode, cette année.

Le *Commentaire* achevé, on put imprimer et répandre l'édition. Voltaire, pour accélérer les ventes, lança des slogans du genre : « On devrait toujours avoir dans sa poche droite un volume de Corneille. » Il se retenait d'ajouter « et dans la gauche l'un des miens ». Il acheta des placards dans les journaux et envoya des circulaires aux mauvais payeurs, dont la liste fut facile à dresser : c'était celle des plus titrés, duc de Villars et maréchal de Richelieu en tête, qui, sous prétexte d'être ses débiteurs, estimaient avoir droit à un exemplaire gratuit. Quant à la marquise de Pompadour, au prince de Soubise et autres grands courtisans, ils donnaient le bon exemple en aimant Voltaire, et le mauvais en ne lui versant rien. Le comptable du Trésor offrit de régler en billets à échéance, dévalués ou difficilement commercialisables.

– Ils marchandent la gloire de Corneille ! s'indigna l'écrivain. Pourquoi ne pas nous payer avec un portrait de Sa Majesté, tant qu'on y est ?

– Oh, dit Cramer, s'il est gravé au revers d'un louis d'or...

Voltaire envoya à tous ses amis du Corneille et de ses propres œuvres, leur conseillant de lire les premiers, de jeter les seconds, et pensant le contraire. Quant au *Commentaire*, l'auteur croyait avoir fait œuvre de critique consciencieux et s'être montré indulgent à l'excès.

- Je me suis laissé emporter par mon amour du théâtre.

Il fut fort surpris de voir ses lecteurs l'accuser de malveillance systématique. Le cri fut général : il avait jugé Corneille avec les yeux de Racine, ce qui n'avait aucun sens, et reprochait à l'un de ne pas être l'autre. Dans *L'Année littéraire*, Fréron proposa de lancer une grande souscription pour éditer de même les ouvrages de Voltaire avec un *Commentaire* qui montrerait en détail ses fautes de langage, ses plagiats, ses lacunes et ses petites faiblesses.

L'exégète découvrit qu'il en était de Corneille comme de Jeanne d'Arc : ils étaient intouchables.

— Les dévots ne m'ont pas brûlé pour *La Pucelle*, ce sont mes pairs qui me brûleront pour mon *Commentaire* ! se plaignit-il.

Quelques pages suffirent à Marie pour deviner que son grand-oncle allait pâtir longtemps de ce tir de balles voltairiennes. Il venait d'entrer au purgatoire par la faute de son tuteur, et donc indirectement par sa faute à elle. Cette idée la consterna : elle avait nui à cet ancêtre qui avait fait son bonheur.

À Paris, Mme d'Argental se faisait un plaisir de débiter du Corneille commenté pour gratifier Jean-François. Ce dernier avait reçu en outre cent cinquante volumes payés par le roi. Il n'avait plus qu'à se faire courtier en Corneille comme il l'avait été en osier.

Le commentateur constata qu'on aurait pu imprimer deux fois plus d'exemplaires.

— Cela suffit comme ça, Dieu merci ! dit sa pupille depuis le sofa où elle attendait sa délivrance.

Elle avait commencé par relire *Sophonisbe*, une tragédie de la dernière période, qu'elle adorait : Sophonisbe, reine de Carthage, opposée à l'hégémonie de Rome, a d'abord aimé Massinisse. Mais elle a épousé le vieux général Syphax parce que ce dernier combattait l'envahisseur. Syphax vaincu, prisonnier, elle tombe aux mains des Romains et de Massinisse, leur allié, qui l'épouse. Scipion exige néanmoins que

Sophonisbe lui soit livrée comme prise de guerre pour être exhibée derrière son char lors de son triomphe. Massinisse, pour éviter cette honte à sa femme, ne trouve rien de mieux que de lui envoyer du poison.

Ce catalogue de mauvais sentiments lui insupportait à tel point que Voltaire ne s'était pas contenté de lui adjoindre un commentaire incendiaire : il avait écrit sa propre version. Il se proposait d'encourager tous les écrivaillons rimailleurs à corriger les œuvres de Corneille, à en supprimer les saletés, à récrire certaines scènes et à en retrancher d'autres, en supprimant par exemple dans *Le Cid* le rôle inutile et si beau de cette infante chère à sa pupille.

– On pourrait aussi faire un gros tas de ses œuvres dans la cour et y mettre le feu, conclut Mlle Corneille. Vous aimez tellement mon aïeul que vous voulez lui couper la tête !

– Personne ne le lit plus ! Songez à l'argent que vous rapporterait notre édition si on le lisait de nouveau !

– Pardonnez-moi, je croyais m'adresser à l'écrivain, et ce n'était qu'à l'usurier.

– Cette bigamie, ce défilé de partenaires, c'est indécent, cela heurte la pudeur. J'ai refait tout cela. Ma Sophonisbe est veuve au premier acte, elle se marie au quatrième, et au cinquième on la voit paraître avec, dans le sein, le poignard dont elle s'est elle-même frappée, tandis que Massinisse agonise à ses pieds en prédisant la chute de Rome avec cinq siècles d'avance. C'est beau. J'ai mis en scène de grandes âmes, de nobles pensées, le tout dans une versification majestueuse. Je suis content.

Mlle Corneille était affligée.

– Ce que vous appelez « grands sentiments », c'est lorsque la tendre et jeune héroïne se console d'un amour déçu en s'enfonçant un couteau dans le cœur. Où avez-vous vu cela ? Ce ne sont pas des tragédies, ce sont des hymnes au suicide. Vous ne faites pas du théâtre, vous répétez un exercice de style sur un thème unique. Mon ancêtre, lui, était capable de composer une pièce excellente dépourvue d'amour, de héros et de meurtre.

La grossesse avait des effets imprévus.

– Mais... le goût..., bredouilla l'écrivain.

Sa pupille se dressa devant lui : Voltaire crut voir l'ombre du grand Corneille lui barrer l'horizon.

– Vous n'avez pas de goût, dit-elle, vous n'avez que des principes ! Vous n'êtes pas poète, vous êtes raisonneur. Vous êtes privé de cette divine intuition, vous n'avez que des assemblages. Vous ne créez pas, vous mâchez.

– Ah ! Je meurs ! dit-il en se laissant tomber sur son fauteuil éponyme, une main sur la poitrine.

– Même quand vous mourez, vous gardez un œil entrouvert pour vérifier l'émotion du public. Vous n'écrivez pas, monsieur l'académicien, vous êtes en représentation.

Il se mourait. Elle l'acheva. Elle se rallongea sur le divan d'où s'éleva une nuée de frelons en direction du fauteuil.

– Je vais vous la raconter, moi, l'histoire de

Sophonisbe. Sophonisbe a hérité de son père la boucherie de son enfance. Afin de faire marcher la boutique, elle renonce au jeune homme qu'elle aime pour épouser un boucher plus âgé, ce qui lui semble un choix judicieux. Mais voilà : quelques années plus tard, la boucherie est en faillite. Or l'ancien fiancé a justement fait carrière dans la banque qui s'apprête à mettre la main sur le commerce. Pour sauver les murs, Sophonisbe jette dehors son mari incompétent et renoue avec le jeune banquier. Hélas, le patron de la banque signifie à son employé que la boucherie sera quand même mise en vente. L'amant de la bouchère n'a même pas le front de lui annoncer la nouvelle en face, et quand elle l'apprend, il lui conseille de rembourser ses dettes en s'employant comme femme de charge dans la banque en question. Comment voulez-vous qu'elle prenne la chose ? Elle le méprise et les quitte l'un et l'autre, le jeune et le vieux, déçue des hommes, convaincue de leur faiblesse, et avec raison, car elle au moins savait ce qu'elle voulait. Voilà. Bien sûr, placer l'action à Carthage dans un palais permet de jolies envolées lyriques, mais l'histoire est bien la même, et ce n'est pas parce qu'elle se passe sous les lambris qu'il faut la dénaturer.

— À propos, connaissez-vous l'expression « fille dénaturée » ?

— Vous, vous récrivez l'Histoire, et en plus ce n'est pas bon.

— Après tout le bien que je vous ai fait !

— Ce bien est une compensation pour tout ce que vous avez emprunté à mon oncle. Après votre

Commentaire, c'est même une réparation ! Relisez votre texte : « Quel exécrable fatras que quinze ou seize pièces de ce grand homme ! Comment a-t-on pu préférer à un auteur tel que Racine un rabâcheur d'un si mauvais goût ? Jusque dans ses plus beaux morceaux, qui ne sont après tout que des déclamations, il pèche contre la langue et se montre toujours trivial ou hors nature ! Qu'il est rare dans notre nation d'avoir du goût ! »

Mlle Corneille laissa passer un ange sinistre.

– Voilà-t-il pas que ma Corneille va me pourfendre au nom de son oncle ? couina le troubadour des palais phéniciens.

– Croyez-vous que l'Académie vous a chargé d'éditer Corneille pour expliquer à tout le monde qu'il ne présente aucun intérêt ? Si l'on appliquait votre théorie du bon goût, il faudrait brûler tout le théâtre grec !

– Vous avez lu les Grecs, vous ? siffla-t-il.

Il était ravi qu'elle ne fût plus si ignorante, et constatait que cette illumination se faisait à ses dépens. Cornélie reprit sa lecture, bien qu'il fût de plus en plus difficile de tirer quelque chose du torchon à reliure qu'elle torturait entre ses doigts.

– « Je n'ai ici d'autre but que de dire mon avis sur quelques pièces étincelantes et sublimes, défigurées par des défauts pardonnables à un homme qui n'avait point de modèle. » Vous lui pardonnez ? Mais, à vous, qui vous pardonnera ?

– Je n'ai commenté ce fouillis que pour vous marier !

– Fallait-il, pour que je vive, assassiner mon oncle ?

Il se mit à sautiller sur place.

– Oh ! Un alexandrin ! Une feuille ! De l'encre !
« Faut-il pour que je vive assassiner mon oncle... »
Superbe vers ! Il n'y a plus qu'à trouver la tragédie
qui va autour !

Mlle Corneille regarda d'un œil noir la plume courir
sur le papier.

– Corneille commenté, Corneille critiqué, Corneille
assassiné !

– J'ai jugé les ouvrages et non l'auteur.

– La belle affaire !

Il lui opposa son inaptitude à juger, n'ayant presque
rien lu de l'auteur en question. Elle lui proposa plusieurs tirades :

– Laquelle voulez-vous ? Ô rage, ô désespoir... ?
Rome, l'unique objet... ?

Elle commença à déclamer de mémoire.

– Comment est-ce possible ? dit son tuteur. Vous
avez appris comme un perroquet ! Vous savez à peine
écrire ! Mon courrier est plein de vos fautes !

– Des fautes ! Mais je n'en fais plus depuis longtemps, des fautes !

Elle lui montra sa dictée sur la tolérance. Il était
indéniable que son orthographe s'améliorait à rebours
de son obéissance.

– Vous avez triché ! dit-il.

Elle prit une plume et coucha de tête sur le papier
l'un des pires passages de la critique du *Commentaire*
par Fréron. Pygmalion fut impressionné par sa propre
œuvre.

– Je suis un génie ! dit-il, abasourdi.

Il suggéra qu'elle ne savait pas penser.

– Voyez-vous, dit-elle, ce qu'il y a de plus beau dans les plus grandes œuvres d'art, c'est que les meilleurs commentaires ne les expliquent pas. Il leur reste toujours une part de mystère. C'est pour cela que vos efforts pour faire entrer Corneille dans des cases tombent à plat, tout comme vos tragédies tirées au cordeau !

– Voilà ce qui se passe quand on crée une femme : elle ouvre la boîte de Pandore ! Les Grecs nous avaient bien prévenus !

– N'avez-vous pas écrit, à propos de votre *Commentaire* : « Ma vocation est de dire ce que je pense » ? Je ne fais qu'appliquer vos maximes.

– C'est une très mauvaise maxime ! Elle ne convient qu'aux vieux philosophes !

– Vous prônez un tel bon goût que n'importe qui en serait écœuré.

– Je n'ai jamais prétendu qu'il suffisait d'écrire sur douze pieds pour rendre son texte intéressant. Je le sais bien, moi qui n'ai jamais cessé de rimer.

Elle s'aperçut que l'effort qu'elle avait dû fournir pour se détacher de Voltaire était infime à côté de celui que devrait fournir ce dernier pour se détacher de Corneille. Sans doute ce combat-là était-il perdu d'avance. Il était hanté. L'affreux *Commentaire* n'était qu'une tentative pour enterrer le fantôme.

– Donc, j'ai créé une femme pour qu'elle me détruise, conclut-il.

– C'est justement par là que votre œuvre est réussie, dit-elle depuis son sofa. On a élevé ses enfants quand ils sont assez libres pour vous envoyer promener, quand ils tiennent debout sans votre aide, et quand ils peuvent vous aimer sans vous obéir. On n'aime pas vraiment si l'on ne sait pas pardonner, et, pour pardonner, il faut pouvoir juger.

– Je vois. Vous devez m'aimer beaucoup, dans ce cas. On se demande pourquoi.

– Je vous aime parce que Rousseau n'a rien fait pour les Calas.

– Pour mon remerciement, vous me tuez.

– Pour votre remerciement, je vous dis la vérité.

Voltaire poussa un râle, sans espoir d'attendrir, juste par habitude. De son côté, Mlle Corneille eut un gémissement. C'était un combat entre souffreteux.

– Je crois que vous êtes l'apôtre du bon goût, dit-elle, mais que ce bon goût est épouvantable. Je crois que vous excellez à pointer les choses laides, mais que les choses belles vous échappent. Vous êtes comme Cassandre, qui ne savait prédire que le malheur.

– Donnez de la culture aux filles ! Jean-Jacques avait raison ! Ne leur apprenez pas à lire, elles finiront par ouvrir des livres !

– Votre *Commentaire* est un miroir de la médiocrité. Heureusement, depuis le procès Calas, je sais que vous êtes capable du meilleur, et chacun le sait.

– Ah, quand même !

– Le problème est que vous jetez à la face du monde aussi bien vos grandes causes que vos petits travers.

Ils se disputèrent ainsi jusqu'au moment où Mlle Corneille se demanda si les crispations régulières qu'elle ressentait depuis une heure n'avaient pas à voir avec ce qu'on nomme les premières douleurs. Voulant se lever, elle perdit les eaux sans que Voltaire, tout à sa colère glacée, s'en rendît compte. Elle sortit en hâte, le tuteur continuant de discourir sur ses talons. Ils rencontrèrent Maman Denis qui aida la jeune femme à rallier sa chambre. Son oncle était mécontent.

– Elle a pris prétexte de son accouchement pour ne pas me répondre !

– Vous voulez dire qu'elle a manqué d'accoucher au milieu de votre *Commentaire* ! rétorqua sa nièce.

– Eh bien, accouchez, si vous y tenez tant ! cria-t-il devant la porte qui venait de se refermer. Si vous croyez que c'est facile ! Vous allez voir ce que j'ai ressenti à pondre ce maudit *Commentaire* !

« Voilà bien un argument de femme, bougonna-t-il. Jamais je n'aurais osé arguer de mon accouchement pour interrompre une dispute littéraire, moi ! » Il ne se priva pas de continuer à lui assener ses raisons à travers le battant derrière lequel on l'accouchait. Il n'obtenait que des hurlements.

– Ce n'est pas une réponse, ça ! criait-il.

Dans la chambre, la jeune femme soufflait et grimaçait à n'en plus finir.

– Est-ce que je vais souffrir longtemps comme ça ? demanda t-elle.

– Non, répondit Barbara en la tamponnant. Au cinquième, ça passe tout seul.

– Allez, courage ! vous êtes bien heureuse ! dit Mme Denis qui n'avait jamais connu cet agrément.

Voltaire tambourinait.

– Vous m'entendez ? Ohé !

Au milieu des douleurs, Mlle Corneille demanda qui s'obstinait à frapper ainsi.

– C'est Voltaire. Poussez.

Tout en poussant, elle laissa échapper : « Connais pas. »

– Tout de même, cria le philosophe, j'ai sauvé les Calas !

– Mais oui, répondit Barbara, personne ne vous le conteste. Vous faites si bien votre propre compliment qu'on n'a garde d'en ajouter.

Au bout d'une heure, il grattait toujours à la porte, lorsque sa nièce cria depuis la chambre :

– Ça y est, elle est libérée !

– Oui, j'ai remarqué, et même un peu beaucoup, dit le philosophe ; ce n'est pas le sujet.

Il y eut un cri différent des précédents.

– Qu'est-ce que c'est que ça ? demanda-t-il.

Mme Denis apparut sur le seuil. Elle était en transpiration.

– Une fille.

– Fort bien. Nous l'appellerons Chimène. Bon.

Il haussa le ton pour ajouter en direction de la parturiente :

– À présent que vous êtes disponible, peut-être pouvons-nous reprendre cette conversation ? À propos de la tragédie classique, je pense que les trois unités ne sont au fond qu'un écran de fumée. Avez-vous lu *La Poétique d'Aristote* ?

Ils se réconcilièrent autour du berceau sur lequel l'écrivain se pencha comme une vieille fée édentée pour faire : « Guili guili guili... »

Le bébé se mit à brailler.

– Ne vous inquiétez pas, dit Mme Denis, nous lui apprendrons à reconnaître les bons auteurs.

Le père Adam tiqua un peu sur le prénom.

– Chimène ? C'est français, ça ? N'est-ce pas un prénom de tragédie ?

Il n'avait jamais entendu parler d'une sainte Chimène et craignait l'irruption de la littérature jusqu'au cœur des sacrements. Comme la littérature s'était déjà emparée des cuisines et de la salle à manger, il s'inclina.

Voltaire était enchanté, comme s'il avait été le premier concerné. C'était une chance car le père, lui, était déçu. Il avait des projets : il voulait des mâles pour en faire des cornettes de dragons. L'humanité avait donc beaucoup gagné à cette naissance.

– Ah, écoutez ! lui lança le vieil homme devant sa mine déconfite. Cet article-là ne vous a rien coûté, vous n'allez pas en plus réclamer de choisir le sexe !

Il baisa les doigts de la jeune mère.

– Vous avez donné le jour à Chimène, et moi j'ai assassiné Corneille.

Marie sourit au vieux philosophe.

– Vous voyez, dit-elle, Ferney n'est pas le meilleur des mondes possibles, mais c'est le meilleur des mondes existants.

Son histoire avait été un rêve d'altruisme comme seuls les grands égoïstes savent en concevoir. Voltaire sortit se perdre dans le labyrinthe végétal, sous les grappes de raisin gravées au fronton de sa façade palladienne, et se promena une heure durant en retraçant pour lui-même la plus belle action de sa vie.

— Tout va de travers dans ce monde, Dieu soit loué ! dit-il tout haut.

— Attendez que je sois couché pour donner votre opinion sur Notre Seigneur, dit le père Adam, assis de l'autre côté de la haie.

Voltaire eut son habituel petit rire aigrelet.

— Depuis ce matin, je crois à la destinée : la vie de Mlle Corneille est un roman.

Il fallait en remercier le Grand Horloger de l'univers. Une idée lui vint :

— Et si j'installais une fabrique de montres ?

— Et pourquoi pas un élevage de vers à soie ? suggéra le père Adam qui avait lu quelque chose à ce propos dans les gazettes.

— Et pourquoi pas les deux ? Et aussi une tuilerie ! Cela occupera mes paysans !

Au premier étage, Marie Corneille les regardait parcourir sans fin les méandres du bosquet et de l'esprit humain. Elle ouvrit la fenêtre et leur fit signe.

— Cornélie ! cria le philosophe. Nous allons fabriquer des montres, des tuiles et de la soie ! Et vous, qu'allez-vous faire à présent ?

Marie ne chercha pas longtemps.

— Être heureuse ! répondit-elle.

Épilogue

Il ne fut plus jamais question de Mlle Corneille dans la correspondance de Voltaire. Sans doute cela signifie-t-il qu'elle était heureuse.

On sait seulement qu'elle lui ferma les yeux à Paris, quinze ans plus tard, un soir de mai 1778.

On sait aussi que Mme Denis, ayant hérité de son oncle, légua à la petite Chimène sa rente et ses bijoux, les bijoux de Voltaire.

Cet ouvrage a été imprimé par la
SOCIÉTÉ NOUVELLE FIRMIN-DIDOT
Mesnil-sur-l'Estrée
pour le compte de France Loisirs
en mai 2001

Composition : P.F.C. Dole

Cet ouvrage est imprimé
sur du papier sans bois et sans acide.

Imprimé en France
Dépôt légal : mai 2001
N° d'édition : 35058 - N° d'impression : 55501